Debra Bokur

Aloha – Tod im Paradies

GOLDMANN
Lesen erleben

Buch

Als der 17-jährige Kekipi Smith tot am Strand von Maui aufgefunden wird, deutet zunächst alles auf einen Unfall hin. Doch Kekipi war ein erfahrener Surfer, und in einer Wunde an seinem Kopf steckt unerklärlicherweise ein Haifischzahn.

Police Captain Walter Alaka'i und seine Nichte Detective Kali Māhoe übernehmen den Fall. Zeitgleich beschäftigen sie sich mit einer Reihe seltsamer Diebstähle: Von mehreren Dächern auf Maui und den Nachbarinseln sind Solarzellen verschwunden. Mehrere Zeugen wollen einen gesichtslosen Geist gesehen haben, der nachts um die Häuser schleicht. Damit kennt Kali Māhoe sich aus, denn sie ist nicht nur Polizistin, sondern auch studierte Anthropologin und bestens vertraut mit der hawaiianischen Mythologie. Doch in diesem Fall glaubt sie nicht an eine übernatürliche Macht…

Autorin

Debra Bokur ist Autorin, Redakteurin, preisgekrönte Reisejournalistin und leidenschaftliche Weltenbummlerin. Ihre Artikel sind unter anderem im »National Geographic Traveler« erschienen. Wenn sie nicht gerade auf Reisen ist, lebt sie im US-Bundesstaat Colorado. »Aloha – Tod im Paradies« ist ihr erster Roman.

DEBRA BOKUR

Aloha
TOD IM PARADIES

EIN HAWAII-KRIMI

Aus dem Englischen von
Angela Koonen

GOLDMANN

Die amerikanische Originalausgabe erschien 2020 unter dem Titel
»The Fire Thief« bei Kensington Publishing Corp., New York.

FSC www.fsc.org
MIX
Papier aus verantwortungsvollen Quellen
FSC® C014496

Penguin Random House Verlagsgruppe FSC® N001967

1. Auflage
Deutsche Erstveröffentlichung Februar 2022

Published by Arrangement with KENSINGTON PUBLISHING GROUP
CORP., NEW YORK, NY 10018 USA
Dieses Werk wurde vermittelt durch die Literarische Agentur Thomas
Schlück GmbH, 30161 Hannover.
Umschlaggestaltung: UNO Werbeagentur GmbH
Umschlagmotiv: FinePic®, München
Redaktion: Anja Lademacher
LS · Herstellung: ik
Satz: Uhl + Massopust, Aalen
Druck und Bindung: GGP Media GmbH, Pößneck
Printed in Germany
ISBN: 978-3-442-49129-2
www.goldmann-verlag.de

Besuchen Sie den Goldmann Verlag im Netz

Dieses Buch widme ich James Rawsthorne,
meinem Mann, bestem Freund
und bestem Reisegefährten,
und meiner Mutter, Jean Costa Smith,
die mir beigebracht hat,
nie ohne ein Buch aus dem Haus zu gehen.

1

Police Captain Walter Alaka'i hatte Mühe, im hüfttiefen, warmen Wasser nicht den Halt zu verlieren. Vor ihm in der Morgensonne lag der siebzehnjährige Kekipi Smith und schaukelte in der Strömung, unbelastet von den Zwängen des Wollens und Begehrens. Die klaffende Wunde an seinem Kopf hatte längst aufgehört zu bluten, war ausgewaschen worden während der Stunden, in denen er unter der schmalen Sichel des Februarmonds einsam an dem felsigen Strand entlanggedriftet war. Die Augen des Jungen standen halb offen, als versuchte er, aus Höflichkeit wach zu bleiben.

Walter stemmte sich gegen eine Welle, dann zog ihn die unsichtbare Kraft der Gezeiten ein wenig zurück. Sein Blick fiel auf die Blüten der dichten Naupaka-Büsche. Frisch und zart waren sie, und an diesem Morgen herzzerreißend fehl am Platz. Vorsichtig näherte er sich rückwärts den Mangrovenwurzeln in der seichten Bucht zwischen den messerscharfen Lavafelsen, die es entlang der Südostküste Mauis gab. Er hielt Kekipi am Fußgelenk fest und tat sein Bestes, damit die Leiche nicht gegen die Felsen oder das verschlungene Labyrinth aus knorrigen Baumwurzeln schlug, denn jede heranrollende Welle hob sie an und wollte sie zum Ufer treiben.

Über den schweren Sand näherten sich schnelle Schritte, dann platschte es im Wasser, und Officer David Hara watete auf ihn zu. Hara wandte die Augen von dem Gesicht ab, das aus dem Meer zum wolkenlosen Himmel hinaufstarrte, und Walter fiel auf, dass er sich bemühte, knapp außer Reichweite des Armes zu bleiben, der sich in der Strömung bewegte.

»Verstärkung ist da?«

Hara nickte. »Kommen gerade mit der Trage den Hang herunter, Sir. Fotografen sind auch dabei. Die Rechtsmedizinerin sagt, sie ist in einer halben Stunde hier, falls sie vor den Touristen auf der Straße ist. Wir sollen ihn schon mal rausziehen, wenn wir hier fertig sind, es ist ja schließlich nur ein Unfall.« Er zögerte. »Und der alte Fischer, der den Toten gemeldet hat, wartet oben auf dem Weg auf Sie.«

»Okay. Sagen Sie ihm, er soll dortbleiben, bis ich mit ihm sprechen kann. Das Surfbrett ist gleich hinter dem Eingang der Bucht in den Kiawe-Wurzeln hängen geblieben. Ich bleibe bei der Leiche. Sorgen Sie dafür, dass das Brett fotografiert wird.«

Ungefähr fünfzig Fuß entfernt lugte die Spitze eines orangefarbenen Surfboards aus dem Gestrüpp. Walter betrachtete es von Weitem und ließ sich durch den Kopf gehen, was er vorgefunden hatte. Allem Anschein nach war hier ein Sprungmanöver gründlich missglückt – ein Surfausflug mit tödlichem Ausgang. Walter schüttelte den Kopf. Das war nicht der erste tote Surfer, den er im Lauf der Jahre gesehen hatte, und es würde wahrscheinlich auch nicht der letzte sein.

Er wappnete sich für die nächste Welle, als Hara an ihm vorbeikletterte und das Gewirr der Wurzeln und Zweige nutzte, um festen Boden unter die Füße zu bekommen. Die verebbende Welle zog an der Leiche. Vom Ufer her war Bewegung zu hören, dann Stimmen. Zweige wurden beiseitegeschoben, Hände wurden ausgestreckt. Während der Polizeifotograf den unseligen Fund aufnahm, hielt Walter das Fußgelenk weiter fest im Griff und ließ nicht los, bis die Mediziner übernahmen und sowohl die Leiche als auch Walter aus dem Meer zogen.

Angesichts des Unglücks strahlte der Himmel unangemessen blau. Der Junge trug eine Badehose, davon abgesehen war sein sonnengebräunter Körper unbekleidet, die Füße nackt. Niedergeschlagen sah Walter zu, wie der Tote zu der Trage gebracht wurde, die auf einem Flecken Gras bereits auf ihn wartete, und mit einem Tuch zugedeckt wurde.

Der Fotograf entfernte sich entlang des Ufers von der Stelle, wo das Surfboard sich verkeilt hatte. Als er an Walter vorbeikam, blieb er kurz stehen. »Es gehört dir, mein Freund.«

Walter brummte. Er sah zu Hara hinüber, der neben der Trage wartete, dann zu den Medizinern. Sie waren den Strand hinuntergegangen, und Walter war aufgefallen, dass sie jeden Blickkontakt mit ihm bewusst vermieden hatten. »Du erwartest, dass ich das Ding da raushole?«

Der Fotograf zuckte mit den Schultern. »Du kannst nicht mehr nasser werden, weißt du? Gönn uns anderen die trockene Hose.«

Walter seufzte. Es stimmte. An ihm war kein Faden trocken geblieben. Langsam ging er zurück ins Wasser, dann holte er tief Luft, tauchte unter und kam mit dem Surfbrett auf der Schulter wieder hoch. Er stieg über scharfkantige Felsen, die ihm Arme und Beine aufschürften. Für so viel körperliche Aktivität war seine massige Gestalt nicht geschaffen, schon gar nicht so früh am Morgen.

Er trug das Brett zu Hara, der nervös von einem Bein aufs andere trat. Walter ignorierte ihn und versuchte, sich nicht davon beeinträchtigen zu lassen, dass Hara sich in seiner Gegenwart ständig unbehaglich fühlte. Bisher hatte jeder Polizist, der für ihn arbeitete, so auf ihn reagiert, Hara bildete da keine Ausnahme, obwohl er schon vier Monate bei ihm war.

Keine praktische Erfahrung, aber eindeutig lerneifrig, dachte Walter. Vielleicht zu eifrig. Mit seinen dreiundzwanzig Jahren war Hara eine echte Nervensäge. Und für einen Cop sah er viel zu gut aus. Wo er auch hinging, immer erschien wie von Zauberhand eine kleine Parade von Frauen in seinem Kielwasser. Walter hatte genügend Selbstbewusstsein, um zuzugeben, dass er das noch ärgerlicher fand als alles andere.

»Captain, da ist noch etwas … na ja, das sollten Sie sich ansehen. Was ich sagen will, Sir, also, ich meine, Sie werden vielleicht …«

Walter hob ungeduldig die Hand. »Spucken Sie es einfach aus, bitte.«

»Äh«, begann Hara verwirrt, »die Kopfwunde …«

Walter ging wortlos an ihm vorbei.

Die Leiche lag still mit leicht gespreizten Beinen da, für immer zum Schweigen gebracht. Hara begab sich ans obere Ende der Trage, zog das Tuch zur Seite und zeigte auf die Wunde. »Sieht aus, als wäre der Schädel ringsherum zertrümmert, Sir.«

Walter runzelte die Stirn. Schweigend blickte er ihn an und überlegte, was daraus folgte. »Und? Höchstwahrscheinlich ist er vom Board gestürzt und wurde gegen die Lavafelsen geschleudert.«

»Wenn das hier nicht wäre, Sir.« Hara machte ihm Platz und zeigte auf die klaffende Wunde.

Walter beugte sich hinunter und betrachtete sie genau. Da war etwas in den Rand der Wunde eingedrungen, etwas Glänzendes, Weißes.

Walter schaute zu den Medizinern, die jetzt am Wasser standen und sich in aller Ruhe unterhielten. Die Situation ließ sie ziemlich unberührt, zum einen, weil das notwendig war, und zum anderen, weil sie schon viele Wasserleichen gesehen hatten. Aus der hinteren Hosentasche holte Walter ein Paar nasse Handschuhe hervor und zog sie über.

»Taschenlampe«, verlangte er knapp.

Hara fummelte an seinem Gürtel herum und brachte eine kleine, sehr helle Stiftleuchte zum Vorschein.

»Halten Sie sie hierhin … Nein, mehr nach links.« Walter betrachtete den ungleichmäßigen Wundrand und untersuchte ihn behutsam, wobei er mit sich selbst sprach. Hara stand unruhig dabei.

Walter schüttelte verwirrt den Kopf. »Also, das gibt's doch nicht! Wenn ich mich nicht irre, ist das der Zahn eines Manō.«

»Das dachte ich auch, Sir. Aber was macht ein Haizahn in seinem Kopf? Das ist keine Bisswunde. Wenn er sich beim Surfen den Kopf an einem Felsen aufgeschlagen hat, wie kommt dann der Zahn in die Wunde? Und hätte ein Hai nicht, na ja, ein Stück von ihm abgebissen? Wäre …«

Wieder hob Walter die Hand, um seinen irritierten Kollegen zu unterbrechen. »Beruhigen Sie sich, Hara.« Er schaute zum dunstigen Horizont. »Das ist alles wahr, aber es hilft uns nicht weiter.«

Hara atmete tief durch, dann deutete er zu dem Surfbrett hinüber. »Und die Surfleine ist noch mit dem Brett verbunden, war aber nicht an seinem Fuß befestigt.«

Walter zog die Brauen zusammen und betrachtete die Wunde noch genauer. Ließ seine Beobachtungsgabe nach? Hara hatte mit der Surfleine etwas Wichtiges bemerkt. Auch wenn das für Walter noch lange kein Grund war, ihn sofort dafür zu loben. Dass die Schlaufe mit dem Klettverschluss nicht am Fußgelenk des Jungen befestigt war, war merkwürdig, denn ein Surfbrett war teuer, und mithilfe der Leine fand man es nach einem Sturz sofort wieder. Wenn er mit seiner inoffiziellen Identifizierung richtiglag und es sich bei dem Toten wirklich um Kekipi Smith handelte, dann war ein gutes Surfbrett für den Jungen ein Luxus gewesen, denn die Familie hatte fünf Kinder.

In ihm regte sich etwas, und sein Ton verlor den Anflug von Strenge. »Also gut«, sagte er. »Hier passt einiges nicht zusammen.« Er drehte sich zu Hara und nickte. »Gut beobachtet, Hara. Zeit für Detective Māhoe, ihren tätowierten Kriegerarsch herüberzuschwingen. Leihen Sie mir mal Ihr Handy. Meins ist irgendwo da drüben am Strand. Sie können es mal suchen, solange ich telefoniere.«

Hara gab ihm sein Telefon und ging zu dem leicht abschüssigen Streifen Land an der Bucht, wo man die Leiche gefunden hatte. Walter tippte die vertraute Nummer ein, während er den steilen Pfad hinaufstieg, der vom Strand zum Parkplatz führte. Sie musste den toten Jungen am Fundort sehen, bevor man ihn wegbrachte, solange der 'Uhane, sein Geist, noch dort weilte, wo er gestorben war.

»Und sperren Sie das Gebiet ab«, rief Walter hinter Hara her. »Wir haben hier vielleicht einen Tatort.«

2

Detective Kali Māhoe streckte die Finger möglichst weit nach unten. Mit ihren schlanken, muskulösen Beinen hing sie kopfüber an dem dicken Ast des alten Mangobaums in ihrem Garten, im Dörfchen Nu'u bei Hana. Sie berührte mit den Fingerspitzen fast den Boden, und ihre langen schwarzen Haare streiften das Gras. Der Horizont befand sich nun unten, und darüber sah sie einen Käfer mühsam durch die grünen Halme zum Rand des Meerhimmels krabbeln.

Als Kind hatte Kali viel Zeit in dem Baum verbracht und von dem Tag geträumt, an dem sie groß genug sein würde, um bis zum Boden zu reichen, während ihre Großmutter sie von der Veranda aus ermahnte, dass es nicht damenhaft sei, auf Bäume zu klettern, und es unweigerlich zu Knochenbrüchen führe. Kali musste lächeln. Sie war gerade fünfunddreißig geworden und hatte sich noch nie etwas gebrochen.

Im Freien zu sein und vom Baum zu hängen war viel schöner, als drinnen an dem Küchentisch zu sitzen, der ihr auch als Schreibtisch diente. Sie war schon seit Stunden auf und arbeitete an einer Präsentation, die sie für einen Abendkurs vorbereiten musste, der im kommenden Frühjahr am Maui College der Universität Hawaii stattfinden sollte. Aber sie kam einfach nicht voran. Kali war nicht nur Detective des Maui Police Department, sondern hatte auch einen Abschluss in Kulturanthropologie und war spezialisiert auf die kulturellen und spirituellen Traditionen Hawaiis – wodurch sie über außergewöhnliche Kenntnisse verfügte, die sich bei der Verbrechensaufklärung schon oft als nützlich erwiesen hatten.

Ihre Großmutter, die namhafte Autorin und Historikerin Pualani Pali, hatte ihr das Haus hinterlassen und damit auch den Mangobaum. Es war auch Pualani, die in Kali die nächste Kahu der Gemeinschaft erkannt und ihr die spirituelle Führerrolle zugesprochen hatte, die traditionell an die übernächste Generation weitergegeben wurde. Die Gabe ihrer Enkelin war der älteren Kahu durch subtile Zeichen enthüllt worden, durch Kalis natürliches Interesse an Pflanzen, ihr Verhältnis zu Tieren und ihre Träume und Visionen, die sich oft überschnitten. Pualani bestimmte ihre fünfjährige Enkelin zur nächsten Kahu, nachdem Kali beharrlich behauptet hatte, eine Meeresschildkröte habe sie vor einem Tsunami gewarnt, denn dieser hatte sich bald darauf tatsächlich ereignet und eine todbringende Überschwemmung nach sich gezogen.

Kali schwang sich hoch, griff um einen Ast und ließ sich elegant zum Boden hinab. Hilo, ihr Mischling aus einem Weimaraner und einer Deutschen Dogge, hob den Kopf und sah von seinem sonnigen Fleck zu ihr herüber.

Das Wasser jenseits des Rasens hatte einen Stich ins Graugrüne. Dort schaukelte sanft ein altes Fischerboot, das dringend einen neuen Anstrich brauchte. Die Aufschrift »Gingerfish« am Heck war stark verblasst. Kali war wie immer froh, es noch dort liegen zu sehen. Walter hatte es von einem Freund gekauft, der aufs Festland gezogen war, und Kali hatte ihm angeboten, es vor dem alten Anleger ihres Grundstücks ankern zu lassen. Walter verbrachte viel freie Zeit in einem bequemen Liegestuhl an Deck und spielte auf seiner Ukulele, wobei sie immer wieder darauf hinwies, dass die Ankerkette ausgewechselt werden musste. Bisher war der einzig sichtbare Erfolg ihrer Ermahnungen der zunehmende Rost auf der Kette.

Hilo trottete neben ihr her, als sie über den Rasen zu den Papayabäumen ging, die die Grenze zwischen dem Nachbargarten und ihrem drei Morgen großen Grundstück markierten. Sie griff nach einer reifen Frucht und drehte sie behutsam, bis sie sich löste. Dabei fiel ihr Blick auf den von den Zweigen des Baumes halb verdeckten Hālau, einen offenen, mit Palmblättern gedeckten Schuppen, in dem ein unfertiges Kanu auf zwei Sägeböcken lag, für immer gefangen in seiner halb fertigen Gestalt, denn es würde wohl nie mehr vollendet werden.

Kali wendete ihren Blick ab, um die Erinnerung an Mike, ihren verstorbenen Verlobten, nicht unnötig heraufzubeschwören. Sie nahm die Papaya mit ins Haus und legte sie auf den Küchentresen, dann öffnete sie den Kühlschrank und schaute hinein. Sie fand Reis und Garnelen von gestern Abend und eine Schüssel mit Ananasscheiben, die längst hätten gegessen werden müssen.

Die Papaya würde als Frühstück reichen müssen, entschied sie. Während der Kaffee durchlief, halbierte sie die Frucht. Das weiche orangefarbene Fleisch war in der Mitte mit schwarzen Samen gefüllt. Sie schabte sie aus der Mulde. Der Saft tropfte auf die Arbeitsplatte, als sie die Hälften auf einen Teller legte.

Mit dem Teller in der einen und dem Kaffeebecher in der anderen Hand ging sie am Küchentisch vorbei, auf dem der Computer brummte, und stieß die Fliegengittertür auf. Sie betrat die Lanai, die breite Veranda, die an der Front und einer Seite des Hauses verlief. Während der Morgen voranschritt, wurde der Himmel heller. Leise ging Kali über die Veranda und machte es sich mit untergeschlagenen Beinen auf dem Liegestuhl mit den fadenscheinigen Kissen bequem, dann löffelte sie das Fruchtfleisch aus der Schale.

Vor ihr erstreckte sich das Meer. Die Schreie der Möwen und das Rauschen der Wellen am Ufer wirkten normalerweise beruhigend auf sie, aber an diesem Morgen konnte die Geräuschkulisse ihre Unruhe nicht verscheuchen. Sie hatte nicht gut geschlafen und in den frühen Morgenstunden vor der Dämmerung wach gelegen. Irgendetwas war aus dem Gleichgewicht geraten, das wusste sie so sicher, wie der strahlende Himmel sich noch vor dem Abend mit Regenwolken füllen würde. Genau so hatte sie mit fünf Jahren den bevorstehenden Tsunami gespürt.

Seufzend rückte sie die Beine unter sich zurecht. Sie hatte gerade das letzte Stück Papaya gegessen, als ihr Telefon klingelte, rücksichtslos und durchdringend. Sie nahm den Teller mit hinein und sah es auf dem Tischchen neben dem Sofa liegen. Kaum hatte sie danach gegriffen, glitt es ihr aus den Fingern, schlitterte über den Holzboden und landete zwischen einer zeremoniellen Trommel und dem Speer, den ihr eine Stammesälteste aus Neuseeland vor Jahren bei einem Besuch geschenkt hatte. Sie bückte sich, achtete darauf, den Speer nicht umzureißen, und hob das Telefon auf. Als sie auf die Taste drückte, um den Anruf anzunehmen, fiel ihr der Teller aus der Hand und zersprang am Boden. Verärgert schaute sie sich in dem kleinen Zimmer um.

Der Anrufer klang freundlich – es war die tiefe, volltönende Stimme ihres Onkels Walter. »Aloha, Kali. Alles in Ordnung? Hört sich an, als ob du mit Sachen um dich wirfst.«

Kali holte tief Luft. Walter wirkte seltsam angespannt. »Noch nicht, aber der Tag ist ja noch jung. Was gibt's?«

Er schwieg für einen Moment. »Tja, ich unterbreche dich nur ungern, bei dem, was du gerade tust, aber wir haben hier unten am Strand eine Leiche. Sie wurde noch nicht offiziell identifiziert, aber ich bin mir ziemlich sicher, dass es Kekipi Smith ist, Anna Smiths Ältester. Sie hat gestern Abend gemeldet, dass er nicht nach Hause gekommen ist. Es sieht ganz so aus, als wäre er zwischen den Klippen beim Haleakalā-Nationalpark ertrunken, wahrscheinlich gestern Abend. Sein Surfbrett ist in der Nähe angeschwemmt worden, sodass es wie ein Unfall aussah.«

Kali runzelte die Stirn und umklammerte das Telefon fester. »Aussah?«

Walter blieb bei seinem unverbindlichen Ton. »Na ja, so schien es anfangs. Aber inzwischen gibt es Indizien, auf die wir uns keinen Reim machen können.« Seine Stimme schwankte für einen Augenblick. »Kannst du herkommen und ihn dir ansehen, bevor wir ihn wegbringen lassen?«

Kali warf einen Blick aufs Meer, das durch das Fenster zu sehen war. In ihrem Brustkorb flatterte dumpfes Unbehagen.

»Ich habe ein ungutes Gefühl dabei«, sagte Walter in ihr Schweigen. »Ich erkläre es dir, wenn du hier bist, aber wir behandeln das als verdächtigen Todesfall. Es gibt da Hinweise, die ihn in deine Zuständigkeit rücken.«

Sie schloss die Augen und fühlte einen Schatten in die Dunkelheit springen.

»Okay. Bin schon unterwegs.«

Sie nahm ihre Schlüssel und ging nach draußen in die Sonne. Hilo folgte ihr, wobei er die Fliegengittertür mit der

Schnauze aufstieß, um dann dicht neben ihr herzutraben, sodass sein langer Leib gegen ihre Beine stieß. Kurz tätschelte sie ihn, war aber in Gedanken schon bei der Geschichte, die sie gleich hören würde.

3

Auf der oberhalb des Strandes gelegenen Anhöhe gab es eine unwegsame Lichtung, auf der Kali mit ihrem verbeulten, türlosen Willys Jeep anhielt. Unter den enttäuschten Blicken ihres Hundes, der auf seinem Platz auf dem Beifahrersitz zurückbleiben musste, betrat Kali den sandigen Boden unter den Bäumen. Sie suchte sich einen Weg durch das feuchte kräftige Gras, bis sie Walter erreicht hatte, der neben einem älteren Fischer stand, den sie sofort erkannte: Sam Hekekia lebte an diesem Küstenabschnitt, solange sie zurückdenken konnte. Sie schaute in sein Gesicht. Er sah zutiefst erschüttert aus. Seine Fischernetze lagen in wirren Haufen neben ihm.

Er hatte am frühen Morgen die Polizei zur Leiche gerufen und das traurige Geschehen in Gang gesetzt, das sich gerade unten auf dem sonnigen Strand abspielte. Sam stand schweigend da und trank einen Schluck Kaffee aus einer Blechtasse, während Kali einen Blick mit Walter tauschte.

»In meinen Augen nicht die beste Art, den Tag zu beginnen«, meinte Sam stirnrunzelnd. Er hob eine Hand gegen die Sonne und schaute übers Wasser. »Die Fische werden wohl eine ganze Weile nicht mehr kommen. Sie sehen den Geist des Jungen und schwimmen woandershin.«

Walter nickte langsam. Kali sah ihm an, dass er fast so niedergeschlagen war wie Sam.

»Da hast du wahrscheinlich recht«, pflichtete er ihm bei.

»Wir werden eine Zeremonie abhalten, Sam«, sagte Kali und lächelte ihn aufmunternd an. »Du wirst schon sehen. Wir bringen Ku'ula ein Opfer dar. Du weißt, dass er die Fischer schützt. Er wird deine Fische zurückbringen.«

»Vielleicht.« Sam schaute zweifelnd. »Wenn du die Zeremonie abhältst, kannst du Ku'ula vielleicht sagen, dass die Fische ihre Freunde mitbringen sollen. Meine Netze sind in letzter Zeit nur halb voll.«

Er schaute die beiden erwartungsvoll an. Kali und Walter schwiegen.

»Ich habe gesehen, wie der junge Polizist da unten das Absperrband zieht«, sagte Sam tonlos und deutete zum Strand. »Ich weiß, was das heißt. Ich gucke Fernsehserien, wisst ihr.« Er räusperte sich und wartete weiter auf eine Antwort. Als er sie nicht bekam, griff er nach seinen Netzen.

»Okay. Ich gehe jetzt. Ihr ruft mich an, wenn ihr etwas braucht.« Aus seinem faltigen Gesicht sprach Enttäuschung. »Mehr habe ich einfach nicht zu sagen. Ich bin zum Wasser runtergegangen, und da war er. Hab nichts gehört, nichts gesehen, nichts gerochen. Da war einfach nur der Junge, dort zwischen den Felsen.«

»Danke, Sam«, sagte Walter ernst. »Aber falls dir noch etwas einfällt …«

»Wir reden später, okay?«, sagte Kali lächelnd.

Sam nickte und stapfte mit den Netzen über der Schulter in Richtung Straße davon.

Kali sah Walter eindringlich an. Er räusperte sich und machte sich auf den Weg zu dem steilen Pfad. Sie folgte ihm zu der Stelle hinunter, wo Hara noch mit der Leiche wartete.

»Ist das der einzige Weg nach unten?«

»Ja, in geraumer Entfernung. Den benutzen die Surfer.«

Die Wellen brachen sich rhythmisch an den Felsen, gleichmäßig wie ein Metronom. Wie friedlich die Umgebung auch scheinen mag, dachte Kali, Surfunglücke passierten viel häufiger, als die Surfboard-Verleiher bei den Touristen durchblicken ließen. Sie trat vorsichtig auf den Pfad. Ihrer Ansicht nach war das einfach ein weiterer Beweis dafür, dass es den Wassergöttern egal war, wie jung oder alt man war oder ob man schon sein ganzes Leben hier wohnte: Wenn sie sich provoziert fühlten, aus welchem Grund auch immer, konnte einen nichts mehr schützen.

Sie schaute über die schimmernde Wasserfläche. Kein indigener Hawaiianer nahm das Meer oder einen anderen Teil der Natur als Selbstverständlichkeit. Das Wetter auf dieser isolierten Inselkette war unvorhersehbar. Zwar konnte man die dunkle Küste von Big Island heute Morgen über den Kanal hinweg erkennen, doch der Seegang war während der letzten sieben Tage völlig unberechenbar gewesen. Ein Sturmsystem war durchgezogen, hatte riesige Wellen erzeugt und das Wasser zu wilden Strudeln aufgepeitscht. Heute rollten sanfte Wellenstreifen an den Strand. Das blaugrüne Meer war ungewöhnlich still und versprach den Booten, die auf dem breiten Kanal zwischen den Inseln unterwegs waren, eine ereignislose Fahrt.

Walter schien zu spüren, welche Richtung Kalis Gedanken genommen hatten.

»Der Sturm hat ein paar hohe Wellen mitgebracht, aber nicht so viel Zerstörung angerichtet, wie wir alle dachten.« Er rutschte mit einem Fuß in dem sandigen Boden weg und griff ächzend nach den Zweigen der Büsche, um sich abzufangen.

»Das ist natürlich gut«, räumte sie ein. »Aber das hat eben auch die Surfer rausgelockt.«

Er nickte. »Sicher, das haben Stürme so an sich. Sie gehen vorbei, aber der nächste kommt bestimmt«, sagte er und schaute zum blauen, trügerisch ruhigen Himmel hoch. »Es wird heute noch kräftig regnen, vielleicht sogar stürmen. Da werden Touristen von der Straße abkommen oder in der Strömung hängen bleiben.«

»Das stimmt.« Kali schüttelte den Kopf. »Sieh ruhig weiter in allem nur das Schlechte, Walter. Dein ewiger Pessimismus ist wirklich furchtbar.«

Sie kamen unten an, wo der Pfad in einen ebenen Streifen Sand mit Grasbüscheln mündete. Walter drehte sich von ihr weg. Kali wusste, dass er nie seine Zeit vergeudete, indem er die Wahrheit abstritt. Zu seiner Verteidigung musste sie allerdings einräumen, dass er heute Vormittag sicher etwas ganz anderes vorgehabt hatte, als einen toten Jugendlichen aus einem Gezeitentümpel zu bergen. Bestimmt hatte er zum Ranch-Restaurant gehen wollen, bevor die letzte Portion Macadamia-Pfannkuchen im Schlund eines Touristen verschwand, der über Nacht geblieben war. Und das taten viele, denn die kurvenreiche Straße, die von dort über viele Meilen zu den zusammengedrängten Ferienorten im schmalen Mittelteil der Insel führte, stellte einige Anforderungen an das Fahrvermögen, die die Touristen auf diese Weise gerne noch ein wenig vor sich herschoben.

Kali hörte ein tiefes Knurren, das ihre Vermutung bestätigte. Sie zog eine Braue hoch und blickte Walter fragend an. »War das dein Magen?«

Unwillkürlich griff er sich an seine üppige Leibesmitte und

zog ein finsteres Gesicht. »Der Anruf kam vor Sonnenaufgang. Da blieb keine Zeit, um auf einen Marmeladentoast anzuhalten«, sagte er abwehrend.

Aber Kali ging bereits weiter. Anstatt sich zu dem Toten zu begeben, ging sie am Wasser entlang und lauschte. Es schien ihr, als wäre der Ort gestört worden, zertrümmert. Das Bild des zerbrochenen Tellers auf ihrem Holzboden kam ihr in den Sinn, und sie machte abrupt kehrt und lief zu der Trage. Die beiden Mediziner beobachteten sie vom Strand aus. Sie zollten der Kahu Respekt, indem sie sich nicht einmischten.

Hara machte ihr Platz, als sie an das Kopfende der Trage herantrat. Der Anblick brach ihr das Herz. Wie sinnlos das war. Auch sie kannte die Familie des Jungen, die, genau wie sie selbst, ihr ganzes Leben in einer abgeschiedenen Gemeinde am Rande der Insel gelebt hatte.

Sie drehte sich um und schaute suchend die Küste entlang, dann auf die Umrisse unter dem Laken. Sie runzelte die Stirn. Da hing noch etwas anderes in der Luft, etwas Ungreifbares wie ein schwacher Schatten zurückgebliebener Angst. Sie schloss die Augen. Es schwebte, zerstreute sich noch.

»Es sieht aus, als steckte da ein Haizahn in der Wunde.« Walter trat neben sie. »Das passt nicht zu der These von einem Surfunfall.« Er blickte zu Hara hinüber. »Hara hat ihn entdeckt«, sagte er dann, wobei in seiner Stimme ein leiser widerwilliger Stolz mitschwang.

Kali hob das Laken so weit an, dass sie den Kopf des Jungen sehen konnte, dann ging sie auf die andere Seite, um sein Gesicht zu sehen. Die Haare waren von der Wunde weggestrichen, und sie beugte sich darüber, um den Haizahn zu betrachten.

»Es ist erst zwei Wochen her, dass sein Foto in der Zeitung war«, sagte sie.

»Ja. Er hat ein Vollstipendium für die Universität Hawaii bekommen. Wollte Meeresbiologie studieren«, sagte Walter.

Kali stand das Foto noch vor Augen. Kekipi hatte fröhlich ausgesehen, er hatte sein ganzes Leben noch vor sich gehabt. Sie schüttelte den Kopf und schob den Gedanken beiseite. Sie hoffte nur, dass Kekipi, wo immer er jetzt war, ein neues Surfbrett gefunden hatte und alle großen Wellen reiten konnte. Vielleicht war er sogar selbst zu einer Welle geworden und bis in alle Ewigkeit ein Teil des weiten Ozeans.

»Das ist eindeutig keine Bisswunde«, hörte sie Walter sagen. »Ein Hai hätte Reißspuren hinterlassen. Und mehr herausgebissen. Weißt du noch, die Surferin aus Kalifornien im vorletzten Sommer? Die wurde zur Hälfte aufgefressen.«

Sie verzog das Gesicht. »Ja. Wie sollte ich das vergessen?«

»Die hatte ein silbernes Fußkettchen, und als der alte Manny Peebles den Hai erlegt und aufgeschnitten hatte, fand er es. Es hing noch an einem Stück Fuß. Die Eltern wollten es nicht haben. Ich glaube, Manny trägt es seitdem.«

Kali sah ihn entsetzt von der Seite an. »Er trägt es?«

»Ja. Meint, es bringt ihm Glück beim Angeln.«

»Er denkt wohl nicht besonders gründlich darüber nach, was er sich dadurch einhandeln könnte.«

Walter zog ein Gesicht. »Du sagst es.«

Oben auf der Anhöhe hielt ein Wagen an. Sie drehten sich um und sahen hinauf.

»Die Rechtsmedizinerin scheint da zu sein.«

Sie beobachteten die stämmige Frau, die oben an den Pfad trat und dann vorsichtig den Hang hinunterstieg.

Keiner sagte ein Wort, während sie sich näherte. Mona »Stitches« Stitchard war achtundfünfzig Jahre alt und hatte früher als praktische Ärztin gearbeitet. Irgendwie gelang es ihr, sich so zu verhalten, dass niemand mit ihr auskam, sei er tot oder lebendig. Der sarkastische Spitzname, der nie in ihrem Beisein fiel, spielte auf ihre Humorlosigkeit und ihre präzisen Nähte an. Und weil sie außerdem bei der Polizei überwiegend mit männlichen Kollegen zusammenarbeitete, fühlte sie sich ständig angegriffen. Kali und Walter gingen ihr wegen ihrer schroffen Art jedenfalls möglichst aus dem Weg.

»Doktor«, grüßte Walter, der angestrengt darauf achtete, dass ihm nicht versehentlich ihr Spitzname herausrutschte.

»Walter«, sagte sie ohne die geringste Wärme. Sie wandte sich Kali zu. »Guten Morgen, Detective. Wenn Sie hier sind, heißt das wohl, dass es sich nicht bloß um Tod durch Ertrinken handelt, obwohl das die Information war, die der gute Captain Alaka'i mir heute Morgen übermittelt hat.«

Kali nickte. »Möglicherweise, aber es bleibt Ihnen überlassen, das festzustellen.«

»Anfangs sah es tatsächlich wie ein Surfunfall aus«, erklärte Walter abwehrend. »Doch dann haben wir den Haizahn entdeckt, der tief in der Wunde steckt.«

»Interessant.« Stitches schlug das Laken beiseite und betrachtete die Wunde näher. »Die Gewalteinwirkung, ob von den Felsen oder etwas anderem, hat ihm die Schädeldecke zertrümmert. Irgendein Hinweis auf eine Tatwaffe?«

»Bisher nicht.«

Sie stellte ihre Instrumententasche in den Sand und drehte sich zu ihnen um, als wäre sie überrascht. »Sie können gehen«, sagte sie ungeduldig. »Tun Sie, was Sie tun müssen. Ich werde

Ihnen die Untersuchungsergebnisse dann zukommen lassen.«

Sie begaben sich zu den Bäumen am Wasserrand, wo die Leiche angeschwemmt worden war. Walter telefonierte mit einem Kollegen, damit er den Tatort absuchen würde, dann gab er Hara ein paar Anweisungen.

Kali wusste, dass er so das Unvermeidliche hinauszuschieben versuchte.

Er trat zu ihr und seufzte. »Ich muss dann wohl mal los und es Kekipis Mutter sagen. Es sei denn, du …«

»Nein.« Sie blickte auf. »Ich werde später mit ihr reden, wenn sie ein bisschen Zeit gehabt hat zu begreifen, was passiert ist.«

»Gut. Das ist wahrscheinlich besser. Ich nehme Hara mit.«

Ein wenig Zeit ließen sie sich jedoch noch, um zuzusehen, wie die Rechtsmedizinerin ihre vorläufige Einschätzung vornahm. Schließlich gab Stitches den beiden Rettungssanitätern einen Wink, die sich daraufhin erleichtert in Bewegung setzten. Sie hoben die Trage an, fassten noch einmal nach und trugen Kekipi vorsichtig an Walter und Kali vorbei. Stitches schaute den Strand hinunter und winkte knapp in die Richtung, wo Kali und Walter standen. Kurz darauf verschwand sie aus dem Blickfeld. Dann hörte man den Motor zweier Fahrzeuge anspringen, bevor sie die Lichtung verließen und über die holprigen Reifenspuren des Graswegs zur Hauptstraße fuhren.

Aus dem Augenwinkel sah Kali ihren Onkel auf die Uhr schauen und merkte, dass er immer mutloser wirkte, je weiter der Zeiger voranschritt. Bis er mit der Familie des Opfers gesprochen, eine verbindliche Identifizierung erhalten und bei dem Kollegen, der den Tatort untersuchen würde, die Ergebnisse eingeholt hatte, würde es Mittag sein, vielleicht sogar noch später, das war ihr klar.

Ihm knurrte erneut der Magen, und er seufzte.

Kali wollte nicht voreingenommen sein. Ihr Onkel war ein wunderbarer Mensch. Sein Blick auf die Uhr hieß nicht, dass er herzlos war oder kein Mitgefühl besaß. Er hatte einfach nur Hunger.

4

Es wurde später Vormittag. Kali hatte Gesellschaft von der Spurensicherung bekommen, die den Strand, den Pfad und das Wasser zwischen den Felsen noch einmal absuchte. Hara war zurückgekehrt und hatte ihr von Walter einiges ausgerichtet. Der Besuch bei Anna Smith war sehr emotional gewesen, sie konnte aber außer den Namen von Freunden und einer Freundin wenig Informatives beitragen. Und nach Aussage der Mitarbeiter im örtlichen Surfshop, den Kekipi bevorzugt hatte, war der Junge dort vorbeigekommen, um später, nach Abflauen des Sturms, noch surfen zu gehen. Er war allein gewesen.

Die bisher nützlichste Information war eine Karte aus dem Surfshop, in der die beliebtesten Surfplätze dieses Küstenabschnitts eingezeichnet waren. Demnach waren der Pfad und das umliegende Gelände, das gerade von der Spurensicherung abgesucht wurde, unter Surfern der beliebteste Zugang zum Meer. Wegen der hohen Wellen und der Strömungen hatte Kekipi zu einer Stelle am Strand gehen wollen, die nur ein paar Hundert Meter vom Fundort seiner Leiche entfernt lag.

Leider war das Gelände üppig mit Gras bewachsen, und bald würde es heftig regnen. Der Himmel hatte sein Azurblau nach und nach verloren und sich zunächst mit schnell ziehenden Wolken gefüllt, um nun bedrohlich dunkel zu werden. Wie angekündigt hatte der Wind kräftig aufgefrischt. Schon wurden herumliegende Zweige durch die Luft geweht, und die Wellen brachen sich laut an den Küstenfelsen.

Am frühen Nachmittag gesellte sich Walter wieder zu ihr. Der Kollege, der den Fundort der Leiche untersucht hatte, war gegangen und hatte zuvor erklärt, dass es keinen eindeutigen Tatort gebe und darum die Chancen, noch irgendwelche nützlichen Erkenntnisse zu gewinnen, außerordentlich gering seien.

Kali suchte den Hang noch einmal auf beiden Seiten des Pfades ab. Oben, am Rand der Lichtung traf sie auf Walter und Hara, die nebeneinanderher gingen und den Boden absuchten.

»Das hat doch keinen Sinn«, brummte Walter und duckte sich, als der Zweig einer Kokospalme vorbeifegte und seinen Kopf knapp verfehlte. Hara hatte nicht so viel Glück. Er wurde an der Schulter gestreift und zuckte zusammen.

»Man weiß nie, Sir«, erwiderte er und rieb sich die schmerzende Stelle. »Es ist, wie Sie immer sagen: Die meisten Mörder achten nicht auf die Details. Vielleicht hat der Täter etwas fallen lassen, das wir alle bisher übersehen haben.«

»Wie kommen Sie darauf, dass es ein Mann und keine Frau war?«, fragte Kali.

Hara blickte sie an, antwortete aber nicht. Sie suchten nun schon seit einer Stunde und konnten nichts vorweisen. In Romanen und Filmen stand immer ein Heer von fünfzig eifrigen ausgebildeten Helfern bereit, dachte Kali, um solch ein Gelände abzusuchen. Sie dagegen arbeiteten hier nur mit den paar Kollegen der kleinen Polizeitruppe der Insel, die kurzfristig herbeordert worden waren. Und die konnten ihnen noch nicht einmal sagen, was die Mordwaffe gewesen war oder wonach sie überhaupt suchen sollten.

Allmählich tat ihr der Rücken weh. Sie ging ein Stück weiter um eine Biegung und gelangte auf eine zweite Lichtung. Eine geschützte Stelle unter einer Gruppe von Palmen wurde offenbar häufig zum Parken genutzt. Sie rief Walter und Hara herbei, und gemeinsam betrachteten sie die kreuz und quer verlaufenden Reifenspuren, von denen viele von einem Satz nicht zusammenpassender Transporterreifen zu stammen schienen. Einer hatte fünf Zentimeter vom äußeren Rand entfernt eine große Flickstelle. Walter machte einige Fotos, während Kali und Hara sorgfältige Messungen vornahmen.

Müde von der Suche setzte sich Walter unter eine der Palmen und lehnte sich seufzend an den Stamm. Hara, der nass geschwitzt war und sich sichtlich unbehaglich fühlte, wartete schweigend auf Anweisungen.

»Nehmen Sie den Streifenwagen und fahren Sie zum Revier zurück, Hara. Ich lasse mich von Detective Māhoe mitnehmen.«

Kali sah Hara hinterher, der im Schatten der Bäume verschwand. Sie hockte sich neben Walter.

»Also, eine Lichtung, die offenbar zum Parken benutzt wurde, aber sonst keine Hinweise«, sagte Walter. »Wahrscheinlich kommen nur Surfer hierher, oder es ist ein beliebter Platz für Liebespärchen. Die Stelle, wo einsame Hausfrauen sich heimlich mit ihrem Liebsten treffen.«

»Oder jemand hat hier gedealt«, sagte Kali. »Die Stelle liegt schön abgeschieden. Nahe bei der Straße, aber nicht einzusehen, außer man geht um diese Biegung. Viel Schatten für den Fall, dass der Fahrer warten muss.«

»Oder jemand lebt in seinem Transporter und kommt regelmäßig hierher.«

Jetzt war es Kali, die seufzte. »Okay. Wahrscheinlich. Aber

was, wenn der Junge hier durchgelaufen ist, während ein großer Meth-Deal stattfand? Das wäre ein Motiv. Und wir wissen ja, dass die Typen aus Kahului hier oben bei Hana waren und ihre Geschäfte abgewickelt haben.«

Es fing an zu regnen, dicke Tropfen klatschten auf den Boden. Einen Moment lang rührten sie sich beide nicht, sondern genossen die kühlere Luft. Ein leichter Wind trug den Geruch nasser Erde und die hypnotischen Düfte tropischer Blüten heran.

»Wir müssen noch mit seinen Freunden sprechen«, sagte Walter halb zu sich selbst.

»Ich werde gleich zu seiner Freundin fahren. Vielleicht kann uns einer von den Jugendlichen etwas Nützliches erzählen«, meinte Kali, klang aber keineswegs optimistisch.

»Kommt schon mal vor«, pflichtete Walter bei. »Setz dich mit dem Direktor der Highschool in Verbindung und sieh zu, ob du für morgen Vormittag etwas abmachen kannst. Dann fahren wir hin und reden mit den Jugendlichen. Da sind sie in ihrer vertrauten Umgebung und fühlen sich nicht so eingeschüchtert.«

Er stand auf und klopfte sich Hosenboden und Beine ab. Der Platz unter den Bäumen war durch die dichten Zweige einigermaßen gegen den Regen geschützt, aber auf dem Weg zum Auto würden sie beide pitschnass werden.

Sie hasteten den Pfad entlang und stiegen in den Jeep. Der Regen trommelte aufs Dach.

»Irgendwelche vorläufigen Überlegungen?«, fragte Walter.

Kali schüttelte den Kopf. Ein losgerissenes Surfboard und ein netter einheimischer Junge mit einer Kopfwunde, in der ein Haizahn steckte. Dazu fiel ihr nicht das Geringste ein.

5

Kekipis Freundin schaute durchs Fenster auf die Straße und ließ ihre jungen Schultern hängen. Kali konnte sie im Haus warten sehen. Ehe sie klopfte, wurde ihr schon geöffnet.

»Aloha«, sagte Kali. Das Mädchen wartete höflich. »Du bist Alyssa, nicht wahr?«

Das Mädchen schaute sie an. Ihre Augen waren gerötet und leicht verquollen.

»Lys«, sagte sie. »So hat Kekipi mich genannt. Lys.«

Sie drehte sich zur Seite, damit Kali in die kleine Küche treten konnte. Eine ältere Frau stand an der Spüle. Sie lächelte Kali an.

»Aloha. Sie sind die Polizistin, die angerufen hat?«

»Ja. Detective Kali Māhoe.« Sie zeigte ihr die Dienstmarke. »Sind Sie Lys' Mutter?«

Die Frau nickte, dann stellte sie sich zu ihrer Tochter.

»Ronda«, sagte sie.

»Möchten Sie sich zu uns setzen, während ich Ihrer Tochter ein paar Fragen stelle?«

»Ich bin gleich dabei. Sie können sich an den Tisch setzen. Ich habe gerade Ananastee gemacht. Ich werde etwas Eis und Gläser holen.« Sie legte einen Arm um ihre Tochter und zog sie an ihre Seite, dann hauchte sie ihr einen Kuss auf die Wange.

Lys sagte nichts, ging aber zum Küchentisch und zog sich einen Stuhl hervor, sodass sie mit dem Rücken zum Fenster saß. Kali setzte sich ihr gegenüber. Im Gegenlicht kam es ihr fast vor, als wäre das Mädchen durchsichtig. Sie rückte mit dem Stuhl ein wenig zur Seite, damit sie Lys' Gesicht erkennen konnte.

Sie neigte sich ein wenig nach vorn, versuchte, beruhigend zu wirken. »Ich weiß, das ist sehr schwer für dich«, begann sie. »Aber wenn ich dir ein paar Fragen stelle, erhalten wir vielleicht Klarheit darüber, was am Strand passiert ist.«

»Passiert? Wie meinen Sie das? Er ist ertrunken.« Sie blickte Kali fragend an. »Oder etwa nicht?«

»Wir versuchen uns nur ein Bild zu machen, wie es dazu gekommen ist«, erklärte Kali sanft. Lys' Mutter hörte von der anderen Seite der Küche zu. »Zum Beispiel frage ich mich, warum er gestern so spät noch surfen gegangen ist.«

Lys zuckte mit den Schultern. »Er war ständig surfen. Morgens vor der Schule, nach der Schule, bei Mondschein. Das macht doch jeder hier.«

»Es ging ihm also nur darum, ob die Wellen gut waren?«

»So ziemlich.« Das Mädchen blickte in der Küche umher. »Außer, na ja, wenn das Wetter wirklich schlecht war. Kekipi war nicht dumm. Er wusste, wie gefährlich das sein kann.«

Kali wartete. Ronda brachte den Eistee an den Tisch und stellte ihnen Gläser hin.

»Mahalo für den Tee«, sagte Kali. Sie trank langsam, denn sie spürte, dass die Mutter etwas sagen wollte.

»Keiner von den Jugendlichen ist … war … ist leichtsinnig.« Ronda stolperte über ihre Worte. »Alle sind vernünftig. Sie sind hier aufgewachsen, direkt am Wasser. Sie haben Respekt davor.«

Kali nickte. Das stimmte natürlich, aber auch der vernünftigste Mensch konnte verunglücken oder Opfer einer Gewalttat werden. »Hat er gut auf sein Brett aufgepasst, wenn er im Wasser war? Benutzte er eine Leashline?«

Lys nickte. »Immer. Er hatte ein neues Surfboard. Na ja, nicht nagelneu, aber neu für ihn. Er hat es voriges Jahr zum Geburtstag bekommen, aber von seinem Geld etwas dazugegeben. Er wollte das Board auf keinen Fall verlieren.« Sie zögerte. »Ich habe ihm eine neue Leashline dazu geschenkt. Das Geld dafür habe ich verdient. Hat sie … sich gelöst? Ist es deshalb passiert?«

Kali beobachtete ihr Gesicht. Es war wichtig, dass Lys nicht das Gefühl zurückbehielt, dass sie an seinem Tod schuld war. Denn das kannte sie selbst nur allzu gut.

»Nein, daran hat es nicht gelegen. Die Leash ist unbeschädigt. Es lag an etwas anderem, Lys. Deshalb bin ich hier. Kannst du mir sagen, ob Kekipi mal erwähnt hat, dass ihm etwas Sorgen machte? Irgendetwas? Weißt du, ob er hier jemanden kennengelernt hat, der neu in der Gegend war?«

Lys runzelte die Stirn. »Nein. Er hing immer mit denselben Leuten ab. Meistens mit mir. Und mit einigen von der Schule. Er wusste, wie sehr ich ihn vermissen werde, wenn er nach O'ahu aufs College geht. Er hat gesagt …« Ihre Stimme versagte. Sie senkte den Kopf, und Kali sah an ihren Schultern, dass sie weinte. Sie griff über den Tisch und legte ihr sanft die Hand auf die Schulter.

»Das ist okay, Lys. Das ist völlig okay. Ich habe auch vor ein paar Jahren meinen Freund verloren. Ich verstehe, wie es dir geht.«

Lys hob den Kopf und sah sie mit großen Augen an, die noch unschuldig wirkten. »Hört der Schmerz jemals auf?«

»Das dauert lange«, sagte sie, weil es nicht fair gewesen wäre, etwas anderes zu sagen als die Wahrheit. »Aber irgendwann lässt er nach.«

Das Mädchen wartete.

»Was war es, das Kekipi zu dir gesagt hat?«

»Er hat gesagt«, Lys bekam nur ein Flüstern heraus, »dass er mich liebt.«

Kali konnte ihren Schmerz nachfühlen.

Hinter Lys wurde es heller. Die Sonne schien zwischen den geblümten Vorhängen hindurch. Das Mädchen saß leise schluchzend da, und Kali dachte an all die Liebe, die sich nicht mehr hatte entfalten können, und fragte sich, ob sie noch irgendwo da draußen war, in anderer Gestalt durch das Universum zog und nur darauf wartete, wieder hervorzubrechen.

6

Das Telefon riss Walter mit einem schrillen Klingeln aus seinem Nickerchen. Er hob den Kopf von der Schreibtischplatte und rieb sich den verspannten Muskel zwischen Nacken und Schulter. Dann drückte er auf den Sprechknopf.

Die schroffe, sachliche Stimme der Rechtsmedizinerin drang in das Büro.

»Habe ich Sie geweckt, Walter?«

»Seien Sie nicht albern.« Er gähnte möglichst lautlos. Vor seinem Fenster verteilte Hara Wachs auf dem Streifenwagen. Die Ärmel seines Uniformhemds waren bis zu den Ellbogen hochgekrempelt.

»Ich habe hier den vorläufigen Bericht zu Kekipi Smith, in dem übrigens nicht steht, dass Sie es unterlassen haben, auf meine Ankunft zu warten, sondern vorher mit einem Taschenmesser in der Kopfwunde herumgestochert haben.«

»Es war kein Taschenmesser«, widersprach er, klang aber selbst in seinen Ohren nicht überzeugend. »Und da wussten wir noch nicht, dass es mehr war als ein Surfunfall.«

»Sie meinen, ein verdächtiger Todesfall, der hier und nicht an Ihrem rebellischen Außenposten in Hana untersucht wird.«

Walter biss sich auf die Lippe. Auf keinen Fall würde er sich auf einen Streit einlassen, den er sowieso nicht gewinnen konnte. Das schien auch Stitches zu wissen, denn sie redetet sofort weiter.

»Trotzdem. Es sieht tatsächlich so aus, als hätten wir es nicht bloß mit einem Unfall zu tun.«

Walter richtete sich abrupt auf, seine Schläfrigkeit hatte sich gerade in Luft aufgelöst.

»Der Tod wurde durch einen Schlag auf den Hinterkopf verursacht, der den Schädel zertrümmert und das auffallende Loch erzeugt hat, das Sie bemerkt haben. Nach dem Tod wurde die Leiche ins Wasser gelegt, und es ist absolut unmöglich, dass der Tod durch Ertrinken eintrat. In der Lunge befindet sich kein Tropfen Wasser. Rings um ein Knie ist eine Verfärbung und Schwellung festzustellen, was darauf hinweist, dass er es sich wahrscheinlich kurz vor dem Schlag verdreht hat.«

Walter dachte mit finsterer Miene über den Befund nach. Die Knieverletzung musste sich der Junge kurz vor dem Schlag zugezogen haben, denn sonst hätte er den steilen Pfad nicht hinuntergehen können oder wäre gar nicht erst surfen gegangen.

»Wie wahrscheinlich ist es, dass er sich den Kopf an einem Felsen aufgeschlagen hat, daran gestorben und dann ins Wasser gefallen ist?«

»Sie meinen, an einem Felsen, aus dem ein Haizahn ragte?«

»Okay. Die Frage musste ich stellen.«

»Natürlich. Die Wucht der Gewalteinwirkung und die resultierende Schädelverletzung schließen einen Sturz so gut wie aus, es sei denn, er ist aus enormer Höhe gestürzt. Glauben Sie vielleicht, dass er mit seinem Surfbrett auf einer Kokospalme saß, um auf die richtigen Wellen zu warten, und zufällig auf einen senkrecht stehenden Zahn fiel?«

Walter nahm seine ganze Willenskraft zusammen, um sich

eines Kommentars zu enthalten. »Dann haben wir wohl ein Gewaltverbrechen aufzuklären«, sagte er schließlich.

»Nein, dann haben *Sie* wohl ein Gewaltverbrechen aufzuklären. Ich fahre gleich zu einer Dinnerparty. Ich muss noch ein paar Tests durchführen, und wir behalten die Leiche hier, bis Sie etwas herausgefunden haben. Teilen Sie das doch der Familie mit, ja?«

»Ja, Ma'am«, antwortete er. Ihm graute schon davor, Anna Smith sagen zu müssen, dass es keine Trauerfeier geben würde, keinen Abschluss für ihre Trauer – zumindest vorerst. Viel, viel schlimmer würde es sein, ihr zu eröffnen, dass jemand ihrem Sohn das Leben genommen hatte – und dass er nicht die leiseste Ahnung hatte, wer das getan haben könnte.

Er nahm seinen Hut und ging zum Wagen. Hara richtete sich auf der Beifahrerseite auf, wo er sich über das Trittbrett gebeugt und es auf Sauberkeit inspiziert hatte. Seine Stirn war feucht von Schweiß.

»Das genügt, Hara. Wir haben Arbeit vor uns. Gerade wurde bestätigt, dass Smiths Tod kein Surfunfall war.«

Hara warf das Poliertuch in den Eimer neben dem Wagen und krempelte die Ärmel herunter. »Ist er ertrunken?«

»Anscheinend nicht. Stitches hat gerade angerufen. Ich erzähle es Ihnen unterwegs. Rufen Sie Kali an und sagen Sie ihr, dass wir uns an der Schule treffen. Sie befragt da die Schüler.«

Als Hara die Beifahrertür öffnen wollte, schüttelte Walter missbilligend den Kopf und schaute vielsagend über das nun glänzende Wagendach.

»Das Wachs immer mit kreisenden Bewegungen auftragen, Hara. Besonders bei der letzten Schicht. Immer. Sonst gibt es Streifen.«

7

Jamie Tagert saß an dem langen zerkratzten Resopaltisch in der Cafeteria und rutschte unruhig auf seinem Stuhl hin und her. Sein Blick huschte über Kalis Gesicht, dann sah er weg. Daran war sie gewöhnt. Es gab viele Gründe, warum jemand, der einem Polizisten gegenübersaß und befragt wurde, sich unbehaglich fühlte. Sie versuchte, sich ihre Enttäuschung nicht anmerken zu lassen. Dies war die letzte Befragung für heute, und bisher war nichts Nützliches dabei herausgekommen.

Steif gab Jamie zu, dass er fast immer mit Kekipi zusammen gesurft und sie meistens zu dem Strand unter der steilen Anhöhe gefahren waren, wo man Kekipi gefunden hatte.

Sie tat ihr Bestes, um dem Jungen die Nervosität zu nehmen, doch er zappelte herum und sah immer wieder weg.

»Du warst mit Kekipi eng befreundet, nach dem was ich heute gehört habe.« Sie beobachtete, wie er die Hände knetete und schließlich unter den Tisch nahm, sodass sie nicht mehr zu sehen waren.

»Ja, sicher. Wir sind zusammen zur Schule gegangen, also von Anfang an, wissen Sie?«

»Und ihr seid viel zusammen gesurft? Vor dem Strand an dem Steilhang?«

Er nickte, ohne sie anzusehen. »Hab ich schon gesagt. Ist ja auch die beste Stelle, oder?«

»Kann nicht behaupten, dass ich mich auskenne. Ich surfe selbst nicht, sehe aber gerne zu.«

Kurz sah er sie an. »Sind Sie nicht eine Kahuna oder so was in der Art?«

Sie nickte. »So was in der Art.«

»Und Sie sind Polizistin?« Er schüttelte den Kopf. »Das ist schräg, wissen Sie?«

»Wirklich? Sind nicht die meisten Leute mehr als eines? Du zum Beispiel. Du bist ein Surfer, ein Sohn, ein Freund, ein Schüler.«

»Ja, aber das ist was anderes.«

Sie schwieg, um ihm Zeit zu lassen. Sie sah ihm an, dass er abzuschätzen versuchte, was er mit dem, was er ihr verschwieg, schon verraten hatte.

Er lehnte sich nach vorn. »Kekipi war ein guter Typ. Ein ehrlicher Kumpel. Er …« Jamie stockte.

»Er was?«

Jamie lehnte sich zurück und sah zur Tür der Cafeteria, wo mehrere Schüler auf ihre Befragung warteten und zu ihnen herübersahen. Eine Gruppe Eltern und Lehrer stand auch dort.

»Nichts.« Jamie schob seinen Stuhl nach hinten. »Gar nichts. Ich kann jetzt gehen, ja?«

»Sicher.« Sie nahm eine Visitenkarte vom Stapel und schob sie ihm zu. Sie wollte das kurze Gespräch möglichst freundlich beenden und bat ihn eindringlich, sich bei ihr zu melden, falls ihm noch etwas einfiel, das ihr weiterhelfen könnte. »Ich wäre wirklich sehr dankbar für deine Hilfe, Jamie. Du weißt, falls dir noch etwas einfällt. Egal was.«

»Ja. Klar.«

Sie schaute ihm nach, als er zur Tür ging. Dabei kam er

an den Schülern vorbei, die im Durchgang standen, und ein großer rotblonder Junge gab ihm einen leichten Schubs von der Seite. Die Geste zeugte von Vertrautheit und wirkte nicht unfreundlich. Neben ihm stand ein etwas älterer Mann, der neugierig in den Raum sah. Kali machte ein böses Gesicht. Es war Chad Caesar, ein zweitklassiger Schauspieler und Blogger, der wegen seiner sensationslüsternen Podcasts der Polizei von Maui ein Dorn im Auge war.

Er hielt sein Handy hoch und sprach Jamie an. Der schüttelte den Kopf und sagte etwas, aber sie konnte es nicht verstehen. Also stand sie vom Tisch auf und ging zu ihnen.

»Wusste gar nicht, dass Sie schon Kinder im Highschool-Alter haben, Chad.«

Er grinste. Sein schiefer Mund zeigte ein paar Zähne, die zu ebenmäßig und zu weiß waren. »Miss Detective. Ich muss sagen, Sie sehen heute besonders gut aus.«

»Was tun Sie hier? Das ist eine polizeiliche Ermittlung, und ich lasse Sie vom Schulgelände entfernen, sofern Sie mir keinen triftigen Grund nennen, der dagegenspricht.«

»Vor den Augen meiner Fans? Eiskalt, Detective. Wirklich eiskalt.« Er schwenkte das Handy. »Kurze Anmerkung, die Aufnahme läuft. Und zu Ihrer Information, ich bin hier in meiner offiziellen Eigenschaft als Journalist.«

Sie nahm ihm das Handy weg und schaltete es aus. Er stammelte etwas und griff danach, aber sie ließ es in ihre Tasche gleiten.

»Sie haben in einer wirklich miesen Fernsehserie einen Journalisten gespielt, aber deswegen sind Sie noch keiner, wissen Sie?«

»Ach nein?« Er grinste wieder. »Zu Ihrer Information, ich

bin der beliebteste Blogcaster der Inseln. Die Menschen verlassen sich darauf, von mir die Wahrheit zu erfahren.«

Kali schnaubte. »Wollen Sie mir jetzt mal sagen, was Sie hier zu suchen haben? Was mich betrifft, sieht es nämlich so aus, als ob ein Mittdreißiger in der Highschool-Cafeteria herumlungert und die Mädchen begafft. Vielleicht auch die Jungen.«

Chad warf den Kopf in den Nacken und lachte. »Wie ich höre, haben Sie eine Leiche gefunden. Und als steuerzahlender Bürger habe ich das Recht zu erfahren, was die Polizei unternimmt. Und ich stehe in der Verantwortung, meinen Hörern und Lesern davon zu berichten. Wie wär's, wenn Sie in die Sendung kommen und uns das detailliert erzählen?«

»Hören Sie etwa den Polizeifunk ab, Chad?«

Er zuckte mit den Schultern. »Jemand muss ja die schwierige Aufgabe übernehmen und der Öffentlichkeit die Wahrheit sagen.« Er grinste. »Falls Sie es nicht wissen, ich bin Chad Caesar, Ruler of the News.«

Sie schob sich an ihm vorbei und merkte, dass er sie von hinten anstarrte, verzichtete aber darauf, das weiter zu kommentieren. Wer weiß, wie er das wieder auslegen würde. Und er hatte recht: Sein Podcast und Blog waren enorm beliebt, unabhängig von ihrem Wahrheitsgehalt. Sie zog sein Handy aus der Tasche und warf es auf einen Tisch zwischen die schmutzigen Teller und Getränkebecher vom Lunch.

Sie war froh, wieder zu Hause zu sein. Es war ein anstrengender Tag gewesen, vor allem wegen der Befragungen von Kekipis Freunden und Lehrern, die mit ihren Gefühlen rangen. Sie hatte erfahren, dass seine Surffreunde eine Zeremonie planten, um ihn zu ehren, und hatte bewegt zugehört. Sie würden vor

Sonnenaufgang hinauspaddeln und dort, wo die Wellen vom Ufer aus nicht mehr zu erkennen waren, auf den Surfboards stehend einen Kreis bilden. Sie würden ein leeres Board hinter sich herziehen, zum Zeichen, dass einer von ihnen fehlte, und sobald die Sonne über den Horizont lugte, würden sie gemeinsam an den Strand zurückkehren.

Mit dem Bild des leeren Surfboards vor Augen stand sie unter dem heißen Brausestrahl der Dusche. Als sie fertig war, trat sie auf die abgenutzten Holzdielen hinaus. Das kleine Badezimmer hatte kein Fenster, und vom langen Duschen war es mit Dampfschwaden gefüllt. Je nachdem, wie sie sich bewegten, sah sie sich in dem großen Wandspiegel klar und dann wieder verschwommen. Sie stand reglos da und beobachtete, wie das Tattoo an ihrer Hüfte im Spiegel erschien und wieder verschwand.

Sie und Mike hatten monatelang überlegt, welche Motive sie wählen sollten. Schließlich suchten sie für Mike eine Schildkröte aus einer alten Felszeichnung an der Kona-Küste aus – zu Ehren von Kalis hawaiianischem Erbe – und für sie die japanischen Schriftzeichen für Ewigkeit – zu Ehren von Mikes japanischer Abstammung. Sanft strich sie mit dem Finger über die schwarzen Umrisse. Plötzlich hielt sie erschrocken inne, weil sich hinter ihr im Spiegel etwas bewegte. Für den Bruchteil eines Augenblicks glaubte sie, eine große vertraute Gestalt zu erkennen, die ihr über die Schulter sah, aber die Erscheinung verschwand so schnell, wie sie gekommen war. Sie schloss die Augen und griff haltsuchend nach dem kalten Porzellan des Waschbeckens.

Nebenan winselte Hilo, dann hörte sie die Tür klappern, als er beharrlich versuchte, sie mit der Pfote zu öffnen. Wenn der Nebel nur dicht genug ist, sieht man darin alles Mögliche, sagte sie sich tadelnd.

Es wurde eine schwüle Nacht. Sie wachte immer wieder auf und schlief erst kurz vor Morgengrauen fest ein. Zuerst schien das Klopfen an der Haustür zu ihrem Traum zu gehören, in dem ein brodelnder Vulkan riesige Knochen aus seinem Schlund schleuderte. Sie stand in sicherer Entfernung und sah die Knochen am Boden aufschlagen und zerbrechen. Jedes Mal gab es einen lauten Schlag. Sie fuhr aus dem Schlaf hoch und stellte mit großem Bedauern fest, dass es schon Morgen war und sie die lauten Schläge nicht geträumt hatte. Jemand schlug mit der Faust an ihre Vordertür.

»Kali! Ich weiß, dass du zu Hause bist, weil Hilo hier steht. Mach die Tür auf!«

Sie erkannte die Stimme, war aber nicht erfreut. Es war Birta Elinsdottir, die im Haus auf dem Nachbargrundstück lebte. Wie immer klang sie wegen irgendetwas schwer verärgert. Es war Samstag, und Kali hatte keine Lust, sich aufzuregen. Sie hatte Lust, noch eine Stunde zu schlafen.

»Ja, Moment. Ich komme ja schon«, brummte sie und ärgerte sich, weil die Tür bereits aufschwang. Hilo kam hereingelaufen und sprang auf das Sofa, dann blickte er auf Kali hinunter.

»Müsstest du nicht längst auf sein?«, fragte Birta. Ganz offensichtlich eine rhetorische Frage.

Sie ließ sich in einen der beiden großen Sessel plumpsen und musterte Kali mit einem berechnenden Blick. Auf dem Schoß hielt sie einen abgedeckten Teller.

»Du hast noch nicht mal Kaffee gekocht. Um Himmels willen, Kali, es ist fast halb neun. Elvar arbeitet schon seit Stunden in der Schmiede, und ich habe Muffins gebacken. Ich habe welche mitgebracht, aber ich bin mir nicht so sicher, ob du wirklich etwas Leckeres verdient hast. Und wieso schläfst du wieder auf dem Sofa?«

Muffins. Das klang leidlich interessant und würde es ihr ersparen, sich selbst etwas zum Frühstück zu machen. Und es bestand eine geringe Chance, dass Birta heute mal keine Krise hatte und lediglich mit jemand anderem als sich selbst frühstücken wollte. Oder dass sie hoffte, dem Klirren von der überdachten Terrasse zu entkommen, wo ihr Bruder die Schmiede errichtet hatte, in der er Messer auf Bestellung anfertigte.

Kurz flammte das Bild des großen, muskulösen Elvar mit seinen schüchternen blauen Augen in ihr auf, der seinen Hammer schwang, mit nacktem Oberkörper und in Lederschürze. Dabei regte sich etwas in ihr, aber sie verdrängte es schnell. Sie stand vom Sofa auf und ging zum Küchentresen, um eine Kanne Kaffee aufzusetzen. Gähnend nahm sie zwei Becher aus dem Abtropfgestell.

»Kaffee läuft. Was für Muffins sind das?«

»Banane und Macadamianüsse. Und ich komme nicht bloß zum Quatschen. Ich brauche Hilfe wegen eines Diebstahls.«

Kali seufzte. Also doch Arbeit. Die Muffins waren nichts weiter als ein warmes, duftendes Bestechungsmittel.

»Eins von Elvars Messern oder Schwertern?«

»Nein. Jemand stiehlt uns Solarpanels.«

Kali, die gerade den Kaffee einschenkte, hielt in der Bewegung inne. »Bist du sicher?«

»Natürlich bin ich sicher.« Birta machte ein verärgertes Gesicht und sah zu, wie Kali einschenkte. »Wie es aussieht, hat jemand zwei vom Dach gelöst. Eine vor ein paar Wochen und die andere gestern Nacht. Das haben wir heute Morgen bemerkt.«

»Dass vor Wochen jemand eine gestohlen hat?«

»Sei nicht albern. Natürlich nicht. Das ist mir damals aufgefallen, und es ist mir heute aufgefallen.« Birta schnappte sich einen der Becher von der Küchentheke, wobei der Kaffee überschwappte. Dass er von der Arbeitsfläche über den Rand tropfte, schien sie nicht zu bemerken, denn schon im nächsten Moment drückte sie die Fliegengittertür zur Veranda auf.

Verstohlen grinsend wischte Kali die Kaffeelache auf und ging dann mit ihrem Kaffee nach draußen. Ihre isländischen Nachbarn hätten unterschiedlicher kaum sein können. Elvar, Ende dreißig, war gelassen und freundlich. Birta, die ältere von den beiden, herrisch, vernünftig und anstrengend. Sie war nach Hawaii gezogen, um die sechste und siebte Klasse an der Mittelschule zu unterrichten, und betrieb diese Aufgabe mit einem leidenschaftlichen Eifer, der die meisten Kinder in einen Zustand fortwährender Angst versetzte. Kali stellte die müßige Überlegung an, ob Birtas Bedürfnis nach Ordnung und Kontrolle eine tief sitzende psychische Reaktion auf die Touristenscharen und die weitgehend zwanglose Lebensart war, die sie in Hawaii vorgefunden hatte und die sicherlich einen starken Kontrast zu der geringen Bevölkerung und ausgeprägten Ordentlichkeit in Island bildeten.

Zusammen mit Hilo gesellte sie sich zu Birta auf die Lanai und setzte sich in ihren Sessel. Zwischen ihnen stand ein kleiner Holztisch und darauf der Teller mit den Muffins. Hilo legte sich so nah wie möglich an die Tischbeine. Kali nahm sich einen Muffin und wartete darauf, dass Birta sich näher über den Vorfall ausließ. Sie blickte in den Garten und stellte überrascht fest, dass es während der Nacht kräftig geregnet hatte. Sie dachte gerade, dass Birta ziemlich gut geschlafen haben musste, als deren Stimme sie unterbrach.

»Und was wirst du nun unternehmen?«, fragte sie.

»Mir ist nicht klar, warum du mir von dem Diebstahl erzählst. Du musst Anzeige erstatten und dann deine Versicherung anrufen. Was könnte ich da schon tun?«

Birta kniff die Augen zusammen. Sie lächelte nicht. »Bist du etwa keine Ermittlerin? Weißt du nicht, dass jedes dieser verdammten Panels über tausend Dollar kostet?«

»Doch, weiß ich. Meine Großmutter hat für ihre genauso viel bezahlt.«

»Und das war kein gewöhnlicher Dieb. Das war ein Geist. Darum komme ich zu dir, als Nachbarin. Die Polizei würde mich nur auslachen.«

Kali schwieg. Sie schaute in Birtas nüchternes Gesicht, in die unerschrockenen Augen, die sie herausforderten, das als Einbildung abzutun. »Ein Geist?«, fragte sie langsam.

»Ja.« Birta verschränkte trotzig die Arme vor der Brust.

Kali wahrte einen neutralen Tonfall, als sie nachhakte. »Was genau hast du gesehen? Kannst du mir eine Beschreibung geben?«

Birta schwieg, dann nickte sie ein paarmal energisch. »Es war ein Wesen, keine Person.« Wieder zögerte sie, ehe sie weiterredete. »Das heißt, was immer es war, es hatte kein Gesicht.«

Plötzlich war es völlig windstill. An den Fensterscheiben summten Fliegen, die von der aufsteigenden Hitze träge geworden waren. Die strahlende Sonne widersprach dem Bild eines gesichtslosen Eindringlings, der sich über Birtas stabiles Dach bewegte. Kali blickte ihre Nachbarin aufmerksam an.

»Willst du damit sagen, du hast einen Noppera-bō oder einen Mujina gesehen?«, fragte sie und beobachtete genau, wie Birta reagierte.

Ihre hellen Augen blieben standhaft, und das einzige Anzeichen dafür, dass sie die Frage überhaupt gehört hatte, war ein noch trotzigerer Zug um ihre schmalen, angespannten Lippen.

Kali wartete geduldig.

Als Birta antwortete, klang sie sachlich. »Ich sage nichts dergleichen. Wir haben in Island auch einen großen Sagenschatz, weshalb ich so etwas nicht einfach abtue. Aber der hawaiianische Geisterunsinn ist dein Fachgebiet. Ich berichte nur von einer nüchternen Beobachtung. Was immer da auf mein Dach gestiegen ist, hatte kein Gesicht.«

Kali zog die Brauen zusammen. Auf den Inseln wurde oft von übernatürlichen Ereignissen berichtet, das war ganz normal. Aber Begegnungen mit den gesichtslosen Noppera-bō, von denen Hawaiianer japanischer Abstammung manchmal sprachen und die sie auch Mujina nannten, waren der Gegenstand furchterregender Geschichten, die man sich leise im Dunkeln erzählte.

»Du musst zugeben, das ist eine höchst ungewöhnliche Aussage«, meinte sie nachdenklich.

Birta machte eine wegwerfende Geste. »Du solltest das ein wenig ernster nehmen, oder?«

Kali teilte den Muffin und bot die eine Hälfte Hilo an.

»Also ich verstehe das nicht so ganz. Warum hast du den ersten Diebstahl nicht angezeigt? Hast du da auch schon etwas gesehen?«

Birta zuckte mit den Schultern, dann schaute sie böse auf Hilo und die Krümel hinunter, die sich rings um die Vorderpfoten sammelten. »Hör auf, das elende Tier zu füttern. Er ist ja auch so schon riesig.« Sie blickte wieder hoch. »Bei dem ersten Diebstahl waren Elvar und ich bei einer Messerausstellung auf Big Island. Als wir zurückkamen, wurde viel weniger Strom erzeugt. Ich habe den Kundendienst angerufen, und die haben festgestellt, dass ein Panel fehlte. Ich konnte nicht mit Sicherheit sagen, ob es in der Woche abhandengekommen war, in der wir weg waren, oder schon vorher. Es kam mir zwecklos vor, die Polizei zu rufen. Ich konnte ja nicht mal sagen, wann der Diebstahl stattgefunden hatte. Und eine Meldung an die Versicherung hätte nur die Prämie erhöht.«

Kali nickte. »Und beim zweiten Diebstahl?«

»Wie gesagt, der war letzte Nacht.«

»Und du hast den wieder nicht gemeldet?«

»Was denkst du denn? Ich melde ihn jetzt, dir, weil ich dich kenne. Ich will nicht, dass mich die Polizei für eine verrückte Alte hält, die sich einfach irgendwas ausdenkt. Jedenfalls muss es heute Nacht passiert sein.«

»Wie kannst du da so sicher sein?«

»Wir sind zum Abendessen nach Hana gefahren, und als wir heimkamen, ging Elvar sofort ins Bett.« Sie hielt kurz inne. »Ich war in der Küche, um mir ein Glas Wasser zu holen, und da habe ich den Geist gesehen. Ich hatte das Licht nicht eingeschaltet, weil der Mond durch das Fenster über der Spüle hereinschien. Draußen vor dem Fenster bewegte sich ein Schatten und verdeckte das Mondlicht. Er schälte sich aus der Dunkelheit und drehte sich zu mir um. Aber an der Stelle von Augen und Mund war gar nichts. Nur Leere. Es war, als wollte er, dass ich das sehe.« Sie schauderte. »Dann verschwand er. Erst heute Morgen haben wir gemerkt, dass wir zu wenig

Strom haben. Wir haben die Leiter rausgeholt, und Elvar ist aufs Dach gestiegen, und da hat wieder ein Panel gefehlt.«

Kali schüttelte den Kopf. »Tja, ich kann da wenig tun, wenn du nicht offiziell Anzeige erstattest.«

Sie ging ins Haus, um das Telefon zu holen. Dann rief sie Walter an und berichtete von dem Diebstahl. Der Anruf dauerte nur ein paar Augenblicke.

»Walter ist ganz in der Nähe«, sagte sie ernst. »Wir sollen uns drüben bei dir mit ihm treffen.« Sie sah die Ungeduld in Birtas Blick. Deshalb sprach sie langsam und wählte ihre Worte sorgfältig. »Anscheinend wurden ähnliche Diebstähle schon von etlichen Leuten auf der Insel gemeldet.«

Birta nickte. »Also gut.«

Kali ging die Verandastufen hinunter. Birta nahm ihren leeren Teller und folgte ihr langsam und schweigend über den weitläufigen Rasen. Hilo trottete zufrieden hinter ihnen her. So gelangten die drei zu dem Weg, der durch dichtes Gebüsch und Palmen zu Birtas Haus führte.

In weniger als drei Minuten waren sie nebenan. Elvar stand unter dem Vordach seiner behelfsmäßigen Schmiede und befestigte eine fertige Klinge an einem geschnitzten Knochengriff. Als er sie kommen hörte, drehte er sich um und lächelte Kali herzlich an.

Sein Oberkörper war nackt und glänzte vor Schweiß. Zum Schutz vor den Funken trug er eine schwere Lederschürze, und seine langen goldblonden Haare waren im Nacken zusammengebunden, damit sie ihn bei der Arbeit nicht störten. Kalis Herz machte einen kleinen Hüpfer, als sie seine Rückenmuskeln in Bewegung sah.

»Aloha«, grüßte er höflich, dann wandte er sich seiner

Schwester zu. »Die Solarfirma schickt jemanden mit zwei Ersatzmodulen her. Und ich weiß, du wirst nicht begeistert sein, aber ich habe auch die Versicherung angerufen.« Er grinste. »Ich will dich auch gleich vorwarnen: Keiner von denen scheint es besonders eilig zu haben. Ich nehme an, ihre Uhren gehen nach Inselzeit.«

»Was sonst.« Birtas Missbilligung war offenkundig. »Jedenfalls sind wir nicht die Einzigen, denen die Dinger gestohlen wurden.«

Elvar sah sie fragend an. »Was heißt das?«

Birta schaute zu Kali, die einen Moment zögerte.

»Offenbar gibt es eine Unmenge solcher Diebstähle«, sagte sie. »Keiner weiß, wohin die alle verschwinden, aber es ist wohl unwahrscheinlich, dass sie die Inseln verlassen.«

Elvar lachte, und im selben Moment hörten sie einen Wagen auf der Hauptstraße abbremsen. Walters Streifenwagen bog in den Fahrweg ein und hielt vor dem Haus. Sie sahen zu, wie er ausstieg. Er grüßte Birta und Elvar und hörte sich dann mit neutraler Miene Birtas Geschichte von dem gesichtslosen Eindringling an.

Er sah Kali fragend an und bedeutete ihr, mit ihm ein Stück beiseite zu gehen, und als sie außer Hörweite waren, sagte er leise: »Noppera-bō stehlen Solarmodule?«

Sie zuckte mit den Schultern. »Wer weiß? Erzähl mir, was los war, als ich dich angerufen habe.«

»Heute Nacht gab es einen Raubüberfall auf eine ältere Frau, die in der Nähe des Flughafens wohnt, im Kīhei-Gebiet. Eine Grace Sawyer. Sie war einige Wochen auf Kaua'i bei ihrer Tochter und ist vor ein paar Tagen zurückgekommen, früher als geplant. Ihre Tochter hat den Notruf gewählt, nachdem ihre Mutter sie angerufen hatte, weil sie Geräusche auf dem Dach hörte. Die Mutter war offenbar nach draußen gegangen, um nachzusehen, und wurde angegriffen. Wir wissen nur das, was die Tochter ausgesagt hat. Der Kollege, der zu dem Haus gefahren ist, hat die alte Damen bewusstlos aufgefunden. Einundachtzig Jahre alt, und jemand hat ihr mit einem Gegenstand auf den Kopf geschlagen. Aber«, er unterbrach sich und holte tief Luft, »nach Aussage des Arztes der Notaufnahme ist sie kurz zu sich gekommen und hat etwas von Monstern gesagt. Seitdem ist sie jedoch bewusstlos.«

Kali schaute zu der wartenden Birta hinüber. »Sie kann damit natürlich einfach die Diebe gemeint haben. Sie als Monster zu bezeichnen, nachdem sie einen bewusstlos geschlagen haben, wäre naheliegend.«

»Kann sein. Oder aber es war wörtlich gemeint.«

»Und da wurden auch Solarpanels gestohlen?«, fragte Kali.

»Jep. Zwei. Der oder die Täter haben die Frau bewusstlos und mit blutender Kopfwunde liegen lassen und sind mit dem Diebesgut verschwunden.«

Birta, die von dem Gespräch nichts mitbekommen hatte, machte sich über den Rasen auf den Weg zur Leiter, die an der Dachrinne lehnte. Sie verschränkte die Arme und schaute zu Walter hinüber. »Ich habe gesehen, was ich gesehen habe«, rief sie. »Jetzt machen Sie Ihren Job und werfen einen Blick auf mein Dach. Ich habe die Leiter extra stehen lassen.«

Walter verkniff sich ein Lächeln und bedeutete Kali, ihm zu helfen. Gemeinsam gingen sie zu Birta hinüber. Walter blieb einen Moment lang am Fuß der Leiter stehen, um nach oben zu blicken, dann ging er langsam um die Leiter herum und betrachtete den dichten Rasen.

Kali suchte ebenfalls den sorgfältig gemähten Rasen ab. Sie gingen die ganze Hausseite entlang, um zu sehen, ob eine andere Leiter aufgestellt worden war, aber es gab keine entsprechenden Abdrücke.

Dann schaute Walter sich noch den Boden unter dem Küchenfenster an, das zum Meer hinausging. Dort war es wegen des breiteren Dachüberstands schattiger. Kali folgte ihm, hielt den Blick aufs Gras gerichtet. Hier gab es allerhand Stellen mit nackter Erde. Sie hockte sich hin und betrachtete den Boden unter einem Strauch, dessen große, fleischige Blätter den Regen abgehalten hatten. Sie winkte Walter herbei.

»Da sind lauter Fußspuren«, sagte sie. »Auf den ersten Blick stammen die meisten von demselben Paar Schuhe. Birta arbeitet viel im Garten, also sind sie vielleicht von ihr.«

Sie suchten den Bereich zwischen dem Strauch und der Zufahrt ab, wo der Dieb am ehesten entlanggegangen war. Das Gras war kurz und dicht, es gab keine Stellen, auf denen jemand Fußabdrücke hinterlassen haben konnte. Birtas Volkswagen parkte wie gewöhnlich am Ende der Auffahrt. Walter kniete sich hin und schaute sich den Boden darunter an, auch dort war nichts zu finden, was ihnen weiterhalf. Nachdem er sich wieder hochgestemmt hatte, ging er die gesamte Auffahrt ab. Wenn dort Reifenspuren gewesen waren, dann hatte der Regen sie unkenntlich gemacht.

»Frag die Gruselfrau und den Messertypen nach ihren Schuhgrößen und ob einer von ihnen seit dem Regen in Gummistiefeln vor dem Küchenfenster herumgelaufen ist«, sagte er und blickte ziemlich beklommen zu Birta hinüber.

Kali runzelte verlegen die Stirn. »Mir wäre lieber, du machst das. Das ist nicht mein Fall.«

Kali spürte seinen durchdringenden Blick.

»Wo ist das Problem?«, fragte er.

Sie richtete sich auf und schaute zum Haus hinüber. »Sie sind meine Nachbarn. Da ist es mir wirklich lieber, wenn du dich darum kümmerst. Ich möchte mich lieber nicht auf einer so persönlichen Ebene mit ihnen auseinandersetzen müssen.«

Walter unterdrückte ein Lachen. »Was?« Er sah sie vielsagend an. »Moment mal. Lass mich raten – du hoffst, dass der Kerl mit dem Pferdeschwanz dich irgendwann zum Tanzen einlädt, und du denkst, es ist zu persönlich, ihn nach seiner Schuhgröße zu fragen?«

»Arschloch. Das ist nicht wahr. Wir sind Freunde. Irgendwie.«

»Ja, klar, und du hast Glück, dass ich dich wegen deiner Respektlosigkeit nicht aufs Dach schicke. Erstens bin ich der Revierleiter und zweitens dein Onkel, also doppelt beleidigt.«

»Zur Kenntnis genommen. Auch wenn es mich nicht sonderlich kümmert.«

Walter grinste noch, als sie zu der wartenden Birta zurückkehrten. Kali hielt die Leiter fest, und Walter stieg die Sprossen vorsichtig bis zum Dach hoch und schwang noch vorsichtiger ein Bein über die Regenrinne. Das Dach war sauber vom Regen und die Solarpanels nicht weit weg. Er kletterte die Schräge hoch und bestäubte die Oberflächen rings um die fehlenden Module mit Pulver, um Fingerabdrücke sichtbar zu machen.

»Nichts Auffälliges«, sagte er zu Kali, als er wieder nach unten stieg. »Es sieht nicht so aus, als ob die beiden Panels hastig entfernt wurden. Es gibt nirgends Kratzer oder Absplitterungen.«

»Wahrscheinlich wurden sie sehr behutsam herausgelöst«, sagte Kali. Sie und Walter gingen zum Rand des Rasens und sahen zum Haus hinüber. »Sie müssen in einwandfreiem Zustand sein, egal ob der Dieb sie selbst verwenden oder ob er sie verkaufen will.« Sie schaute zum Dach hoch. »Das Ganze wirkt gut geplant. Der Dieb scheint sogar gewusst zu haben, wann Birta und Elvar nicht zu Hause sein würden.« Und er wusste auch, wann die alte Dame bei ihrer Tochter auf Kaua'i sein würde, dachte sie.

»Ganz deiner Meinung. Aber das mit dem Geist ist ziemlich sonderbar.« Er sah sie von der Seite an. »Und das heißt, du bist offiziell dafür zuständig, Nachbarn hin oder her. Außer der älteren Dame, die gestern Nacht überfallen wurde, hat keiner der Bestohlenen etwas Ungewöhnliches erwähnt. Aber die Leute werden so etwas wahrscheinlich eher dir erzählen. Weil du dafür Verständnis hast oder so ähnlich.«

»Oder so ähnlich. Schick mir eine Liste der Bestohlenen«, sagte Kali leise, damit die anderen es nicht hörten. »Dann schauen wir mal, was ich herausfinde. Und sag mir Bescheid, wenn die alte Dame wieder in der Lage ist zu sprechen.«

Sie drehten sich um und gingen zu Birta zurück. Elvar hatte sich inzwischen zu ihr gesellt, und Hilo lehnte sich an ihn. Elvar griff hinunter und kraulte den großen Hund zwischen den Ohren.

Als Kali sich näherte, schüttelte Hilo seine Hand ab und kam schwanzwedelnd zu ihr gelaufen.

»Vielleicht finden wir ein paar Fingerabdrücke«, sagte Walter zu Birta und Elvar. »Aber ich bezweifle das. Mir scheint, der Täter ist ziemlich professionell vorgegangen.« Er grinste breit und klopfte Kali auf die Schulter. »Die gute Nachricht ist, dass Kali sich jetzt offiziell um die Sache kümmert. Wenn Ihnen ansonsten noch etwas einfällt, rufen Sie mich an.«

Birta sagte keinen Ton. Sie drehte sich bloß um und stapfte zur Verandatreppe. Der Teller, den sie noch immer in der Hand hielt, blinkte in der Sonne.

Die anderen sahen ihr hinterher, dann wandte sich Elvar an Walter.

»Danke, dass Sie hergekommen sind und sich alles angesehen haben. Birta regt sich immer gleich über alles auf.«

Walter lächelte. »Kein Problem. Es ist extrem unangenehm, wenn man nach Hause kommt und feststellt, dass man bestohlen wurde.« Er blickte über den Rasen zu Elvars Schmiede. Der rote Schein der heißen Esse war deutlich zu sehen. »Über Sie kam neulich etwas in den Nachrichten, stimmt's? Über Ihre Messer. Ich glaube, der Sprecher sagte, Sie würden für einen Film, der auf Kaua'i gedreht wird, Schwerter schmieden.«

Kali sah Elvar überrascht an. »Wirklich? Birta hat gar nichts erwähnt.«

Elvar zuckte bescheiden mit den Schultern. »Ja, der Szenenbildner hat mich gefragt, ob ich eine Replik von einem historischen Schwert und einer Streitaxt herstellen kann. Ich habe schon einige Messer für Filmsets hergestellt, aber das war in Island, und die hatten nur ein kleines Budget. Ich glaube nicht, dass irgendjemand diese Filme kennt.«

Walter wirkte beeindruckt. Er zwinkerte Kali zu. »Das scheint mir ein toller Auftrag zu sein. Das freut Sie doch sicher.«

Elvar nickte. »Ich fühle mich geehrt. Man hat mir gesagt, wie lang die Waffen in etwa sein sollen, aber Gestaltung und Inschriften sind mir überlassen, solange sie der Epoche des Films entsprechen. Das Projekt macht mir Spaß.« Er deutete zur

Schmiede. »Ich habe einige Entwürfe angefertigt. Die will ich mit den Filmleuten besprechen, bevor ich mich an die eigentliche Arbeit mache.«

Walter schaute auf seine Uhr. »Nun, viel Glück damit.« Er wandte sich zum Gehen. »Ich sage es Ihnen, wenn wir etwas herausgefunden haben. Kali, wir sehen uns auf dem Revier.«

Als Walter davonfuhr, stand Kali verlegen auf dem Hof herum. Es ging ein leichter Wind, der ihr die Haare über die Wange wehte. Sie strich die Strähnen hinters Ohr und überlegte, was sie wohl sagen könnte, aber Elvar hatte ihr bereits den Rücken gekehrt, um zur Schmiede zu gehen.

»Muss wieder an die Arbeit«, sagte er über die Schulter hinweg.

Kali lächelte kurz. Sie trat in den Schatten unter die Bäume, wo der Weg zwischen den beiden Häusern begann, und pfiff nach Hilo. Elvar, der das Feuer in seiner Esse anfachte, schien bereits nicht mehr auf sie zu achten.

8

In dem nüchternen Büro der Rechtsmedizinerin versuchten Kali und Walter, es sich auf der harten, schmalen Besucherbank irgendwie bequem zu machen. Stitches hatte sie wohl eigens aufgestellt, um das Verweilen zu erschweren. Besonders für Walter war es nicht einfach, denn sein massiger Körper benötigte erheblich mehr Platz, als die Bank bieten konnte.

Es hing ein schwacher chemischer Geruch in der Luft, und ihr war äußerst bewusst, dass nur einen kurzen Gang entfernt die Leiche des Jungen auf dem kalten Obduktionstisch lag.

»Du warst heute Morgen bei Kekipis Mutter?«, fragte Kali.

Walter schaute in die Ferne. »Als ich ankam, war sie gerade in seinem Zimmer und hat seine Sachen zusammengeräumt.«

»Um sie wegzugeben. Wie es die Tradition verlangt. Wenn man an den Sachen eines Verstorbenen festhält, hält man seinen Geist gefangen.«

»Ja. Sie sagte, sie will sie spenden.« Er stockte. »Sie möchte ihn so schnell wie möglich bei sich zu Hause haben.«

Natürlich möchte sie das, dachte Kali. Wichtige Rituale mussten durchgeführt werden. Der Tote musste vor dem Begräbnis mit Salzwasser gewaschen werden. Die Familie würde mit ihrer Trauer erst abschließen können, wenn er geheiligt und sein Geist befreit worden war, um die Reise in den Lani, den hawaiianischen Himmel, anzutreten.

Sie saßen da und warteten. Irgendwo in einem der Büros, die vom Empfangsbereich abgingen, tickte eine Uhr und vermaß den Morgen.

»Ich frage mich, ob der Junge weiß, wo er jetzt ist«, sagte sie. »Vielleicht denkt er, er träumt.«

Walter wurde sichtlich traurig.

Sie wusste, dass er wahrscheinlich an seine Kinder dachte. Es war nicht nötig selbst Kinder zu haben, um sich zu wundern, wie jemand solch einen Verlust überhaupt aushielt – wie Menschen, die vor der Aufgabe standen, ihre Kinder zu beerdigen, weitermachen konnten.

»Überall waren Kartons aufgestapelt, alle schon beschriftet – Bücher, Poster, Musik. Aus einem guckte ein Sweatshirt heraus. Sie hat es hervorgeholt und mir gezeigt. Es war neu. Eins von den Logo-Sweatshirts der Universität. Sie hat mir erzählt, der Typ von der Uni hätte es als Geschenk mitgebracht, als er bei ihnen war, um ihnen mitzuteilen, dass Kekipi das Stipendium bekommen hatte.«

Kali wartete.

»Sie hat es zusammengefaltet. Sehr behutsam. Und dann habe ich ihr erzählt, was wir entdeckt haben, dass es vielleicht kein Unfall gewesen ist.«

Kali schloss für einen Moment die Augen und stellte sich Annas Kummer vor.

»Aber sie hat nichts erwähnt, was wir noch nicht wissen?«

»Nur das, was ich gerade erzählt habe. Seit er ein Surfbrett tragen kann, ist er immer zu demselben Strandzugang gefahren und so ziemlich mit derselben Clique gesurft.«

Kali dachte darüber nach.

»Von seinen Freunden habe ich auch nicht viel erfahren«,

sagte sie. »Es gab keinen Streit, kein Zerwürfnis, keine Änderung in seinem Verhalten, keine Anzeichen für Alkohol- oder Drogenkonsum, keine schwangere Freundin. Alles, was man hört, bestätigt nur das Bild von einem gut gelittenen, intelligenten, fleißigen Jungen, der seine freie Zeit am liebsten mit Wellenreiten verbrachte.«

Doch zwei Tage waren vergangen, seit die Leiche angeschwemmt worden war, und wie es aussah, gab es keine erkennbare Spur, nicht mal eine kalte. Niemand hatte etwas gesehen oder gehört oder etwas erwähnt, das auch nur den spärlichsten Hinweis ergab. Und die Mordwaffe hatten sie auch nicht.

»Weißt du«, sagte Walter, »wir müssen in Erwägung ziehen, dass es doch ein ungewöhnlicher Unfall war. Vielleicht ist er in die Lava gekracht. Vielleicht hat der Zahn tatsächlich im Stein gesteckt, und es gab ein Zusammenspiel von Zufällen, die zu diesem Ergebnis geführt haben.«

Kali sah ihn von der Seite an. Sie wusste, dass er selbst kein Wort davon glaubte. »Sicher, Walter.«

Er schaute gekränkt. »Du meinst, so etwas Verrücktes kann gar nicht passieren?«

»Natürlich nicht. Ich meine …«

Die Tür neben dem Empfangsbereich öffnete sich, und Stitches kam heraus und unterbrach ihr Gespräch.

»Sie sind beide hier. Gut.« Ohne ein weiteres Wort drehte sie sich um und ging wieder hinein. Kali und Walter wechselten einen Blick und standen auf, um ihr zu folgen. Stitches saß bereits hinter ihrem Schreibtisch, als sie eintraten. Sie deutete auf zwei Stühle ihr gegenüber und forderte sie wortlos auf, sich zu setzen.

Sie musterte ihre Besucher über den silbernen Brillenrand

hinweg. In ihrem dicken, wellig braunem Haar war nur wenig Grau zu erkennen. Ihre Frisur umrahmte ein hübsch proportioniertes Gesicht, und ihre klugen Augen hatten ein dunkles Blau, das je nach Lichteinfall ins Violette spielte, ein seltener Farbton.

Schließlich beugte sie sich nach vorn und schob ihnen ein Probenglas zu.

»Bitte sehr«, sagte sie, als sprächen die Dinge für sich selbst.

Kali nahm das Glas und drehte es langsam, dann blickte sie fragend auf. »Was ist das?«

»Ein Probenglas«, antwortete Stitches müde.

Kali ärgerte sich, verbarg es aber. »Ja, das sehe ich. Was für ein Splitter ist das?«

»Ein Holzsplitter. Um genau zu sein, von einem sehr alten Stück Holz.«

Kali hielt das Glas ins Licht und betrachtete den Splitter eingehend. »Wo haben Sie ihn gefunden?«

»In der großen Kopfwunde. Es gibt auch Abschürfungen von der Lava, aber die sind erst nach dem Tod entstanden. Der Splitter steckte etwas tiefer in der Wunde, sodass er bei oberflächlicher Betrachtung nicht auffiel. Ich habe ihn eben erst herausgezogen.«

Walter zog eine Braue hoch. »Wenn er nicht ertrunken ist und erst nach seiner Ermordung ins Wasser gelegt wurde, könnte dann der Splitter nicht auch aus einer älteren Verletzung stammen und gar nichts mit dem Mord zu tun haben?«

Stitches schüttelte den Kopf. »Nein, unmöglich. Wäre der Splitter schon eine Zeit lang in seinem Kopf gewesen, wäre der gesamte Eintrittskanal zugeheilt und an der Eintrittsstelle Narbengewebe erkennbar. Hätte er sich den Splitter kürzlich zugezogen, würden sich in der unmittelbaren Umgebung Verletzungsspuren wie Eiter und Rötungen zeigen, als Reaktion auf den Fremdkörper. Nein, dieser Splitter ist zur selben Zeit in das Gewebe eingedrungen wie der Zahn.«

Walter nahm Kali das Becherglas ab und betrachtete das winzige Holzstück.

»Das Labor wird mit einigen Tests die Holzart bestimmen«, sagte Stitches. »Bislang wissen wir, dass es von einer tropischen Baumart stammt, aber wir warten noch auf das exakte Ergebnis.« Beim nächsten Satz schaute sie den beiden aufmerksam ins Gesicht. »Bedeutsamer ist allerdings das Alter. Das Holz ist mindestens hundert Jahre alt, wahrscheinlich älter. Der Gegenstand, mit dem er erschlagen wurde, war ein altes, schweres Stück Holz. Was es mit dem Haizahn auf sich hat, verstehe ich noch nicht, aber das zu klären, ist wohl Ihre Aufgabe.«

Sie wartete.

Walter rückte unbehaglich hin und her.

»Eine von diesen alten Anglertrophäen? Sie wissen schon, so ein Ding, auf das der Fisch montiert wird?« Er blickte zwischen den beiden Frauen hin und her, die ihn skeptisch ansahen. »Jemand könnte aus einem alten Stück Holz, das er zu Hause herumliegen hatte, so eine Trophäe gebastelt haben, zum Beispiel mit einem Hai.«

Kali lehnte sich zurück und schüttelte den Kopf. Sie setzte zum Widerspruch an, aber Stitches kam ihr zuvor.

»Der Zahn stammt von einem ausgewachsenen Hai. Ich halte es für sehr unwahrscheinlich, dass jemand solch ein schweres Tier auf eine entsprechend große Holzplatte montiert, wie Sie vermuten, sie am Strand zur Dekoration an einen Baum hängt, sodass der Mörder danach greifen kann, um einem jungen Mann den Kopf einzuschlagen.«

Walter wurde rot. Er hob die Hände und gab sich geschlagen. »Manche ausgewachsene Haie sind nicht so groß«, erwiderte er defensiv.

»Nein…«, sagte Kali langsam. »Aber der Mord hat vielleicht etwas Rituelles. Zumindest sollten wir das in Betracht ziehen. Der Zahn könnte dort platziert worden sein, nachdem der Junge mit dem Holzgegenstand niedergeschlagen wurde. Als Talisman. Oder als Erkennungszeichen.«

»Nun ja«, sagte Stitches zu Kali gewandt, »das müssen Sie herausfinden.«

Kali verzog keine Miene. »Das sollte möglich sein. Obwohl mir eigentlich nichts dazu einfällt, was Sagen und Mythen anbetrifft.«

Stitches stand auf. Sie hatte die Ergebnisse und ihre Ansicht dazu mitgeteilt. »Nun, wir haben alle schon mit Mördern zu tun gehabt. Narzissten durch und durch. Ihre Beweggründe und Verhaltensweisen sind selten rational. Obwohl sie sehr häufig egoistisch handeln.«

Walter stand ebenfalls auf, sichtlich froh, weil die Besprechung nun zu Ende war. »Das ist wahr«, stimmte er zu. »Die Rationalisierung findet später statt, wenn sie versuchen, eine akzeptable Begründung für ihre Taten zu finden.«

»Für kaltblütigen Mord gibt es keinen akzeptablen Grund«, sagte Stitches entschieden.

Kali lächelte grimmig. »Da bin ich ganz Ihrer Meinung.«

Walter und Stitches blickten sie nicht an, denn beide wussten, an wen Kali dabei dachte. Kali stand auf, und Walter folgte ihr zur Tür und in den Empfangsbereich. Sie verließen das Gebäude, und als sich die Türen hinter ihnen schlossen, ließen sie auch den Chemikaliengeruch und die Traurigkeit hinter sich.

9

Später fuhr Kali zum Revier, getrieben von einem Gefühl der Dringlichkeit und Frustration. Die alte Dame war noch nicht wieder zu sich gekommen, und der behandelnde Arzt hatte schon mehrmals darauf hingewiesen, dass er aufgrund ihres fortgeschrittenen Alters und der Ernsthaftigkeit der Verletzungen nichts versprechen könne. Ob sie sich so weit erholen würde, dass man eine Befragung in Betracht ziehen könne, bleibe abzuwarten.

Doch einer wusste genau, was passiert war – wie auch einer dabei gewesen war, als Kekipi Smith seinen letzten Atem ausgehaucht und dieser sich in der warmen Inselluft verflüchtigt hatte. Höchstwahrscheinlich war dieser Mensch derselbe, der sein Mana – seinen Lebensfunken – von ihm genommen hatte.

Sie parkte den Jeep und ging hinein. Walter saß an seinem Schreibtisch und blickte auf, als sie sich einen Stuhl heranzog. Sie setzte sich und schlug die Beine übereinander.

»Ich weiß nicht, wo ich anfangen soll.« Sie klang müde. »Die Tat erscheint so zufällig. Wir haben nichts weiter als ein Stückchen altes Holz und eine Insel voller Bäume.«

»Vielleicht sehen wir nur den Wald noch nicht«, meinte Walter scherzhaft. Er hob ein Blatt Papier hoch. »Hier ist etwas, womit du dich derweil beschäftigen kannst. Ich habe im Hauptrevier in Wailuku angerufen, um zu hören, ob es seit gestern etwas Neues gibt, was die Solarpaneldiebstähle oder ähnlich sonderbare Vorfälle angeht. Es gibt seit einer Woche nichts Neues, außer dem nächtlichen Angriff auf die alte Frau und dem, was deine Nachbarin berichtet hat.«

Kali schaute sich in dem kleinen vollgestopften Polizeirevier um. In einer Ecke stand ein altes Faxgerät. Sie erinnerte sich daran, wie der Drucker gesummt und etwas ausgespuckt hatte, das sofort auf den Boden gesegelt war. Der Auffangkorb war schon vor langer Zeit ausgehakt worden und diente als Trockengestell für die vielen Kaffeebecher, die permanent zwischen Schreibtisch und Spüle kreisten.

Sie nahm das Blatt Papier und sah es sich an. Darauf standen die Adressen und Telefonnummern der Leute, die den Diebstahl von Solarmodulen gemeldet hatten, sowie die Kontaktdaten und Webseiten von vier Unternehmen, die auf den Inseln Solaranlagen installierten. Zunächst war sie überrascht, weil es so wenige waren, dann aber sehr erleichtert, weil sie nicht fünfzig verschiedene Firmen auf der ganzen Inselkette ansteuern musste.

Nur eine befand sich auf Maui, zwei auf O'ahu in der Nähe von Honolulu und die vierte auf Big Island an der Küste oberhalb von Kona in dem stillen Städtchen Waimea. Kali überlegte stirnrunzelnd. Mit diesen dreien würde sie sich später befassen. Nach Big Island würde sie fliegen oder mit der Gingerfish übersetzen müssen. O'ahu bedeutete ebenfalls einen Flug oder eine Fahrt durch dichten Verkehr und höchstwahrscheinlich eine Übernachtung.

»Alle Bestohlenen wurden im Hauptrevier in Wailuku befragt«, sagte Walter. »Die Mehrheit von ihnen lebt auf dem Festland und kommt nur im Urlaub her. Vielleicht nicht einmal jedes Jahr.«

»Wie viele Panels wurden insgesamt gestohlen?«

»Bisher hundertzehn, alle auf Maui. Einige stammen von großen Häusern, die selten bewohnt sind, und über die Hälfte von Anlagen, die in der Nähe der Gebäude stehen und nicht auf dem Dach installiert waren. In einem Fall wurden zehn von den vorhandenen dreißig Modulen gestohlen. Die meisten Leute haben das nicht sofort bemerkt, so wie deine Nachbarin.«

»Also könnten es auch viel mehr sein, eine beträchtliche Anzahl, die nur noch nicht als gestohlen gemeldet wurde.«

»Genau.«

»Wann gab es die erste Anzeige?«

»Vor einem Monat.«

»Okay. Ich mache mich an die Arbeit.« Sie zögerte. »Wenn ich mich damit ablenke«, sagte sie dann deutlich frustriert, »kommen mir vielleicht ein paar Ideen zu dem Mordfall.«

Sie rief das Unternehmen auf Maui an und vereinbarte für den Nachmittag einen Termin mit dem Besitzer. Sie brauche Informationen zur Solarenergiebranche, erklärte sie. Die einstündige Fahrt führte sie zu dem zementierten Vorplatz der Maui Solar Company, die in einem bemerkenswert anonymen Gebäude untergebracht war. Im Empfangsbereich sah es kaum besser aus, allerdings hatte jemand den Versuch unternommen, mit einer Paradiesvogelpflanze und dem gerahmten Poster eines lokalen Musikfestivals die Fabrikatmosphäre ein wenig freundlicher zu gestalten.

An einem Schreibtisch, auf dem lediglich ein Computer und ein Telefon standen, saß eine junge Frau. Hinter ihr befand sich eine Tür, vermutlich der Eingang zur Lagerhalle.

Die Frau blickte auf, als die Eingangstür hinter Kali zuschwang, und begrüßte sie lächelnd. »Aloha. Was kann ich für Sie tun?«

Kali erwiderte das Lächeln. »Aloha. Ich bin Kali Māhoe. Ich habe vorhin angerufen.«

»Oh, richtig. Sie sind die Polizistin, die mit Mr Uru sprechen möchte.«

»So ist es. Detective Māhoe. Und Sie sind?«

»Vanessa. Mr Urus Assistentin. Ich bin für Bestellungen und Kundeninformation zuständig.«

»Hat Mr Uru gerade Zeit?«

»Ja, absolut.« Sie blickte Kali mit offener Neugier an. »Er erwartet Sie. Ich werde ihm kurz Bescheid sagen, dass Sie da sind, okay?«

Kali wartete, während die Frau ohne Hast durch die breite Doppeltür ging, die in die Lagerhalle führte. Kurz darauf kam sie zurück, bei ihr ein Mann japanischer Abstimmung in mittlerem Alter. Er streckte Kali die Hand hin und lächelte aufgeschlossen und freundlich.

»Detective Māhoe, ich bin Harold Uru. Ich hoffe, ich kann Ihnen behilflich sein.« Er bedeutete ihr mitzukommen und drehte sich um. »Was halten Sie davon, wenn ich Sie herumführe und Sie mir Ihre Fragen stellen, während ich Ihnen erkläre, was wir hier tun?«

»Klingt wie ein guter Plan.«

Vanessa stand noch in der Tür. »Kann ich dabei irgendwie behilflich sein?«

»Nein. Ich zeige ihr den Betrieb. Wenn sie noch Fragen zum Verkauf haben sollte, kann Sie ja noch mit Ihnen sprechen, bevor sie geht.«

Kali sah der Angestellten nach, die wortlos an ihren Platz zurückging. Sie trug hohe Absätze, die auf dem Boden geschäftsmäßige Klicklaute erzeugten. Es war sehr wenig hawaiianisch, sich tagsüber so formell zu kleiden, und Uru schien Kalis unausgesprochene Frage zu erahnen.

»Sie ist neu auf den Inseln. Hat die Wirtschaftsfachschule in San Francisco absolviert. Ich glaube nicht, dass es ihr gefällt, den ganzen Tag drinnen am Schreibtisch zu sitzen.«

»Das verstehe ich.« Kali war peinlich berührt wegen ihres vorschnellen Urteils. Ihr tat jeder leid, der in Hawaii ans Haus gebunden war.

Sie gingen zusammen durch die Reihen mit Solarmodulen. Es gab sie in zwei Größen, die kleineren maßen sechzig mal neunzig, die größeren neunzig mal hundertfünfzig Zentimeter.

Uru blieb vor den Regalen mit den Batterien stehen.

»Ist Ihr Zuhause zufällig mit Solarenergie ausgestattet?«, fragte er.

»Ja.« Sie trat von einem Bein aufs andere, ein wenig verlegen, weil sie sich mit den technischen Details ihrer Solaranlage nicht auskannte. »Aber ich muss gestehen, ich habe mich nie damit befasst, wie das Ganze funktioniert.«

Uru klang sogleich enthusiastisch. »Kein Grund, sich Gedanken zu machen. Das tun die wenigsten. Solange das Licht brennt, der Kühlschrank das Essen kühlt und der Fernseher ihre Kinder mit SpongeBob glücklich macht, interessieren sich die Leute nicht dafür.«

Kali nickte. »So geht es mir auch.«

Uru deutete auf die Batterien. »Die sehen aus wie Autobatterien, nicht wahr? Im Grunde sind sie das auch – sehr teure Autobatterien. Gewöhnlich werden sie in einem kleinen Raum oder Gartenhäuschen untergebracht, abseits des Gebäudes, das sie mit Strom versorgen. Die Solarmodule werden auf dem Dach montiert oder manchmal auch auf einem separaten Gerüstturm. Die Solarzellen fangen das Sonnenlicht ein, und die Energie wird in den Batterien gespeichert.«

Kali versuchte, sich ihre Verwirrung nicht anmerken zu lassen. »Ja, aber wie gelangt die Energie von den Modulen in die Batterien und von dort zum Fernseher?«

»Ah«, antwortete Uru in sentimentalem Ton, »das ist ein wunderbar einfacher Prozess. Sie wissen, dass man für Glühbirnen und Haushaltsgeräte Wechselstrom braucht?«

Kali nickte. Sie erinnerte sich an das ein oder andere aus dem Physikunterricht an der Highschool.

»Nun«, fuhr Uru fort, »die Solarzellen produzieren Gleichstrom, der in den Batterien gespeichert wird. Ein Spannungswandler wandelt den Gleichstrom in Wechselstrom um, der dann per Kabel in einen Verteilerkasten und von dort zu den einzelnen Geräten geleitet wird.«

Das war einigermaßen klar, aber der Weg vom Solarmodul zur Batterie war ihr noch ein Rätsel. Da Uru ihr Stirnrunzeln nicht merkte, redete er weiter.

»Dann hält ein sehr empfindliches Messgerät in den einzelnen Modulen den Leistungspegel in den Batterien aufrecht.«

Kali nickte. »Okay. Das klingt nach ziemlich viel Hightech, was wiederum heißt, dass es teuer sein muss.«

Uru zuckte mit den Schultern. »Je nachdem wie groß das Gebäude ist, das mit Strom versorgt werden soll. Für ein Durchschnittshaus mit hundertfünfzig Quadratmeter Fläche braucht man zwölf bis zwanzig große Module, dazu kommen der Stromzähler und der Wechselrichter. Da ist man dann bei zehn- bis fünfzehntausend Dollar. Dann kommen noch bis zu zwanzig separate Batterien hinzu, zu zwei-, dreihundert Dollar das Stück. Das ist dann aber auch schon alles.«

»Das wäre mein Ruin.«

»Nun, das ist das Problem. Die Leute drehen durch, wenn sie an die Anschaffungskosten denken, vergessen aber, dass sie damit über eine kostenlose Energiequelle für die Ewigkeit verfügen, eine Flamme die nie erlischt. Wenn sie ihre Solarmodule und das Zubehör bezahlt haben, sind sie frei. Unabhängig von den Energiekonzernen.«

»Aber die Geräte müssen doch sicher ab und zu erneuert werden, oder?«

»Die Batterien? Sicher. Ab und an. Aber sie halten mindestens zehn Jahre. Die Solarmodule können, solange sie nicht beschädigt werden, ewig halten.«

»Und solange sie nicht gestohlen werden.«

Uru schaute überrascht. »Gestohlen? Ja, das wäre natürlich ein Problem. Aber die Gebäudeversicherung würde den Verlust übernehmen. Ich denke ja immer gern, dass hier im Paradies so etwas nicht vorkommt. Die Menschen hier kommen mir so gutwillig vor.«

»In jeder Ecke der Welt gibt es Menschen, die Böses im Schilde führen«, erwiderte Kali. »Da ist Hawaii keine Ausnahme.«

Plötzlich wirkte er beunruhigt. Kali beobachtete eine subtile Veränderung seines Energielevels.

»Nach allem, was Sie mir über die geschäftliche Seite gesagt haben, könnte sich Diebstahl und Wiederverkauf lohnen. Sind die Module irgendwie gekennzeichnet?«

»Mit der Herstellermarke natürlich. Aber die ist sehr klein und nicht leicht zu finden. Aber so etwas wie Seriennummern haben sie nicht. Es gibt relativ wenige Produzenten, die an

Privatleute liefern, deshalb sehe ich keinen Grund dafür. Und die Batterien sehen auch alle gleich aus.«

Kali betrachtete den enormen Lagerbestand in der Halle. »Ist jemand an Sie herangetreten, der eine kleine Anzahl Module verkaufen wollte? Oder ist sonst etwas Ungewöhnliches vorgefallen?«

Er schüttelte den Kopf, aber Kali spürte wieder ein Unbehagen bei ihm.

»Überhaupt nicht. Ich wäre sofort misstrauisch. Ich kaufe direkt bei den Herstellern an der West Coast und in Japan. Käme jemand mit einem Solarmodul unter dem Arm hereinspaziert, wäre das äußerst auffällig. Außerdem verkaufen wir komplette Solaranlagen. Nur sehr selten wird mal ein einzelnes Modul verlangt.«

»Aber Sie würden es vermutlich erfahren, wenn jemand hier in der Gegend so etwas täte?«

»Auf jeden Fall. Ich würde es gar nicht schätzen, wenn jemand meinem Unternehmen schadet, indem er gestohlene Ware günstiger verkauft.«

Kali nickte. Ihr Gefühl sagte ihr, dass Uru nicht der Typ war, der sich auf schmutzige Geschäfte einließ. Aber sie wollte doch zu gerne wissen, was ihn beunruhigte.

»Gibt es etwas, das Ihnen Sorgen macht?«, fragte sie und drehte sich auf dem Zementboden der weitläufigen Lagerhalle um. Sie machte ein paar Schritte in Richtung der Tür, durch die sie hereingekommen waren, und blieb dann stehen, um seine Antwort abzuwarten.

Nach kurzem Zögern folgte er ihr und ging schweigend neben ihr her. Ein paar Meter von der Tür entfernt blieb er stehen. »Es hat nichts mit Solarmodulen zu tun, aber …«

»Ja?«

»Hier ist bis vor Kurzem eine Katze herumgestreunt. Ich habe sie gefüttert, habe ihr einen Karton nach draußen gestellt, Sie wissen schon, mit einem alten Handtuch.« Er wirkte verlegen. »Gestern habe ich sie am Seiteneingang gefunden, den ich benutze, um in mein Büro zu kommen. Sie war tot…« Wieder hielt er inne.

Kali sah ihn aufmerksam an. Sie sah ihm an, dass er unruhig war und Angst hatte. »Vielleicht war sie krank?«

Er schüttelte den Kopf. »Nein. Zumindest ist sie nicht daran gestorben. Sie war in der Mitte durchgetrennt – wie mit einer großen, scharfen Klinge – und ist dann vor die Tür gelegt worden, sodass man sie nicht übersehen konnte. Mit Absicht. Es kam mir vor wie… na ja, wie eine Botschaft.« Er machte ein trauriges Gesicht. »Das arme Tier. Es hatte gerade angefangen, mir zu vertrauen.« Er drehte sich zu Kali. »Wer tut so etwas, um Himmels willen?« Er schüttelte den Kopf. »Und warum?«

»Das ist wirklich nicht schön«, sagte sie. Diese Grausamkeit war verstörend, und die Tötung einer streunenden Katze stieß sie ab, aber sie wahrte einen neutralen Ton. »Ich verstehe jedoch nicht, wie beides zusammenhängen könnte.«

»Nein. Verzeihung. Es ist nur so, dass ich sofort an die Katze dachte, als Sie mich gefragt haben, ob etwas Ungewöhnliches vorgefallen ist.«

»Haben Sie Drohungen erhalten? Beschwerden von Kunden vielleicht? Wenn es etwas Persönliches oder Berufliches gibt, das Ihrer Ansicht nach hinter der Tat stecken könnte, sollten Sie es mir sagen.«

Er antwortete nicht gleich, aber Kali hatte nicht den Eindruck, dass er nach Ausflüchten suchte.

»Das glaube ich eigentlich nicht«, sagte er schließlich. »Vielleicht waren es Kinder.«

»Die Zugang zu einer so großen, scharfen Klinge hatten, dass sie eine Katze damit komplett durchtrennen konnten?«

Wieder schwieg er ein paar Augenblicke. »Ich weiß nicht, was ich Ihnen noch sagen könnte. Ich glaube nicht, dass das etwas mit Ihrer Ermittlung zu tun hat. Vielleicht war es mir nur ein Bedürfnis, das bei jemandem loszuwerden, quasi inoffiziell.«

»Sie müssen uns Bescheid geben, wenn noch etwas in dieser Art passiert«, sagte sie. »Sie können mich direkt anrufen oder bei der Zentrale, das bleibt Ihnen überlassen, aber wenn wieder etwas vorfällt, sollte das untersucht werden.«

Sie gab ihm ihre Karte, und er studierte die Kontaktdaten, ehe er sie ins Portemonnaie steckte.

»Gut. Das werde ich tun.«

Sie dankte ihm und kehrte zur Rezeption zurück, während er den Weg zu seinem Büro einschlug. Vanessa saß an ihrem Schreibtisch und blickte auf, als die Tür aufging. Dabei fiel Kali auf, dass sie Eyeliner und farbigen Lipgloss trug und ihre Haare sorgfältig frisiert waren. Plötzlich fühlte sie sich unsicher und strich sich unwillkürlich eine Strähne hinters Ohr.

»Mahalo für Ihre Zeit«, sagte Kali und drückte die schwere Glastür auf. Als sie den Fuß über die Schwelle setzte, hinaus in den Sonnenschein, drehte sie sich noch einmal um. Sie hatte das Gefühl, etwas vergessen zu haben, eine Frage, die ihr nicht mehr einfallen wollte.

»Mr Uru hat mir von der Katze erzählt«, sagte sie. »Sie haben nicht zufällig etwas gesehen oder eine Idee, wer sie getötet haben könnte?«

Die Frau zog die Brauen hoch. »Ich denke, es war der Geist.«

»Wie bitte?«, fragte Kali verblüfft.

Die Mitarbeiterin lachte. »Hat er Ihnen das nicht erzählt?« Sie neigte sich vor und senkte die Stimme. »Ehrlich gesagt redet er ständig davon. Er hat sie nicht nur einfach vor der Tür gefunden. Er schwört, er hat einen Geist wegrennen sehen, als er auf das Gebäude zuging.« Sie schnaubte abfällig. »Ein Geist, der tote Katzen bringt. Haben Sie so was Verrücktes schon mal gehört?«

»Das ist zumindest ungewöhnlich«, meinte Kali in sachlichem Ton.

Sie wandte sich ab und ging zurück in die Lagerhalle. Die grausame Tötung der Katze war schon verstörend genug, aber sie wollte wissen, warum Uru ihr das Detail mit dem Geist verschwiegen hatte.

Als sie ihn in seinem Büro darauf ansprach, ließ er beschämt den Kopf hängen. »Wirklich, ich kann nicht sicher sagen, was ich gesehen habe. Eine Gestalt, die sich von der Tür wegbewegte. In meinem Kulturkreis gibt es Sagen über solche Wesen.«

»Ja. Die Noppera-bō. Ich bin damit vertraut.«

Er sah sie erstaunt und dann dankbar an. »Sie halten mich also nicht für verrückt, wenn ich sage, dass die Gestalt keine Augen hatte? Sie blieb stehen und drehte sich zu mir um, wie um mich anzusehen, aber sie hatte keine Augen.«

»Hatte sie überhaupt ein Gesicht?«

Er runzelte die Stirn. »Ich denke, sie trug vielleicht eine Maske oder ein Kostüm. Sie war ganz grau wie ein Schatten, der mit seiner Umgebung verschmilzt. Es ging so schnell, und ich war um die Katze besorgt. Da war so viel Blut, wissen

Sie. Erst als ich mich über sie beugte, habe ich gesehen, dass sie verstümmelt worden war. Dass ich ihr nicht mehr helfen konnte.«

»Haben Sie sonst noch etwas beobachtet? Können Sie etwas zur Größe oder zum Gewicht oder Geschlecht der Gestalt sagen?«

»Nein.« Einen Moment lang sah er weg, dann wandte er sich ihr wieder zu, ohne das geringste Anzeichen eines Hintergedankens. »Ich würde sagen, es war eine Person von leichter Statur, die sich flink bewegte. Ich bedaure, dass ich Ihnen das verschwiegen habe.«

»Halten Sie es für möglich, dass jemand Ihrer Assistentin Angst machen wollte und nicht Ihnen?«

Er dachte darüber nach. »Das ist meiner Ansicht nach unwahrscheinlich.«

»Wenn sie kürzlich hierhergezogen ist, könnte sie einen Ex-Mann oder Ex-Freund zurückgelassen haben, oder es könnte jemand anderes aus ihrer Vergangenheit gewesen sein.«

»Sie lebt seit zwei Jahren auf den Inseln, und soweit ich weiß, hat sie hier Verwandte. Wenn sie sich von dem Vorfall persönlich betroffen gefühlt hätte, hätte sie es mir erzählt, da bin ich mir sicher. Oder ich hätte es ihr angemerkt.«

Kali hatte keine Ahnung, warum Uru das Ziel einer so grotesken Tat war, aber eines stand fest: Es lauerten ungewöhnlich viele Geister in der Nähe von Solarmodulen herum. Das konnte kein Zufall sein.

10

Der Hafenmeister von Kona auf Big Island winkte träge vom Dock neben dem Büro, als Kali langsam in die geschützte Bucht einfuhr und die Gingerfish an einen freien Liegeplatz steuerte. Sie schaltete den Motor aus und merkte, dass sich ihr oberer Rücken endlich entspannte. Sie hatte bei der nächtlichen Überfahrt Glück gehabt. Es hatte zwar in Strömen geregnet, aber sie hatte nicht um Kreuzfahrtschiffe herum navigieren müssen. Diese Riesen waren ein notwendiges Übel, das der fortschreitende Tourismus mit sich brachte, das war ihr klar, doch wenn man an Deck der alternden Gingerfish stand, die längst nicht mehr so schnell und wendig war wie früher, wirkten sie bedrohlich.

Aber auch ohne Kreuzfahrtschiffe war die Überfahrt beängstigend genug gewesen, denn der Kanal zwischen den beiden Inseln war für seine Gefährlichkeit berüchtigt, und während sie das Boot festmachte, beschloss sie, die Nacht über im Hafen zu bleiben und erst am Morgen zurückzufahren. Als sie noch jünger war, hatte sie die Fahrt viele Male mit Freunden und Familie gemacht, aber statt der sorglosen Freude von damals empfand sie nun den angemessenen Respekt des Erwachsenen vor dem Spiel der Naturgewalten in dem breiten Meeresstreifen.

Sie hatte viel Zeit gehabt, darüber nachzudenken, was Uru

ihr über den Vorfall mit der Katze berichtet hatte. Es war ihm unangenehm gewesen, dessen war sie sich sicher. Und sie hatte auch ein wenig Angst bei ihm gespürt. Trotzdem hatte er beteuert, es sei nicht nötig, das Gelände bewachen zu lassen, und er habe auch nicht das Gefühl, in Gefahr zu sein.

Es war ein klarer, sonniger Morgen, und die Vorstellung, es mit Geistern zu tun zu haben, schien bei Tageslicht abwegig. Walter hatte für sie beim Polizeirevier Kona angerufen, damit sie für den Nachmittag einen Streifenwagen bekam. Anscheinend hatte er über die Inseln hinweg eine offizielle Zusammenarbeit bei der Ermittlung in Sachen Solarpaneldiebstähle vereinbart, denn der Hafenmeister sagte ihr, sie brauche sich keine Gedanken zu machen, sie könne die Slipanlage ohne Liegegebühr so lange benutzen, wie es nötig sei.

Sie holte eine Decke aus der Kommode und ging damit an Deck. Nachdem sie dem Hafenmeister dankend zugenickt hatte, pfiff sie nach Hilo. Der stand mit aufgerichtetem Schwanz am Bootsrand, bereit auf den Anleger zu springen, die Ohren erwartungsvoll auf Halbmast, wie um auszudrücken, dass er bereit war, aber nicht wirklich begeistert, im Moment jedenfalls noch nicht. Denn falls er an Bord bleiben musste, verlangte sein Ego, dass er zumindest so tat, als habe er eigentlich die ganze Zeit nur darauf gehofft, den Tag an Deck verbringen zu dürfen.

Hilo setzte sich kurz auf die Hinterbeine, dann sprang er auf den Anleger, um dort auf und ab zu laufen und begeistert den Boden zu beschnüffeln. Fisch, Köder, andere Hunde, fremde Menschen, Urin, heruntergefallenes Essen – jeder Fleck war bedeutend und es wert, erkundet zu werden, bevor er weiterzog. Ein wundervoller Erlebnispark olfaktorischer Genüsse.

Kali schüttelte den Kopf, als er auf dem Parkplatz die Nase an einen Fischkopf hielt, der im hohen Gras lag, und das, nach Farbe und Gestank zu urteilen, schon seit beträchtlicher Zeit. Als sie ihn rief, kam er widerstrebend zu ihr. Sie stand neben einem leicht verbeulten, älteren Prius, dessen Nummernschild sie mit der Angabe auf ihrem Zettel verglich. Dann öffnete sie die Tür, griff unter den Fahrersitz und ertastete den Schlüssel. Einen Moment lang wunderte sie sich über die vertrauensselige – und manchmal unangebrachte – hawaiianische Einstellung zum Leben und zum Diebstahl.

Sie breitete die Decke über die Rückbank und machte Hilo Platz, damit er hineinspringen konnte. Während er sich eine bequeme Position suchte, sah sie sich die ausgedruckte Wegbeschreibung an und fuhr die hinteren Fenster herunter, sodass Hilo ungehindert hinausblicken und das Gefühl genießen konnte, wenn der Fahrtwind ihm die Ohren nach hinten wehte.

Sie wollte zu einer Solarfirma außerhalb von Waimea, einem Städtchen im Nordwesten von Big Island. Anders als auf Maui herrschte hier auf den Straßen kaum Verkehr. Sie fuhr langsam aus dem Hafen und auf den Highway 19. Dabei kam sie an zwei Neubaugebieten vorbei, in denen reihenweise neue Häuser und Eigentumswohnungen entstanden. Ein paar Kilometer weiter lag an einem Hügel auf der Landseite des Highways ein weiteres Neubaugebiet mit Häusern in verschiedenen Bauphasen, die aber größer und individuell gestaltet waren. Eine bunte Reklametafel versprach, dass die Häuser in der exklusiven Gemeinde Secret Haven nun zum Verkauf standen und mehrere Finanzierungsoptionen verfügbar waren.

Sie fuhr langsamer. Die Dächer waren alle mit nach Süden

ausgerichteten Solarpanels bestückt. Das Gebiet war weitläufig, und so wie es aussah, würde es am Ende mehreren Hundert Häusern Platz bieten. Da hatte jemand mit der Montage der Solaranlagen offensichtlich guten Profit gemacht.

Auf eine Eingebung hin bog sie auf das Gelände ein und parkte neben einem Tieflader voller Paletten mit Bodenfliesen. Einige Arbeiter gingen zwischen zwei Häusern hin und her. Ein weiterer kontrollierte das Abladen und hakte die Kontingente auf einem Klemmbrett ab. Er hielt inne, als er Kali kommen sah.

»Aloha«, grüßte sie und deutete mit dem Kopf zu den Paletten. »Für die Bäder?«

»Küchen«, antwortete der Mann. »Kann ich Ihnen helfen?«

»Habe nur spontan angehalten, um zu gucken. Die Häuser hier sind ja riesig.«

Der Mann sah zu den Neubauten. »Zu groß, wenn Sie mich fragen. Wer braucht so viel Platz?«

Sie nickte. »Kann mir nicht vorstellen, was es kostet, die kühl zu halten. Und die Leute vom Festland wollen klimatisierte Räume haben, wenn sie hier Urlaub machen, stimmt's?«

»Glaube nicht, dass die ohne leben können.« Er grinste zustimmend. »Mir reicht ein offenes Fenster und eine tropische Brise.«

Kali lächelte und blickte auf, dann schaute sie über die Dächer. »Fällt die Stromrechnung in einer Wohnsiedlung mit Solaranlagen geringer aus?«

Der Arbeiter zuckte mit den Schultern. »Nicht mein Fachgebiet. Ich verlege nur die Fliesen. Aber wenn Sie das interessiert, da ist ein Typ in dem Büro da drüben, der kann Ihnen dazu eine Broschüre mit Kontaktinfos geben. Der Bauunternehmer hat eine Webseite, auf der man nachlesen kann, wieso das gut für die Umwelt ist und so.«

»Danke.« Kali ging zu dem kleinen Wohnwagen, auf den der Mann gezeigt hatte, das Verkaufsbüro, wie auf dem Schild neben der Tür zu lesen war. Sie klopfte, und von drinnen forderte sie jemand auf, hereinzukommen und die Tür hinter sich zuzumachen.

In dem beengten Raum diente ein Tisch zugleich als Schreibtisch und Aktenschrank. Auf der Seite lag ein Stapel Broschüren. Kali nahm sich eine.

»Was dagegen, wenn ich eine mitnehme?«, fragte sie.

»Nur zu«, antwortete der Mann hinter dem Schreibtisch. »Wenn Sie Preise wissen wollen, müssen Sie sich direkt an den Bauherrn wenden. Die Häuser variieren in Größe und Ausstattung, was sich auch im Preis spiegelt. Es gibt da ganz unterschiedliche Bauvorhaben. Nicht alle sind so teuer wie diese hier.«

»Sind alle mit Solaranlagen ausgestattet?«

»Die meisten. Der Bauunternehmer hat hier viele Konkurrenten, deshalb ist sein größtes Marketinginstrument die erneuerbare Energie.«

»Danke.« Kali verließ den Wohnwagen und schloss die Tür hinter sich. Auf dem Weg zum Auto sah sie sich die Broschüre an. Das Unternehmen hatte eine Adresse in Honoka'a, was hinter Waimea lag. Sie faltete die Broschüre zusammen und steckte sie in die Hosentasche, weil sie dachte, es könnte gut sein, auch mit ein paar Bauunternehmern zu sprechen, die ihr vielleicht noch einen anderen Blickwinkel eröffnen konnten als die Lieferanten der Solaranlagen.

Sie folgte dem Highway nach Norden an einigen Fünf-

Sterne-Resorts vorbei, die an der Küste entlang in der unfruchtbaren Vulkanfelsenlandschaft standen. Sie lagen so weit auseinander, dass jedes wie eine eigene Oase wirkte. Rechts und links der Straße hatten Touristen und Einheimische über viele Kilometer persönliche Botschaften aus weißen Korallenstücken hinterlassen, die sich leuchtend von dem alten schwarzen Lavagestein abhoben und Liebe und Sehnsucht verkündeten: Marci liebt Jonathan 4-ever. Wir vermissen dich, Papa. Willst du mich heiraten, Brett?

Sie fuhr in gemächlichem Tempo, genoss die Aussicht auf die grünen Kohala Mountains und den Buckel des Mauna Loa im Osten, der schon viele Jahre nicht mehr ausgebrochen war. Nördlich des Gebirges lag das üppige Waipi'o Valley. Als Teenager hatte sie mehr als eine Saison für Brian, den Cousin ihrer Mutter, auf den Taro-Feldern gearbeitet. Er und die Arbeiter begannen jeden Morgen damit, den Halbgott Kamapua'a, den Schweinemann, mit Gesängen anzurufen, damit er das wässrige Erdreich, in dem sie gruben, formbarer machte. Gekühlt von der Meeresbrise bewegten sich die Arbeiter knietief durchs Wasser und pflanzten und jäteten. Das Geräusch ihrer Gespräche und freundschaftlichen Scherze hatte sie immer als beruhigend empfunden.

Viele lange Stunden watete sie mit ihnen durch das schlammige Wasser, sammelte Schnecken von den Pflanzen und warf sie in einen Eimer. Sie konnte nicht verstehen, wie sie so viele Schnecken absammeln und doch am nächsten Tag wieder so viele vorfinden konnten.

»Bringst du die Schnecken nachts hierher zurück und wirfst sie ins Feld?«, fragte sie Brian an einem frustrierend schneckenreichen Tag.

Brian lachte. »Sie denkt, wir züchten Schnecken«, rief er den anderen zu.

Kali zog die Brauen zusammen. Taro pflanzen – oder in diesem Fall Schnecken sammeln, damit sie die Ernte nicht wegfraßen – war genauso typisch hawaiianisch wie surfen und angeln. In ihrer Mythologie wurde von der Verwandtschaft der Hawaiianer mit den braunen Wurzelknollen erzählt. Aus der Vereinigung des Sohnes und der Tochter von Himmelsvater Wākea entstand ein missgebildetes Kind, das tot geboren wurde. Am nächsten Tag wuchs eine Taro-Pflanze an der Stelle, an der das tote Kind begraben worden war. Das zweite Kind, das aus dieser Verbindung hervorging, war Hāloa, der Urvater aller Hawaiianer.

Eigentlich, so dachte sie damals, verdienten die Taro-Pflanzen im seichten Wasser auf dem Feld mehr Respekt, als sie ihnen gerade erwies. Während der restlichen Saison sammelte sie pflichtbewusst Schnecken ab und füllte damit Eimer um Eimer, wobei jedes Mal ein kleiner, dumpfer Laut erklang, wenn eine Schnecke auf die anderen fiel. Ein unwürdiges Schicksal angesichts ihrer bemerkenswerten Beharrlichkeit, befand sie. Am Ende tat es ihr leid um die kleinen, entschlossenen Schnecken, und jahrelang konnte sie den Taro nicht mehr genießen, egal wie er zubereitet war.

Auf den Straßen war wenig Verkehr, und Kali erreichte Waimea zwanzig Minuten vor ihrem ersten Termin. Sie fuhr an den Straßenrand, wo die langen Felder der Parker Ranch nach Osten zum Inselinneren hin verliefen. Unterhalb der alten Lavakegel, die sich in immer glatteren Buckeln über die Viehweiden fortsetzten, stieg das Land langsam an. Noch einmal schaute sie auf die Adresse, die sie bekommen hatte, und auf das Blatt, das Hara von der Webseite der Sunshine on Your Shoulders Solar Energy Company, Inc. ausgedruckt hatte. Der einseitig bedruckte Flyer zeigte ein Foto von mieser Qualität, ein Dach mit Solaranlage.

Hilo streckte schnuppernd die Nase aus dem Fenster, angelockt vom Duft ferner Kühe. Er winselte und stieß Kali mit der Schnauze an.

»Auf keinen Fall«, antwortete sie mit Blick auf die vielen Kuhfladen. Hilo würde sich stolz darin wälzen, wenn er die Gelegenheit dazu bekäme. Kali wusste aus leidvoller Erfahrung, dass mehrere kräftige Bäder nötig waren, um den Geruch wieder loszuwerden. Und der Innenraum des geliehenen Wagens wäre mit Eau de Hilo à la Kuh getränkt, was ihr bei den Kollegen des örtlichen Reviers sicherlich keine Sympathien einbringen würde.

Sie fuhr langsam vom Seitenstreifen herunter und folgte der detaillierten Beschilderung zum nördlichen Stadtrand, bis zu einer alten Garage, die mit großen leuchtenden Sonnenblumen bemalt war. Ein handgeschriebenes Schild über dem breiten Rolltor sagte ihr, dass sie an der richtigen Adresse war. Sie parkte neben dem Gebäude im Schatten einiger Palmen. Als sie die Wagentür öffnete und hinausschlüpfte, drängte sich Hilo an ihr vorbei und stellte sich dicht neben sie.

An der Ecke des Gebäudes gab es eine zweite Tür, großflächig getarnt mit den gleichen riesigen Sonnenblumen und ebenfalls mit einem Schild versehen, auf dem »Geöffnet« stand. Kali drehte den Knauf und trat ein, wobei sie ein Klangspiel aus Glöckchen und kleinen Surfboards anstieß, das über dem Türrahmen hing. An einem langen zerkratzten Holztisch, der mit Geschäftspapieren übersät und mit Imbissschachteln zugemüllt war, saß ein junger Mann von Anfang zwanzig und hatte die Füße auf eine Ecke des Tisches gelegt. Seine langen Haare waren zusammengebunden, und er trug ein verschossenes Hemd mit Hulatänzerinnen und ausgefranste Jeansshorts. Als Kali mit Hilo hereinkam, bedachte er sie mit einem wenig fokussierten Blick und gähnte, was ihren Verdacht bestätigte, dass er ein Nickerchen gehalten hatte.

»Aloha allerseits.« Er hielt sich den Handrücken vor den Mund, weil er ein zweites Mal gähnte.

»Entschuldige die Störung.«

»Kein Problem. Hole nur ein paar REM-Phasen nach.« Sein Blick fiel auf Hilo, und er riss die Augen auf. »Wow. Das ist ein echt großer Hund.«

»Er wird dich nicht belästigen. Er hat heute schon gefressen.«

Der junge Mann grinste. »Dann ist es ja gut.«

Kali holte tief Luft. »Bist du der Besitzer?«

»Ich?« Der junge Mann lachte und schwang die Beine vom Tisch. »Nee, nur die Aushilfe. Ich bin Matt. Der Laden gehört Randy. Er ist der Solarfritze.« Er bemerkte den Flyer in Kalis Hand. »Sie wollen was vom Feuer der Sonne, ja? Dann sind Sie hier richtig.«

Kali wartete, aber Matt lächelte einfach weiter.

»Ist Randy irgendwo in der Nähe?«, fragte sie schließlich.

»Ja, klar. Er muss hier irgendwo sein.« Matt schaute mit einem Mal skeptisch. Er betrachtete Kali näher, wobei er an dem Tattoo hängen blieb, das aus dem kurzen Ärmel ihres T-Shirts herausragte. Er nickte anerkennend. »Jedenfalls glaube ich das.«

Kali sah aus dem Fenster. Es gab keinen Grund zur Eile. Die Sonne schien, niemand erwartete sie auf Maui, bevor sie wieder da war, und sie vermutete, dass Matt sie nicht absichtlich ärgerte. Er schien ihr nicht der Typ zu sein, der so weit vorausdachte.

Sie schaute sich in dem Büro um, entdeckte einen Plastikstuhl in der Ecke, ging dorthin und setzte sich. Sofort ließ sich Hilo zu ihren Füßen auf dem Linoleumboden nieder und streckte sich in dem verfügbaren Raum so weit wie möglich aus.

»Klingt gut. Ich werde einfach warten, wenn du nichts dagegen hast. Vielleicht könntest du mal nachsehen, wo er ist?«

Matt nickte hilfsbereit. »Geht klar. Bin gleich wieder da.«

Er verließ das Büro durch die hintere Tür, und Kali hörte, wie er sich pfeifend entfernte. Sie betrachtete das brüchige Linoleum. Sunshine on Your Shoulders Solar Energy Company, Inc. schien kein prosperierendes Unternehmen zu sein, wenn man nach den zusammengewürfelten Möbeln und den rostenden Aktenschränken gehen konnte. Doch das konnte täuschen. Lässigkeit war in vielen kleinen Ortschaften das herrschende Prinzip, und sein Geschäft mit gebrauchten Büromöbeln einzurichten war sicherlich umweltbewusstes Handeln, vor allem für eine Firma mit einer ökologischen Ausrichtung, ob das nun ästhetisch ansprechend war oder nicht.

Das Pfeifen näherte sich wieder, und die hintere Tür schwang auf. Matt kam grinsend herein, gefolgt von einem jungen Mann in Shorts, Sandalen und einem abgetragenen Hawaiihemd. Er war nur ein paar Jahre älter als Matt, und Kali meinte, eine gewisse Familienähnlichkeit zu erkennen.

Sie stand auf und streckte ihm die Hand hin. Hilo richtete widerstrebend den Oberkörper auf, sodass er mit dem Kopf über die Tischkante ragte. »Sie müssen Randy sein.«

Der Mann nickte lächelnd. »Randy White. Matt sagt, Sie sind an Solarmodulen interessiert. Und dass Sie einen riesigen Hund haben.«

»Hilo. Mein ständiger Begleiter.« Sie hob den Flyer hoch. »In erster Linie möchte ich etwas über die Module wissen.«

Randy drehte sich zu Matt und deutete mit dem Kinn zur Tür. »Geh und mach mal Pause. Ich kümmere mich um Miss …?« Er hielt inne, während Matt den Daumen reckte, um gleich darauf durch die Vordertür zu verschwinden, dann sah Randy Kali an und wartete darauf, dass sie sich vorstellte.

»Kali.« Sie zögerte. »Detective Kali Māhoe, Maui Police Department. Ich habe ein paar Fragen.«

Randys Lächeln fiel in sich zusammen, ein Anflug von Panik huschte über sein Gesicht. »Oh, Scheiße.«

Ohne ein weiteres Wort drehte er sich um und rannte durch die Hintertür. Kali sah leicht verwundert zu, wie die Tür ins Schloss fiel. Dann ging sie hin und öffnete sie wieder, pfiff nach Hilo und schnippte mit den Fingern.

»Hilo!«

Der Hund erhob sich und trabte zu ihr. Sie öffnete die Tür ein Stück weiter.

»Lauf!«

Pflichtbewusst rannte Hilo los, den Schwanz gerade nach hinten gestreckt. Kali ließ die Tür offen stehen und kehrte zum Stuhl zurück. Augenblicke später hörte sie Hilo bellen und dann einen Angstschrei, anschließend wurde es still. Sie stieß den Stuhl zurück und ging nach draußen, dann folgte sie dem Gebell, ging einen Weg entlang, der über den Platz auf die Rückseite des Ladens führte. Hinter den Bäumen war ein kleiner Schuppen zu sehen. Als sie um die Biegung ging, sah sie Randy neben dem Weg auf dem Bauch im Gras liegen, Hilo halb sitzend, halb liegend auf seinem Rücken und Kopf.

»Braver Junge, Hilo.« Sie kraulte ihn hinter den Ohren. »Braver Junge.«

Hilo schloss dankbar die Augen und hechelte, sein Schwanz schlug gegen Randys Oberschenkel. Von Randy war nur gedämpftes Wimmern zu hören. Kali schnippte mit den Fingern, das Signal für Hilo, Randy aufstehen zu lassen.

Der drehte sich auf den Rücken und schüttelte den Kopf. »Was soll der Scheiß, verdammt? Er hätte mich umbringen können. Er wiegt eine Tonne. Das ist ein klarer Fall von Machtmissbrauch.«

»Nicht ich habe mich auf Sie gesetzt, sondern der Hund. Und er wiegt nur sechzig Kilo. Ich kann es nicht leiden, wenn die Leute übertreiben.«

Mürrisch setzte sich Randy auf und fuhr sich durch seinen dichten Haarschopf, um die Grashalme herauszukämmen, die sich beim Bodenkontakt darin verfangen hatten.

»Und ich verkaufe nichts, was immer Sie auch gehört haben. Ich ziehe gerade so viel Hanf, dass es für mich selber reicht. Ich habe eine medizinische Anbaulizenz, ich schwöre! Sieben Pflanzen, mehr nicht!«

Kali schüttelte den Kopf. Das Letzte, was sie kümmerte, war eine kleine Pakalōlō-Kultur. »Schön für Sie. Mir ist egal, was Sie hier anbauen, Mann. Ich will nur wissen, woher Sie Ihre Solarmodule und das Zubehör beziehen.«

»Was?« Randy sah sie verständnislos an.

»Wo kaufen Sie Ihre Solarmodule?«, fragte sie ungeduldig.

Randy schüttelte den Kopf. »Meine Solarmodule? Deshalb sind Sie hier?«

Kali wartete, aber er schwieg. »Das ist nicht die Antwort, die ich brauche.«

Er stand auf, klopfte sich Hemd und Hose ab, drehte sich wortlos um und ging auf wackligen Beinen zu seinem Büro zurück, Kali hinter ihm her. Drinnen ging er an den großen grauen Aktenschrank in der Ecke, strich mit dem Finger an den Schildchen der Hängeregister entlang und nahm einige dicke Mappen heraus. Er knallte sie auf den Tisch und bedeutete Kali, sich zu bedienen.

»Da ist alles nach Vorschrift, Mann. Japanische Firma bei Tokyo, billiger als die anderen auf dem Festland. Bestellscheine, Frachtpapiere, Rechnungen, Zahlungsbelege und so weiter. Tun Sie sich keinen Zwang an. In der blauen Mappe sind die Verkäufe von diesem Jahr und dem vorigen dokumentiert – als wir das Geschäft eröffnet haben –, zusammen mit dem jeweiligen Datum der Installation, das die Versicherungen haben wollen. Und mein Gewerbeschein. Meine Anbaulizenz ebenfalls.«

Kali griff nach der erstbesten Mappe und blätterte sie durch. Zumindest auf den ersten Blick schien alles in Ordnung zu sein. Randy führte sein Geschäft immerhin ordentlich.

»Haben Sie einen Kopierer?«

Er zeigte auf ein Gerät, das fast komplett unter irgendwelchen Papieren verschwunden war.

»Gut. Kopieren Sie mir die, und dann bin ich auch schon weg.«

Während er über die Ungerechtigkeit der ganzen Sache schimpfte, tat er das Verlangte, und Kali setzte sich so lange auf den Plastikstuhl am Fenster.

»Brauchen Sie dafür nicht eine Vorladung oder so was in der Art?«

»So was in der Art. Aber es ist immer besser, der Polizei Informationen freiwillig zu geben. Außer natürlich Sie hätten etwas zu verbergen.«

»Ja, danke für den Philosophieunterricht.«

Ihr Handy klingelte. Es war Walter. »Neuigkeiten?«, fragte sie, als sie abgenommen hatte.

Er brummte. »Und was für welche! Dein Freund, der Schauspieler-Blogger, oder wie er sich nennt, hat einen Podcast gepostet mit einem Hellseher über eine angebliche Reihe von Überfällen auf Maui, bei denen – ich zitiere – ein böser Geist eine Spur von blutigen Leichen hinterlässt. Seitdem hören die Telefone nicht mehr auf zu klingeln.«

»Chad!« Bei dem Namen zog sie unwillkürlich ein finsteres Gesicht. »Hara soll ihn abholen und für eine Nacht in die Zelle sperren.«

»Mit welcher Begründung? Weil er ein blöder Wichser ist? Fake News sind gerade der letzte Schrei, wie du weißt. Und er ist der lokale Promi-Schönling. Wenn du mich fragst, ist er nicht mehr als eine Nervensäge.«

»Das ist zu viel der Ehre. Hübsche Zähne und eine Rolle in einer drittklassigen Serie machen ihn noch nicht zum Promi.«

»Das siehst nur du so, fürchte ich. Die Serie war ziemlich beliebt. Sogar meine Frau und die Kinder haben sie geguckt. Aber egal. Recht auf freie Meinungsäußerung und so weiter.«

»Meinetwegen. Ich finde trotzdem, wir sollten ihn festnehmen.«

»Dafür habe ich weder die Zeit noch die Energie.« Er schwieg für einen Moment. »Wie auch immer, ich rufe an, um dir zu sagen, dass Grace Sawyer noch nicht zu sich gekommen ist. Es bleibt wie gehabt.«

»Okay.« Sie schaute zum Kopierer hinüber, weil ihr klar war, dass Randy zuhörte. Sie legte auf und wartete, während er den Stapel Kopien in einen großen Umschlag steckte.

Er gab ihn ihr. »Das ist dann alles?« Nervös blickte er über die Schulter zur Hintertür, die zu dem Weg und dem Schuppen führte.

»Das ist alles. Natürlich könnte ich noch schnell das Gelände absuchen, wenn Sie sich dann besser fühlen.«

Randy schüttelte energisch den Kopf. »Nicht nötig. Wirklich.«

»Tja, dann, schönen Tag noch. Und denken Sie daran: Zu viel Wasser schadet den Pflanzen«, sagte sie halb lächelnd. »Zumindest habe ich das gehört.«

Randy sah sie überrascht an, aber sie führte das nicht weiter aus. Stattdessen ging sie zurück zum Auto, öffnete Hilo die Tür und glitt hinters Steuer. Dann fuhr sie in aller Ruhe los und winkte, denn Randy sah ihr von der Tür aus nach. Er wirkt ein bisschen mitgenommen, dachte sie.

11

Nachdem sie unterwegs auf ein schnelles Mittagessen angehalten hatte, fuhr sie zu Secret Haven, dem Bauunternehmen in Honoka'a. Es unterhielt ein kleines Büro in einer Reihe bunter alter Häuser an der Hauptstraße nahe dem People's Theatre. Das historische Kino war jahrzehntelang die große Attraktion in der Innenstadt gewesen. Sie parkte am Bordstein neben dem altvertrauten Vordach.

Die Tür des Büros stand offen. Drinnen saßen zwei Männer an einem Glastisch und redeten in ernstem Ton miteinander. Sie stieg die Stufen hoch und ging die schmale Veranda entlang, um in der Tür stehen zu bleiben und anzuklopfen. Die Männer drehten sich zu ihr um.

»Offenbar störe ich gerade«, begann sie.

Einer der beiden stand auf. Er lächelte, aber es gefiel ihr nicht, wie sein Blick an ihr auf und ab wanderte und ein bisschen zu lange auf ihrem T-Shirt verweilte.

»Bitte, kommen Sie herein«, sagte er. Er drehte sich zu dem zweiten Mann um, der ebenfalls aufstand. »Ich denke, wir waren sowieso gerade fertig, oder?«

Der andere nickte, aber Kali spürte seinen Unmut. »Sicher. Alles Weitere besprechen wir morgen auf der Baustelle. Aber vergessen Sie nicht, dass meine Frau die Muster für den Bodenbelag scheußlich findet. Allesamt.«

»Verstanden.« Der Bauunternehmer klopfte ihm auf die Schulter. »Ich will es mir ganz bestimmt nicht mit der kleinen Lady verderben. Erst recht nicht, seit ich weiß, wer die Hosen anhat, nicht wahr?«

Kali verzog das Gesicht und biss sich auf die Lippe. Der Mann klang überheblich, herablassend. Sie fasste sofort eine starke Abneigung gegen ihn. Der Kunde runzelte die Stirn und ging zur Tür. Im Vorbeigehen nickte er ihr kurz zu. Sie sah ihn draußen in einen geparkten Wagen steigen und die Tür hinter sich zuknallen.

Als sie sich wieder umdrehte, stellte sie fest, dass der andere Mann ziemlich nah neben sie getreten war.

»Tja, also, was kann ich für Sie tun?« Er gab ihr die Hand. »Billy Shane. Und Sie sind?«

»Kali Māhoe.« Sie ignorierte die Hand und zeigte ihre Dienstmarke. »Genauer gesagt Detective Kali Māhoe vom Maui Police Department.«

Ihr fiel auf, dass er kaum merklich die Augen zusammenkniff, und sie betrachtete ihn näher. Er war etwa Ende fünfzig oder Anfang sechzig, hatte graue Strähnen in den gepflegten Haaren und beträchtliche Falten um den Mund und an der braun gebrannten, ledrigen Stirn, was auf eine nachlässige Haltung in Bezug auf Sonnenschutz hindeutete.

»Meine Güte. Sollte ich meinen Anwalt anrufen?«

»Sie glauben, dass Sie ihn brauchen werden?«

Er lachte schallend. »Nein, aber das sagen sie doch immer im Film, stimmt's?«

Sie versuchte, sich ihren Ärger nicht anmerken zu lassen. »Wenn Sie es sagen, Mr Shane.«

Er setzte sich wieder, eindeutig entspannt. »Nehmen Sie

Platz. Machen Sie es sich bequem. Dann kann ich Ihnen gerne ein Haus verkaufen.«

»Ich habe schon eins, danke.« Sie ignorierte seine Einladung, sich zu setzen, und genoss es, auf ihn hinunterzublicken. »Ich bin im Rahmen einer Ermittlung hier und möchte Sie einiges zu den Solarhäusern fragen.«

Er schaute verblüfft. »Wie bitte?«

»Soviel ich weiß, haben Sie einige Neubauprojekte. Können Sie mir sagen, wie viel es kostet, die Häuser mit Solaranlagen auszustatten? Und in welcher Bauphase werden die Panels installiert?«

Er zuckte mit den Schultern und verlor das Interesse. Wieder wanderte sein Blick über ihr T-Shirt, absichtlich langsam, als wollte er sie provozieren. Sie stellte Blickkontakt her und sah ihm unnachgiebig und ohne zu blinzeln in die Augen. Er lächelte.

»Das kommt drauf an, nicht wahr? Je größer das Haus, desto mehr Energie wird verbraucht. Manche dieser Prachtstücke haben über fünfhundert Quadratmeter Wohnfläche, ohne Pool, Terrassen und Außengebäude. Natürlich haben viele der kleineren Projekte nur hundertzehn Quadratmeter. Das ist also eine ziemliche Bandbreite. Aber nicht alle werden mit Solarenergie versorgt. Das ist für den Käufer optional, und es entstehen zusätzliche Kosten. Verstehen Sie?«

Ihr Magen zog sich zusammen, so unangenehm fand sie den Mann. »Ja, ich verstehe.«

»Großartig!« Er stemmte sich grinsend von seinem Stuhl hoch. »Lust auf einen Cocktail? Ich wollte mir gerade meine Nachmittags-Margarita mixen. Es wäre mir eine Freude, Ihnen auch eine zu brauen.«

»Nein danke. Ich bin im Dienst.« Sie lächelte mit schmalen Lippen. »Verstehen Sie?«

Er lachte und klopfte sich auf die Schenkel. Sie überlegte, wie sehr es ihn wohl ärgern würde, wenn sie ihn aufforderte, ihr die Belege zu sämtlichen Materialeinkäufen vorzulegen. Sie fand, dass es sich lohnen würde, allein schon, um ihm Arbeit zu machen.

Als sie ihn schließlich dazu aufforderte, lächelte er gefällig.

»Aber gern doch. Ich kaufe bei Herstellern in Minnesota und Japan. Sie geben mir große Nachlässe wegen des Bestellumfangs. Was die Installation betrifft, die findet statt, sobald der Rohbau steht und das Dach fertig ist.«

Er kippte Eis aus einem Eimer in einen Mixer, der auf einem Tischchen stand, neben teuren Schnäpsen auf einem Glastablett.

»Sicher, dass ich Sie nicht zu einem Drink überreden kann? Meine Margaritas sind hier ziemlich berühmt. Tequila von einer kleinen exklusiven Brennerei, besser als Sex.« Er hielt eine funkelnde Flasche hoch. »Männer geben ihr Leben für solch einen Schatz.«

Wieder ignorierte sie seinen Versuch, das Gespräch zu kontrollieren. »Wie steht es mit gebrauchten Solarmodulen?«

Er hielt beim Eingießen inne. »Ich kann Ihnen nicht folgen.«

»Es würde die Kosten doch sicher beträchtlich verringern, wenn es eine zuverlässige Quelle für gebrauchte Module gäbe.«

»Sie meinen, die Kunden würden das nicht bemerken? Davon abgesehen habe ich noch von keiner Firma gehört, die gebrauchte Ware anbietet. Sie etwa?«

»Wie steht es mit Ihren Konkurrenten?«

»Was soll mit denen sein? Die einzigen, die Häuser mit erneuerbarer Energie anbieten, sind kleine Bauunternehmen, die pro Jahr nur eine Handvoll Häuser bauen. Kein Vergleich mit dem, was ich am Laufen habe.«

»Verstehe. Sie sind ein richtiger Großunternehmer, hm?«

Sein Lächeln wurde plötzlich eisig. »Wenn Sie so wollen.« Er schaltete den Mixer ein, und der Lärm hinderte sie an einer spontanen Erwiderung. Er nahm ein Margarita-Glas und drückte es mit dem Rand in Salz, dann goss er den Inhalt des Mixers hinein. Er blickte sie über den Glasrand hinweg an, während er einen Schluck davon trank. »Ich muss sagen, allmählich kommt es mir ein bisschen so vor, als wollten Sie mich schikanieren.«

»Ich bitte aufrichtig um Entschuldigung, Mr Shane.« Sie erwiderte seinen Blick. »Sie stammen nicht von Hawaii, nicht wahr?«

»Halten Sie mich nicht für einen Malihini, bitte. Ich bin kein Neuling. Ich lebe schon seit zwanzig Jahren auf den Inseln.«

Er musterte sie mit einem leichten Lächeln und zufriedenem Gesichtsausdruck. Sie wandte sich ab und schlenderte an den Regalen entlang, wo ein paar Bücher und gerahmte Fotos standen. Auf einem war ein teures Segelboot zu sehen, an Deck eine junge Frau mit einem ernsten Gesicht, das halb hinter einer großen Sonnenbrille verborgen und von einem breitkrempigen Sonnenhut beschattet war. Neben ihr stand ein schlanker Mann in Badehosen und weißem T-Shirt, eindeutig ein Hawaiianer. Er wirkte angespannt, so als hätte der Fotograf das Paar bei einem beginnenden Streit unterbrochen.

Shane folgte ihrem Blick. »Mein verstorbener Schwiegersohn. Früh aus dem Leben gerissen. Aber von ihm habe ich genug Hawaiianisch gelernt, um die Einheimischen ärgern zu können.«

»Woher kommen Sie ursprünglich?«, fragte sie in neutralem Ton.

Er prostete ihr mit seinem Glas zu. »Na, aus dem schönen Texas, wenn Sie es wissen wollen. Aber der wahre Immobilienmarkt ist hier. Ich bin Geschäftsmann, Detective. Ich gehe dahin, wo man Gewinn machen kann.«

»Und bis jetzt sind keine Solarpanels von Ihren Neubauten verschwunden?«

Zögernd hob er das Glas zum Mund und sah sie überrascht an. »Na, so was.« Plötzlich wirkte er nachdenklich. »Du lieber Himmel. Das ist tatsächlich eine interessante Frage. Kann nicht sagen, dass jemand von meinen Leuten nachzählt, ob die Häuser noch dieselbe Anzahl von Modulen auf dem Dach haben, wenn sie verkauft werden.«

Er stellte sein Glas hin und ging zu dem kleinen Schreibtisch in der Ecke, dann beugte er sich über einen Computer, um eine Tabelle zu öffnen. »Doch es hört sich ganz so an, als sollte ich mich mal darum kümmern.«

»Lassen Sie mich wissen, wenn die Zahlen nicht übereinstimmen, Mr Shane. Bisher wurden solche Diebstähle nur auf Maui gemeldet, aber bei den vielen Zweit- und Drittwohnungen, die es auf den Inseln gibt, ist es sehr wahrscheinlich, dass manche Besitzer einen Diebstahl noch nicht bemerkt haben.«

Er nickte, wirkte aber nach wie vor abwesend. »Es wird ein paar Tage dauern, bis wir die Anzahl der Module auf den Dächern mit denen in den Unterlagen verglichen haben.«

Sie lächelte und wandte sich zum Gehen. »Die Arbeit können wir Ihnen abnehmen. Ich brauche natürlich Kopien von allen Unterlagen, angefangen beim ersten Kaufbeleg. Es sei denn, Sie hätten es gern offizieller und möchten einen richterlichen Beschluss. Ich bin sicher, Sie verstehen, was ich meine.«

Er blickte vom Bildschirm auf. »Touché, Darling. Ich lasse sie Ihnen gleich morgen früh zukommen. Reicht es per E-Mail?« Er blickte absichtlich auf ihre Brust. »Ich kann sie Ihnen auch persönlich übergeben. Vielleicht bei einem gemeinsamen Frühstück?«

Sie legte ihr Kärtchen auf den Glastisch und verließ wortlos das Büro. Manchmal war keine Antwort die beste Antwort, sagte sie sich.

12

Drei Möwen ließen sich laut krächzend auf dem Geländer der Veranda nieder. Kali rollte sich widerstrebend aus der Hängematte und stellte ihre sandgehärteten Fußsohlen auf die abgenutzten Dielen. Wieder hatte sie den Sonnenaufgang verpasst.

Sie blickte über den wild wuchernden Rasen zum Meer hinüber und nahm mit Entrüstung die unbestreitbare Tatsache zur Kenntnis, dass es die Sonne geschafft hatte, am Himmel aufzusteigen, obwohl sie nicht wach gewesen war, um das Sonnenaufgangsritual zu verrichten. Soll mir recht sein, dachte sie. Wenn der Beginn des Tages von ihr abhinge, würde die Welt wohl in Dunkelheit leben müssen. Seufzend schloss sie die Augen. Ihre Stimmung wurde noch düsterer, als ihr einfiel, dass sie in der Mordermittlung genauso wenig vorangekommen war.

Das Licht auf dem Wasser änderte sich, und der Himmel wurde allmählich heller. Von ihrem Platz aus war die Aussicht herrlich, genau wie sie sein sollte. Als sie seinerzeit beschloss, in dem kleinen Haus, das ihre Großmutter ihr vererbt hatte, einiges zu erneuern, war ihr erstes Projekt die Reparatur der großzügigen Lanai, die sowohl einen fantastischen Blick aufs Meer bot als auch Schatten unter den Palmen und dichten Obstbäumen.

Und seitdem verbrachte sie die meiste Zeit zu Hause auf der

Veranda. An einem Ende war eine Hängematte aufgespannt, in der sie gelegentlich schlief. Es gab einige alte bequeme Liegestühle, auf denen sie die Beine ausstrecken konnte, und einen alten Tisch aus dem polierten Holz der Koa-Akazie, an dem sie aß und die Aussicht genoss. Der Tisch im Haus und das Schlafzimmer waren ihre Zuflucht bei Sturm, ein trockenes Plätzchen, aber nur wenn es unbedingt notwendig war. Denn in Wirklichkeit liebte sie die Stürme, die regelmäßig über die Inseln fegten, und oft genug traf man sie bei Regen draußen an, wo sie mit Hilo an ihrer Seite und friedvollem Gesichtsausdruck die steilen Pfade in die Berge hinaufstieg, während ihr nasse Blätter an den Kleidern klebten.

Sie mochte die Einsamkeit und war es gewohnt, allein zu leben. Bisher hatte keine ihrer längeren Beziehungen gehalten, obwohl sie einen Grund gesucht hatte, sich emotional darauf einzulassen. Mike Shirai war die einzige Ausnahme gewesen. Sie hatte ihn nach ihrem Abschluss an der Universität Hawaii kennengelernt und beschlossen, den Beruf zu wechseln und sich an der Polizeischule in Honolulu ausbilden zu lassen. Noch als Neuling musste sie helfen, eine Serie von Überfällen aufzuklären, die mit alten hawaiianischen Sagen zu tun hatten, und traf auf Mike, den Detective Inspector, der die Ermittlung leitete.

Ihr war sofort und ohne jeden Zweifel klar gewesen, dass es Liebe war. Mike war intelligent, freundlich und lustig, und sie freundeten sich schnell an. Schließlich zogen sie zusammen, und sie tat ihr Bestes, um mit seiner mürrischen Tochter Makena, seinem einzigen Kind aus kurzer Ehe, ein gutes Verhältnis aufzubauen.

Kali schaute übers Meer, das jetzt im Schein der Sonne glitzerte, und erinnerte sich an das Gefühl vollkommener

Zufriedenheit und tiefer Liebe. Sie glaubte, dass sie und Mike zusammen glücklich geworden wären, aber das Universum hatte eingegriffen. Am Morgen hatten sie noch miteinander geschlafen, aber am Abend, der sternklar gewesen war, wurde Mike während einer Razzia gegen die wachsende Anzahl von Meth-Laboren angeschossen und starb.

Kali schloss die Augen. Es hatte keinen Zweck, sich schuldig zu fühlen.

Niemand machte sie verantwortlich, weil er in die Schusslinie geraten war. Niemand, nur sie selbst.

Seitdem lebte sie in einem Schwebezustand, vielleicht wegen der genauen Umstände des Ereignisses oder weil sich die Zukunft mit dem abrupten Stillstand eines einzelnen Herzens verändert hatte. Ohne Mike kamen ihr die weiten Strände und hohen, schwankenden Palmen abweisend vor: Welches Recht hatte sie, ihre Schönheit zu genießen, wenn Mikes Seele der Welt so brutal entrissen worden war?

Sie hatte überlegt wegzuziehen, hatte unzählige Stunden damit verbracht, nach einem Job auf dem Festland zu suchen. Doch sie blieb in Honolulu mit seiner lärmenden Geschäftigkeit, dem Lichtermeer und den ganzjährigen Touristenmassen. Die ruhigen Strände, die sich im Südosten von Maui entlang der Küste erstreckten, schienen zu einem Traum zu gehören – zu einer Erinnerung aus dem Leben eines anderen Menschen. Das rhythmische Rauschen und Klatschen der Wellen, die ans Ufer rollten und sich an Felsen brachen, war im Lärm des Stadtverkehrs untergegangen, zur halb erinnerten Begebenheit aus einer fernen Kindheit geworden.

Auf ihrem Platz auf der Lanai erinnerte sie sich an das Gefühl, abgekoppelt zu sein, das sich nach der Schießerei eingestellt hatte und täglich stärker geworden war, während sie in ihrer kleinen Stadtwohnung um den Schlaf kämpfte. Jetzt begriff sie, dass sie zu jener Zeit auf ein Zeichen gewartet hatte, dass es Zeit war weiterzuleben.

Und schließlich hatte sie dieses Zeichen erhalten. Eine weitere Nacht mit unruhigem Schlaf stand ihr bevor, als ihr Telefon klingelte. Es war ihre Großmutter, und sie bestand darauf, dass sie heimkam und ihr bei einer Heilzeremonie half. Es sei höchste Zeit, dass sie ihre Aufgabe als Kahu in ihrer Gemeinde akzeptiere, sagte sie.

»Für wen wird die Zeremonie abgehalten?«, fragte Kali, denn eine Vorahnung stieg in ihr auf.

»Für mich«, antwortete ihre Großmutter. Und dann legte sie einfach auf, ehe Kali etwas erwidern konnte.

13

Nach dem Anruf ihrer Großmutter kehrte sie von Schuldgefühlen geplagt nach Maui zurück. Walter holte sie vom Flughafen ab. Sie fuhren die lange Strecke über die schmale gewundene Straße nach Hana und versuchten beide, ihren Ärger über das Kriechtempo der Touristen für sich zu behalten, die nichts Falsches daran finden konnten, sich zum Fotografieren aus dem Fenster ihres Mietwagens zu lehnen und den Verkehr aufzuhalten.

Die Route hatte mehr Kurven und Kehren, als Kali in Erinnerung hatte, und dazu noch viele schmale Brücken, vor denen entnervte Autofahrer warteten, weil sie nur einspurig passierbar waren. Es dauerte über vier Stunden, bis sie das Städtchen Nu'u erreichten, und Kali war übel bei dem Gedanken, sie könnte zu spät zu Hause ankommen und nicht mehr von Nutzen sein.

Als sie den Fahrweg vom Meer zum Haus ihrer Großmutter hinauffuhren, fielen Jahre von ihr ab. Plötzlich schien Honolulu nur ein Traum gewesen zu sein, und nur Maui war Wirklichkeit. Alles war genau so, wie sie es zuletzt gesehen hatte: das dichte, hohe Gras, der alte Mangobaum am Ende des Gartens, dessen Zweige sich von den schweren Früchten bogen, das ausgebleichte Gelb, das von der Hauswand abblätterte. Sie nahm die fünf durchhängenden Holzstufen, die zur Vordertür führten, mit einem Sprung und blieb abrupt stehen. Die Tür stand offen, die alte Fliegengittertür mit den schiefen Angeln war geschlossen, um die sonnenwarmen, schläfrigen Fliegen draußen zu halten. Sie holte tief Luft, dann drückte sie sanft die Tür auf und ging durch die Küche.

»Du hast dir Zeit gelassen«, war aus dem einzigen Schlafzimmer zu vernehmen.

Pualani Pali lag in dem schmalen Holzbett am offenen Fenster in ihrem mit Büchern gefüllten Zimmer. Gestützt von einem halben Dutzend Kissen lehnte sie am Kopfende des Bettes. Sie blickte auf, als Kali sich über sie beugte, um sie auf die Stirn zu küssen.

»So«, sagte sie und musterte ihre Enkelin eingehend. »Das ist also nötig, damit du nach Hause kommst, ja?«

Und dann lachte sie. Es klang noch genauso tief und glücklich wie früher, als sie langsam die Berghänge hinaufgebummelt waren, während ihre Großmutter ihr beibrachte, die Heilkräuter zu finden, die auf der Insel im Überfluss wuchsen. Sie lehrte sie, wie man die Anwendung protokollierte, wie wichtig es war, den Geist jeder Pflanze zu ehren, und dass deren Lebenskraft essenzieller Bestandteil ihrer Heilwirkung war.

»Was ist das, Kind?«

»Noni, Großmutter.«

»Und wofür ist es gut?«

»Daraus macht man ein Tonikum, wenn man lange keinen Hunger mehr gehabt hat.«

»Und was ist mit den reifen Früchten?«

»Daraus macht man Umschläge für Schnittwunden und Blutergüsse.«

»Und die Rinde?«

»Die hilft, wenn die Muskeln wehtun.«

»Und worum bitten wir die Pflanze, bevor wir sie von der Erde nehmen?«

»Wir danken dem lebendigen Geist darin und bitten sie, sich zu opfern, damit jemand geheilt werden kann.«

»Gut, Kind. Das musst du dir merken.«

»Ja, Großmutter.«

Es gab damals viele solcher Lektionen, und Kali hatte sich all die Hunderte Pflanzen aus dem hawaiianischen Arzneimittelverzeichnis eingeprägt. Die meisten konnte man zu verschiedenen Zwecken nutzen, und es existierten mehrere Zubereitungsarten, je nachdem wofür sie eingesetzt werden sollten. Sie hatte sich alle eingeprägt, genau wie die zugehörigen Zeremonien. Sie hatte die Schöpfungsmythen der hawaiianischen Kultur auswendig gelernt, die Entstehungsgeschichten von Sonne und Mond, die heiligen Gesänge und Lieder, die den Tag und die Nacht heraufbeschworen. Am Ende war es diese umfangreiche Kenntnis der hawaiianischen Volkskunde und Botanik, die ihr die Spitzenhonorare an der Universität einbrachte.

Als sie nun auf ihre gebrechliche alte Großmutter schaute, die so geduldig in dem winzigen Zimmer ruhte, wusste sie instinktiv, dass es keine Pflanze gab, die ihre Gesundheit wiederherstellen würde. Noch ein Versagen auf ihrer langen Liste, dachte sie.

»Was hast du, Kali? Du bist so schweigsam. Hast du deine Zunge in Honolulu gelassen, oder hat dir die Fahrt hierher Kopfschmerzen beschert?«

Kali atmete langsam aus und merkte überrascht, dass sie die Luft angehalten hatte. Sie lächelte gequält und griff nach der Hand ihrer Großmutter. »Es war eine lange Fahrt. Aber du weißt, ich würde durch den Ozean schwimmen, um an deiner Seite zu sein.«

Pualani fand das erheiternd. Sie lachte wieder und dann klopfte sie neben sich auf den weichen alten Quilt, damit Kali sich zu ihr setzte.

Zunächst zögerte Kali, weil sie sie nicht überanstrengen wollte. Aber Pualani fing an, Fragen zu stellen, und Kali sprudelte plötzlich über: Mikes Tod, die Einsamkeit in der Großstadt, das tiefe hilflose Gefühl, von der Person, die sie wirklich war, abgekoppelt zu sein. Sie redeten stundenlang, bis die Schatten auf dem abfallenden Rasen lang wurden. Schließlich wärmte sie eine Fischsuppe auf, dann setzte sie sich in den Sessel neben dem Bett, und sie schlürften die sämige, nahrhafte Brühe.

Beim Essen schwiegen sie. Als sie satt waren, nahm Kali die Suppenschalen und stand auf, um sie in die Küche zu tragen. Ihre Großmutter griff nach ihrem Ellbogen und hielt sie auf. Sie lächelte.

»Es gibt ein schönes Sprichwort in unserer Kultur, Kali. Die Lehua blüht auf, wenn der Regen sie niedertritt.«

Draußen frischte der Küstenwind ein wenig auf. Man hörte die Zweige des Baumes über die Hauswand schleifen. Kali betrachtete ihre Großmutter feierlich, respektvoll. »Ich frage mich manchmal, ob ich in dem Regen nicht eher ertrinke.«

Pualanis Blick glitt über Kalis Gesicht, und sie spürte, dass sie noch traurig war und Sehnsucht hatte. »Vergiss niemals, wer du bist, Enkelin. Du bist die nächste Kahu, und eines Tages wirst du eine große, viel geliebte Heilerin sein. Deine Kämpfe und Enttäuschungen sind bloß Regen. Der nötige Regen, damit die Blüte sich entfalten kann.«

Kali seufzte und schüttelte den Kopf. Sie rang sich ein Lächeln ab. »Ich weiß nicht, was wahr ist und was nicht.«

»Du weißt es. Es ist in dir, wo es dir niemand wegnehmen kann, tief in deinem Innern.«

Pualani lachte wieder, diesmal sehr sanft, und klang wie eine junge Frau. Dann sagte sie Kali, sie solle sich draußen beschäftigen und sie schlafen lassen.

Am nächsten Morgen bat Kali sie, ihre Krankheit zu beschreiben, in der Hoffnung, sie zu lindern. Pualani schüttelte bloß den Kopf und lächelte.

»Du hast zu lange in der Großstadt gelebt und die schmutzige Luft geatmet. Die hat dir ein Loch ins Gehirn gefressen. Was hat Gesundheit mit Heilsein zu tun? Nichts. Wenn ich eine Herzattacke habe und du mich operierst, macht mich das heil? Nicht, solange ich Zorn, Eifersucht oder Trauer im Herzen trage. Das sind vielleicht genau die Empfindungen, deretwegen mein Herz versagt hat. Bedenke, Kali, das Ziel ist nicht, die Symptome zu bekämpfen. Es ist die wahre spirituelle Ausgeglichenheit, der Zustand des Pono, wonach wir streben sollten. Weil du jetzt hier bist, bin ich heil und im Einklang und bereit, zu meinen Vorfahren zu gehen, wenn sie kommen und mich mitnehmen.«

Kali war erschrocken. Jetzt erst fiel ihr auf, wie dünn die Haut an Pualanis Handrücken war, wie faltig die Haut unter ihren Augen und am Hals, wie fein die weißen Haare. Sicher würde diese freundliche, mächtige Frau noch lange Jahre leben. Kalis Herz machte einen Sprung, plötzlich wollte sie etwas unternehmen, irgendetwas, um ihren Tod zu verhindern. Sie wollte eine Zeremonie vorbereiten, ein Hoʻoponopono, was so viel bedeutete wie »etwas in Ordnung bringen«, »das grundlegende Gleichgewicht der Existenz wiederherstellen«.

Im Stillen ging sie alle Details durch, rief sich ins Gedächtnis, was zur Durchführung benötigt worden war, als sie Pualani bei ihren Heilbesuchen in der Gemeinde begleitet hatte. Das alte Ritual war kompliziert und schwierig, die Vorbereitung würde ihre Zeit brauchen. Es waren Gebete und Gesänge nötig, und die Mitglieder der Familie des Kranken mussten gebeten werden teilzunehmen. Bei der Zeremonie mussten sie allen Zorn, alle Feindseligkeit hinter sich lassen, die sie gegen andere hegen mochten, seien die Kränkungen alt oder neu, eingebildet oder real. Alles Negative musste vom Schauplatz der Zeremonie verschwinden. Das war eine große Aufgabe, und Kali fühlte sich überfordert, weil sie in diese Rolle gedrängt wurde, die Rolle, die ihre Großmutter für ihre Bestimmung hielt.

Dass sie wieder zu Hause auf Maui war, lenkte sie sehr ab, und die Vorbereitungen dauerten länger als geplant. Sie hatte zu lange zögernd am Bett ihrer Großmutter gesessen. Sie hatte Jahre in der Großstadt vergeudet, fern von denen, die sie liebte. Während sie damit rang, erkennen zu müssen, wie unerfahren sie trotz all der in ihr schlummernden Kenntnisse war, schlief Pualani in der milden Kühle des Abends langsam ein, um nicht wieder aufzuwachen. Kali fühlte sich wie gelähmt, denn sie war überzeugt, dass es schlichtweg ein Fehler gewesen war, ihr die Rolle der Kahu aufzuerlegen, und dass sie einen Ehrenplatz in der Welt besetzte, den sie eigentlich nicht verdiente oder annehmen durfte. Ihre wachsende Liste monumentaler persönlicher Versäumnisse erschien einfach zu gewaltig.

Hilo regte sich langsam im Schatten hinter der Hängematte und streckte die Vorderbeine aus. Er hatte nicht viel mehr Lust als Kali, den Tag zu beginnen. Sie atmete tief durch und beugte sich langsam nach vorn, um ihre Zehen zu berühren, dann joggte sie ohne Eile die Verandastufen hinunter und über den Rasen. Hilo folgte ein paar Schritte hinter ihr, zögernd, bis er sicher war, dass sie die Absicht hatte, diese lächerliche, nutzlose Zurschaustellung physischer Beweglichkeit fortzusetzen, und ihm nichts anderes übrig blieb, als sie zu begleiten.

An der Stelle, wo der Boden sich zum Wasser hin absenkte, blieb Kali stehen. Der graue Hund warf sich dankbar vor ihre Füße, wobei er sich – alles andere als subtil – dem Haus zuwandte.

Kali kehrte um und rannte schneller, sodass sich ihre Muskeln durch die rhythmische Bewegung lockerten. Vielleicht, dachte sie, war es endlich Zeit, ihr Erbe anzunehmen. Vielleicht konnte sie endlich die Vergangenheit hinter sich lassen und überlegen, was die Zukunft zu bieten hatte. Sie war jetzt lange genug wieder auf Maui, und wahrscheinlich war es an der Zeit, sich darauf zu besinnen, was es hieß, von hawaiianischen Ureinwohnern abzustammen. Das Problem war nur, dass sie nicht so recht wusste, wo sie anfangen sollte.

14

Auf dem Außenbereich des Ranch-Restaurants streckte Walter die Füße unter einer der Picknickbänke aus. Er hatte gerade ein außerordentlich schmackhaftes Pulled-Pork-Sandwich genossen und dazu eine Schale Coleslaw mit frischer Ananas und verspürte eine ungewohnt wohlwollende Haltung der Welt gegenüber.

Ihm gegenüber strich Hara den gut gebügelten Kragen seines Uniformhemdes glatt und lächelte jemandem zu, den Walter nicht sehen konnte. Das war dem Umstand geschuldet, dass die Empfängerin des Lächelns – Walter wusste, dass es nur ein weibliches Wesen sein konnte – sich irgendwo hinter ihm befand.

Sekunden später erschien eine sehr hübsche, blonde junge Frau von etwa achtzehn, neunzehn Jahren neben ihrem Tisch, in der Hand hielt sie einen schwitzenden Plastikkrug mit eisgekühlter Limonade.

»Hi! Ähm, Carla – Ihre Kellnerin – ist gerade in die Pause gegangen, deshalb übernehme ich den Tisch. Möchten Sie noch etwas Limonade?«, fragte sie eifrig.

Walter bemerkte sofort, dass das Angebot nachzuschenken zwar an ihn und Hara gerichtet war, die Kellnerin jedoch nur Hara anblickte.

»Ja, ich hätte gern noch etwas«, sagte Walter und schob geräuschvoll sein leeres Glas über den Tisch.

Das Mädchen ignorierte ihn. Lächelnd griff sie stattdessen nach Haras Glas, das noch fast voll war.

»Danke«, sagte Hara und lächelte sie ebenfalls an.

»Schön sonnig heute«, meinte sie.

Walter schob sein Glas ein bisschen näher zur ihr hinüber. »Das kann man wohl sagen.«

»So einen Tag sollte man am Strand verbringen«, sagte sie zu Hara.

»Oder auf einer schattigen Veranda mit einem großen kalten Getränk«, fuhr Walter fort, um Hara mit der Antwort zuvorzukommen. Die junge Frau nahm ihn gar nicht wahr.

»Gehen Sie manchmal zum Strand, wenn Sie frei haben?«, fragte sie an Hara gewandt und klang hoffnungsvoll.

»Sicher. Meistens bin ich unten an der Stelle …«

»Haben Sie noch Limonade in diesem Krug?«, unterbrach Walter.

Die Kellnerin blickte ihn kurz an und schien überrascht zu sein, dass noch jemand am Tisch saß. Sie sah in den Krug, wo das Eis vor sich hinschmolz.

»Ja klar, noch reichlich,« sagte sie und lächelte Hara so strahlend an, dass es einen geradezu blendete.

»… nördlich, wo die Felsen eine kleine Bucht bilden«, erklärte Hara, um seinen Satz zu beenden.

»Oh, wow! Ich weiß, wo das ist. Ich gehe auch oft dorthin«, sagte sie. »Ich finde es toll, von den Felsen in den Wasserfall zu springen.«

Walter beugte sich zur Seite und klopfte mit seinem Glas auf den Tisch, um sie auf sich aufmerksam zu machen. »Entschuldigen Sie, Miss«, begann er, und allmählich war ihm anzuhören, dass er durstig und verärgert war. »Ich möchte, dass

Sie mein sehr leeres Glas auffüllen. Aber natürlich nur«, sagte er nach einer Kunstpause, »wenn es Ihnen nicht zu viele Umstände macht.«

Sie schaute erstaunt. »Was? Oh, Entschuldigung. Bin gleich zurück.«

Sie nahm sein Glas, wandte sich schwungvoll ab und eilte zur Küche. Hara schaute hinter ihr her. Walter schüttelte seufzend den Kopf.

»Ich begreife das nicht. Es ist fast unheimlich, wie die Frauen reagieren, sobald Sie in der Nähe sind. Als ob Sie sie mit einem Zauber belegen.«

Hara schaute ein wenig verlegen. »Keine Ahnung. Ich schätze, das liegt daran, dass ich versuche, nett zu sein, wissen Sie? Wenn man nett zu den Leuten ist, sind sie auch nett zu einem.«

Walter schnaubte entrüstet. »O ja, klar. Haben Sie das in der Sonntagsschule gelernt?«

Hara wurde rot. »Nun, das ist einfach gutes Benehmen, oder nicht?«

Walter senkte die Stimme und beugte sich ein wenig über den Tisch. »Hara, wenn Sie ihr gesagt hätten, sie soll sich ausziehen und für Sie tanzen, hier und jetzt, mit einer Kokosnuss auf dem Kopf, hätte sie es getan, ohne auch nur nach Ihrem Namen zu fragen.«

Hara richtete sich auf, als wollte er wenigstens auf diese Weise ausdrücken, dass Walters Äußerungen nicht nur ihn beleidigten, sondern auch die gesamte weibliche Bevölkerung der Insel. »Das glaube ich kaum. Ich denke vielmehr, sie ist neu hier. Wahrscheinlich will sie nur Leute kennenlernen. Sie wissen, wie das ist.«

Walter rollte die Augen. »Oh, und ob ich das weiß. Ich bin

seit zwanzig Jahren verheiratet, Hara. Drei Töchter, von denen Sie sich übrigens fernzuhalten haben. Hypotheken, Zahnarztrechnungen, Reitstunden, kalte Abendessen und eine Frau, die eine Hightech-Waschmaschine für ein romantisches Geschenk hält. Sicher, ich weiß, wie das ist.«

Die junge Frau kam mit Walters Glas an den Tisch zurück. Sie stellte es vor ihn hin, ihr Blick sagte deutlich, dass sie ihm einen großen persönlichen Gefallen getan hatte. »Hier ist Ihr Glas, Sir.«

Walter sah sofort, dass auf dem Weg zur Küche und zurück der oberste Blusenknopf irgendwie aus dem Knopfloch gerutscht war und sehr planvoll ein Stück von ihrem sonnengebräunten Schlüsselbein enthüllte.

Walter trank sein Glas leer und grinste Hara an, während er aufstand. »Die Rechnung geht heute auf Sie, Officer. Ich warte im Wagen.«

Er ging zum Streifenwagen, den er mit der Motorhaube möglichst dicht am Stamm eines ausladenden Banyanbaumes geparkt hatte, doch viel Schatten hatte dieser nicht gespendet. Die Fenster hatte sie offen gelassen, und dennoch war es im Inneren des Wagens zu heiß, um einzusteigen. Er öffnete die Türen und ging zum Heck, wo die Baumwurzeln sich zu allen Seiten vom Stamm ausstreckten. Er wollte sich gerade auf eine Wurzel setzen, als er ein junges Mädchen bemerkte. Sie lag zusammengerollt unter dem Baum. Ihr schmutziges Kleid war bis zu den Oberschenkeln hochgerutscht, ihre Füße nackt. Makena Shirai. Es dauerte einen Augenblick, bis er sie erkannte, und dann fühlte er, wie direkt hinter seinen Augen eine Migräneattacke heraufzog.

Seufzend trat er näher, beugte sich zu ihr hinunter und rüttelte sie am Arm.

»Makena, steh auf.«

Sie fluchte leise und wollte sich auf die andere Seite drehen. Walter fluchte ebenfalls und schüttelte sie energischer.

»Lass mich in Ruhe«, fauchte sie.

»Das werde ich nicht tun. Steh auf, oder ich zerre dich einfach hoch. Und es ist mir egal, ob ich dir dabei den Arm breche.«

»Ja, ja«, brummte sie und setzte sich auf. »Polizeigewalt. Ich vergesse immer wieder, dass das deine Spezialität ist.«

Er sagte nichts dazu, sondern musterte sie. Obwohl sie erst neunzehn war, konnte man sie für fünfunddreißig halten. Ihre verfilzten, ungewaschenen Haare und die schmutzige Kleidung stanken. Ihre Augen waren eingefallen und die dunklen Ringe darunter trotz ihrer braunen Haut deutlich zu erkennen.

Walter zog sein Handy hervor und rief Kali an. Als die sich meldete, klang sie mehr als ein wenig genervt.

»Ich versuche gerade, eine Präsentation für die Vorlesung zu machen, Walter.«

»Arbeitszeit, Detective. Und ich habe dich noch nie etwas schreiben sehen, nicht mal einen Einkaufszettel, also komm mir nicht damit.«

»Das brauche ich für …«

»Ich habe Makena aufgegabelt. Darüber könnte man ein ganzes Buch schreiben.«

Schweigen. Dann hörte er einen schweren Seufzer.

»Wach oder bewusstlos?«, fragte sie.

»Irgendwo dazwischen, würde ich sagen.«

»Soll ich hinkommen?«

»Nicht nötig. Ich frage mich nur, ob dir was Cleveres einfällt.«

Walter wartete, weil er wusste, dass sie alle Optionen durchging. Das Mädchen vor Kalis Haustür abzuladen, gehörte nicht dazu.

»Bring sie zum Eingang des Parks. Wir treffen uns da. Und wenn es dir nichts ausmacht, behandeln wir das inoffiziell.«

»Kein Problem. Wir nehmen nur eine Einheimische ein Stück im Wagen mit.«

»Ja. Danke.«

Walter schob das Handy zurück in die Tasche. Makena blickte böse zu ihm hoch.

»Mommy angerufen?«

»Sie ist nicht deine Mutter, Makena. Und jetzt steh endlich auf.«

Hara, der endlich bezahlt und alle Telefonnummern ausgetauscht hatte, kam zum Parkplatz und betrachtete Walter neugierig dabei, wie er allem Anschein nach ein Selbstgespräch führte. Erst auf den letzten zwei Metern bemerkte er Makena.

»Brauchen Sie Hilfe, Captain?«

Makena kroch aus der Mulde zwischen den Wurzeln hervor, zog ihr schmutziges Kleid zurecht und beäugte Hara mit wachsendem Interesse.

»Ist sie betrunken, Sir?«

Sie sah ihn böse an. »Ich bin nicht betrunken. Ich habe geschlafen, bis Sir Lancelot da beschlossen hat, mich aufzuwecken.«

Walter drehte sich zu Hara um. »Ja. Das arme Ding war gerade dabei, von ihrem letzten Meth-Trip runterzukommen, ohne jemanden zu belästigen. Wirklich traurig.«

Hara betrachtete Makena missbilligend. »Haben Sie sie durchsucht?«

Makena zog die Brauen noch mehr zusammen und hob ihr

Kleid hoch, sodass man ihren ausgefransten Slip und die vorstehenden Hüftknochen sah. »Hier ist nichts, Süßer. Siehst du?«

Hara sah weg und räusperte sich.

»Nimm das Kleid runter«, sagte Walter. »Dein Vater würde sich für dich schämen, Makena. Ich schäme mich für dich.«

»Oh, die ganze Welt schämt sich für meine Wenigkeit«, spottete sie. »Aber mein Vater ist tot, weißt du noch?«

»Das weiß ich noch. Ist wahrscheinlich ganz gut so. Dich so zu sehen, hätte ihn umgebracht.«

Makena ging wütend an ihm vorbei, um den Parkplatz zu überqueren. Aber Walter nahm sie bei den Schultern und hielt sie auf.

»Lass mich los, du Widerling.«

Walter hielt sie am Oberarm fest. »Wir nehmen dich bis zum Park mit.«

»Bin ich verhaftet?«

»Noch nicht. Aber das wäre eine Möglichkeit, wenn dir das lieber ist. Hara, Handschellen bitte.«

Das wirkte. Sie hörte auf, sich zu wehren, und sah Walter böse an. »Na schön. Meinetwegen.«

Er ließ sie los und zeigte auf die hintere Wagentür. »Steig ein.«

Sie rutschte auf die Rückbank und ließ sich ins Polster sinken.

Walter blickte Hara an und deutete zu der Mulde, in der Makena gelegen hatte. »Seien Sie so gut und sehen Sie mal nach, ob da etwas liegt, das ihr gehört. Schuhe zum Beispiel.«

Hara stieg über die Wurzeln und kam mit einem Paar billiger, rissiger Plastiksandalen zurück. Die warf er in den Fond, dann setzte er sich nach vorn neben Walter und zog die Tür zu.

Schweigend fuhren sie zum Eingang des Parks. Als sie durch das Tor fuhren, stand Kali schon da, an die Motorhaube des Jeeps gelehnt.

Kali nickte Walter dankbar zu und sah dann Makena ungelenk aus dem Streifenwagen hervorkommen. Ohne Kali zu beachten, ging sie zur Beifahrerseite des Jeeps und stieg ein. Kali blickte sie ohne Begeisterung an, dann wandte sie sich an Walter.

»Ist sie sauber?«

»Wohl kaum«, antwortete er. »Man kann sie bis zur nächsten Insel riechen. Aber sie hat keine Drogen bei sich, wenn du das meinst.«

»Okay. Dann übernehme ich jetzt.«

Walter legte den Rückwärtsgang ein. »Ich bin dann auf dem Revier. Muss einigen Papierkram erledigen, und Hara muss den Streifenwagen neu wachsen.«

Hara blickte bestürzt auf.

Kali nickte nur. »In Ordnung. Danke.«

Der Polizeiwagen setzte langsam zurück, und Kali glitt auf ihren Sitz hinters Steuer.

Eine Minute lang saßen die beiden schweigend da, wobei Makena wütend durch die Windschutzscheibe starrte.

»Dachte, du hättest damit aufgehört, Makena.«

Das Mädchen blickte weiter geradeaus. »Ja, hab ich auch. Und?«

»Wenn du dich umbringen willst, warum tust du es nicht einfach? Stürz dich in einen Abgrund. Schneide dir die Pulsadern auf. Zeig ein wenig Einsatz. Streng dich richtig dafür an.«

Makena drehte den Kopf weg, sodass Kali ihr Gesicht nicht mehr sehen konnte. »Was geht dich das an?«

»Nichts mehr. Ich habe versucht, dir zu helfen. Aber ich glaube, du willst gar keine Hilfe.«

»Hmhm. Weil du vor einer Million Jahre mal in meinen Vater verliebt warst. Große Sache.«

»Ja, weil ich ihn geliebt habe. Das ist eine große Sache.«

»Und er hat dir das Herz gebrochen, indem er sich erschießen ließ, und du denkst, du hättest mir gegenüber irgendwelche Verpflichtungen, weil er dich heiraten wollte … bla, bla, bla.«

Kali umklammerte das Lenkrad. »Ich denke nicht, dass ich dir gegenüber auch nur die geringsten Verpflichtungen habe. Soweit es mich betrifft, bist du nur eine undankbare, zügellose Süchtige. Schlimmer noch, du trägst zum Drogenproblem auf der Insel bei, und du hast nicht mal den Anstand, dabei daran zu denken, dass es Meth-Dealer waren, die deinen Vater erschossen haben.«

»Na und? Jeder muss mal sterben. Das ist dein großer Kreuzzug, nicht meiner. Weißt du, ich bin es absolut leid, dass du ständig aufkreuzt mit deiner beschissenen Philosophie. Und deinem beschissenen Jeep.«

Kali zuckte mit den Schultern. »Eines Tages tue ich das nicht mehr. Oder ich kreuze nur kurz auf, um deine Leiche zu identifizieren und darauf zu warten, dass jemand einen Bericht schreibt, in dem steht, dass du eine Überdosis genommen hast oder ein Dealer dich vergewaltigt und totgeprügelt hat, weil du deinen Stoff nicht bezahlt hast. Aber bis dahin wirst du mich ertragen müssen. Vielleicht kaufe ich mir auch einen neuen Wagen, nur um zu sehen, ob dich das vielleicht glücklich macht.«

»Bemüh dich nicht. Was mich glücklich macht, ist high sein, ganz woanders sein, auch wenn es nicht anhält.«

»Also hast du jetzt deine eigene Philosophie. Das ist doch mal ein Fortschritt.«

Sie ließ den Motor an.

»Wohin bringst du mich?«

»In die Obdachlosenunterkunft.«

»Gut. Ich brauche einen Schuss. Das ist der beste Ort hier in der Gegend, um sich einen zu besorgen.«

Als sie keine Antwort bekam, rutschte sie tiefer in den Sitz und stemmte die Füße gegen das Armaturenbrett.

Kali schwieg. Sie lenkte den Jeep durchs Parktor und wartete, bis sich in der Schlange von Mietwagen, die den berühmten Hana Highway entlangkroch, eine Lücke auftat. Die Touristen reckten die Köpfe aus den Fenstern, um bloß keine Sehenswürdigkeit zu verpassen. Sie starrten auch sie an, und einige fotografierten sie sogar. Kali fragte sich, was für Geschichten sie wohl zu Hause in London oder Philadelphia oder Connecticut über die Hawaiianerin mit den langen dunklen Haaren erzählen würden, die eine Kette mit zeremoniellen Talismanen um den Hals und ein Krieger-Tattoo am Unterarm trug. Wahrscheinlich würde keiner von ihnen auf die Idee kommen, dass sie ein angesehener Detective der Maui Police war.

Nicht dass sie das kümmerte. Im Augenblick hatte sie größere Probleme zu lösen – und eines davon saß neben ihr in ihrem beschissenen Jeep.

15

Walter schaute über Haras Schulter hinweg auf dessen Computerbildschirm, wo eine wütende Hausfrau dem Karma ihren Arm lieh und einen Taschendieb vermöbelte.

»Wo kommt das her?«

»Von Chad Caesar und seinem ›Ruler of the News Podcast‹. Er hat es aufgegriffen, nachdem zwei Teenager es im Kmart mit dem Handy gefilmt und ins Netz gestellt haben. Offenbar hat es sich in den letzten vierundzwanzig Stunden rasant verbreitet. Also ...« Er zögerte.

»Was?«

»Na ja, Caesar hatte die Teenager zu einem kurzen Interview in seiner Sendung und hat angedeutet – ziemlich deutlich, meiner Ansicht nach –, dass unser Department seinen Pflichten nicht nachkommt und die Öffentlichkeit absichtlich nicht informiert.«

Walter schloss die Augen und atmete tief durch. »Ich glaube, ich kriege eine Migräne.«

»Soll ich Ihnen ein Aspirin besorgen, Sir?«

»Bei diesen Kopfschmerzen reicht das nicht.« Walter runzelte die Stirn, beugte sich plötzlich vor und sah genauer hin. »Zurück.«

»Sir?«

»Das Video. Können Sie das ein bisschen zurückspulen?«

Hara klickte auf die Zeitleiste unten im Videofenster und zog den Punkt um ein paar Sekunden zurück. Walter sah konzentriert hin, bis die Kamera das Gesicht des Diebs erfasste.

»Stopp. Da ist er.«

Hara hielt das Video an und rollte mit seinem Stuhl zur Seite, damit Walter auf den Bildschirm blicken konnte.

»Also, das haut mich ja um«, sagte Walter mit einem feinen Lächeln. »Wenn mich nicht alles täuscht, ist das unser alter Freund Polunu Hausuka.«

Hara sah ihn erwartungsvoll an. »Ich kann nicht ganz folgen, Sir.«

»Mr Hausuka ist einer von Mauis erfolgreicheren Kleinkriminellen. Sie sind noch nicht lange genug hier, nehme ich an, aber er ist ein bekanntes Gesicht.«

Walter ging zu seinem Schreibtisch und setzte sich. Er drehte seinen Bildschirm ein wenig, damit sich das Licht vom Fenster nicht darin spiegelte, und tippte Polunus Namen in die Suchmaske ein. Ein paar Augenblicke später summte der Drucker, das Zeichen, dass er die ausgewählten Seiten gleich liefern würde. Walter lehnte sich zurück und deutete zu dem Gerät.

»Sehen Sie es sich an.«

Hara langte hinüber und nahm die Blätter an sich. Er stieß einen leisen Pfiff aus, als er die lange Liste kleiner Straftaten sah, die Polunu im Lauf der Jahre begangen hatte. »Wie es aussieht, hat seine Karriere – wenn man es so nennen darf – schon in der Grundschule angefangen.«

»In der Tat«, bestätigte Walter.

Hara schüttelte den Kopf. »Wenn man zum zehnten Mal beim Ladendiebstahl erwischt wird, sollte man doch langsam begreifen, dass das eine schlechte Idee ist.«

Walter zuckte mit den Schultern. »Oder das ist ein so eingefleischtes Verhalten, eine so vertraute Lebensweise, dass ihm keine andere Möglichkeit in den Sinn kommt. Warum einen Schokoriegel kaufen, wenn ich mir einen ungesehen in die Tasche stecken kann?«

»Es sei denn, jemand sieht gerade hin.«

Walter lachte. »Machen Sie sich nichts vor. Auf eine Anzeige eines Ladenbesitzers kommen hundert Fälle, bei denen Polunu Hausuka seiner Lust auf Süßes erlag und unbemerkt gestohlen hat.«

»Interessant, dass er sich nie an etwas Größerem versucht hat, finde ich.«

»Tja, auf Maui gibt es kein Schokoladen-Syndikat.«

»Aber Drogen.«

Walter nickte. »Wohl wahr. Jede Menge.«

Er schaute aus dem Fenster. Auf der anderen Seite des halb geöffneten Glaslamellenfensters hatte sich eine Schar Papageischnäbel in einem Baum niedergelassen. Er hörte sie singen und dachte, dass Schönheit so oft nur äußerlich war. Der Gesang würde nicht vermuten lassen, dass Kratzen und Kämpfen, Jagen und Töten ihr Leben bestimmte, wie auch die Schönheit der Insel ihre dunklen, verzweiflungsvollen Seiten meist verbarg.

Abrupt drehte er sich zu Hara um.

»Der Kerl ist quasi ein Meistertaschendieb. Der Fagin Hawaiis, wenn Sie so wollen. Spezialisiert auf Touristen. Im Augenblick arbeitet er in einem Ferienhotel. Uns liegen massenhaft Beschwerden vor, dass dort nach jeder Lū'au-Vorführung Brieftaschen und Handtaschen verschwinden. Es dürfte kein Zufall sein, dass unser Held in der Show als Krieger auftritt. Ich habe ihn nie auf frischer Tat ertappen können, aber ich würde mein Frühstück darauf verwetten, dass er hinter den Diebstählen steckt.«

Hara schaute alarmiert. »Da wir das schon wissen, sollten wir da nicht jemanden postieren, damit er ihn schnappt? Vielleicht beim Hotelpersonal?«

»Das ist sinnlos.«

Hara wirkte nicht überzeugt. »Sollten wir ihn nicht wenigstens aufs Revier bringen und ihm ein bisschen Angst machen? Ihm sagen, dass wir von seiner Masche wissen? Und was ist mit diesem Fagin? Ist er Hausukas Mentor oder ein Hehler?«

Walter verkniff sich ein Stöhnen. »Sein Mentor? Ja, ich denke, so könnte man es nennen.« Er beäugte den jungen Kollegen neugierig. »Wo sind Sie eigentlich zur Schule gegangen?«

Hara schaute überrascht. »In Honolulu.«

»Gab es da eine Schulbibliothek?«

»Natürlich.« Er zögerte. »Sir.«

»Haben Sie die mal von innen gesehen?«

»Die Bibliothek? Sicher. Manchmal.«

»Freut mich zu hören, Hara. Freut mich zu hören. Ich gehe jetzt etwas essen. Finden Sie heraus, wo Polunu sich zurzeit verkriecht, dann statte ich ihm später einen Besuch ab.«

Er ging und ließ die Tür hinter sich zufallen. Draußen kam er an dem Baum vorbei, in dem die Papageischnäbel ihrem fröhlichen Gesang nachgingen, und als er den Weg zum Parkplatz einschlug, wunderte er sich, wie jemand die Highschool absolvieren konnte, ohne *Oliver Twist* zu kennen. Dann dachte er an seine eigenen Töchter, deren literarische Interessen sich zunehmend auf Kürzel und Redewendungen begrenzten, die sie in den Kurznachrichten an ihre Freunde gebrauchten. Ihm gefiel es nicht, wie sich große Teile der Welt entwickelten, er war sich aber bewusst, dass er kaum Einfluss darauf hatte. Er konnte lediglich tun, was er am besten konnte: ermitteln, wer auf seiner geliebten Insel Verbrechen beging, und dafür sorgen, dass diejenigen dafür zur Verantwortung gezogen wurden.

16

Ein Knacken im Unterholz, dann war plötzlich Stille. Die Luft bewegte sich leicht, ein Schnauben war zu hören, und im nächsten Moment entstand eine heftige Bewegung in den Palmbüschen. Ganz in der Nähe stand Hilo, reglos, aber auf dem Sprung, ein Vorderbein angewinkelt. Der Speichel tropfte ihm von den Lefzen.

Ein Schwein bewegte sich im Gebüsch.

In einer geschmeidigen Bewegung erhob der Hund seinen enormen Körper in die Luft und landete auf der anderen Seite der Büsche. Das Schwein flüchtete quiekend. Hilo setzte ihm nach, jeglicher Gedanke an Fressen, Schlafen, Kraulen und Jeep-Fahrten wich diesem einzigen obsessiven Ziel, das Schwein zu fangen.

Und der Ausgang der Jagd war zufriedenstellend – für Hilo, weniger für das Schwein. Er hatte einen Eindringling entdeckt, gestellt und bestraft. Als er aus dem Gebüsch zurückkam, hechelte er, und seine Schnauze war voller Blut, aber er wedelte glücklich mit dem Schwanz.

Auf dem Weg zu ihrem Wagen sah Kali ihn zur Veranda trotten und schüttelte den Kopf. Verdammter Hund. Inzwischen war er fixiert auf die wilden Schweine, die diesen Teil der Insel bevölkerten, und er war bei einer solch hitzigen Verfolgungsjagd schon zwischen fahrenden Autos hindurch über die Straße gepprescht. Und im letzten Winter waren zwei entsetzte Touristen beim Anblick seines riesigen grauen Körpers, der vor ihrem gemieteten Cabrio entlanggerast war, von der Straße abgekommen und eine Böschung hinuntergestürzt. Fast hätten sie den Rest ihres Tropenurlaubs im Krankenhaus von Maui verbringen müssen. Kali musste nicht nur einen Abschleppwagen rufen, sondern gab den Verunglückten auch ein Abendessen aus, um sie für den Vorfall zu entschädigen. Wer konnte sich auch vorstellen, dachte sie nicht zum ersten Mal, dass der Geruch eines wilden Schweins solch ein starkes Lockmittel sein kann?

Sie kletterte in den Jeep und holte ein altes Handtuch unter dem Sitz hervor, um Hilo damit abzuwischen. Der Jeep war ein alter Willy aus Armeebeständen, die aus Vietnam herübergebracht und in Honolulu ausrangiert worden waren. Makenas Bezeichnung war im Grunde nicht ganz falsch. Am Motor war nichts auszusetzen, aber das Getriebe stand kurz davor, den Geist aufzugeben. Obwohl sie es ständig reparieren ließ, sprangen die Gänge immer wieder heraus, es sei denn, sie hielt den Schaltknüppel fest, was in engen Kurven zu einer echten Herausforderung wurde.

Hilo, den diese technischen Probleme kaltließen, sprang auf den Beifahrersitz. Er hatte noch immer blutigen Speichel an den Lefzen. Kali wischte ihn, so gut es ging, mit dem Handtuch sauber, dann schaute sie auf die ausgedruckte Liste, die sie mitgenommen hatte. Darauf standen die Namen und Adressen der Leute, die den Verlust eines oder mehrerer Solarmodule angezeigt hatten. Wer immer der Dieb war, Kali musste ihm zugestehen, dass er fleißig war. Kaum ein Wohnviertel oder Haus war mehr als einmal bestohlen worden, und die waren weit über die Insel verstreut.

Viele der Häuser dienten als Winterquartier oder Ferienhaus und waren nur für kurze Zeit im Jahr bewohnt, sodass schwierig zu ermitteln war, wann die Diebstähle jeweils stattgefunden hatten. Es waren verschiedene Distrikte betroffen, sodass die Anzeigen auch bei verschiedenen Polizeirevieren eingegangen waren, alle mit eigener Zuständigkeit. Manchmal gelangten die Fälle ins gemeinsame Melderegister, aber manchmal eben auch nicht.

Sie hatte den Morgen und den gestrigen Tag damit verbracht, die Bestohlenen persönlich zu befragen, diejenigen, die nicht auf Maui lebten, am Telefon. Jetzt stand nur noch einer auf ihrer Liste. Niemand hatte etwas gesehen, und allen war der Verlust nur wegen der nachlassenden Leistung bei der Stromversorgung aufgefallen, sodass sie die zuständige Wartungsfirma hinzugezogen hatten. Auf ihre freundliche Frage, ob sie irgendetwas Ungewöhnliches beobachtet hätten, das mit dem Verschwinden der Solarmodule in Zusammenhang stehen könnte, erntete sie verständnislose Blicke und Ratlosigkeit. Niemand außer Mr Uru und Birta hatten ein gesichtsloses Wesen durch die Dunkelheit rasen sehen.

Es war jetzt drei Uhr nachmittags, und Kali war total frustriert. Sie faltete die Liste zusammen und steckte sie in ihren Rucksack, dann saß sie einen Moment lang da und starrte durch die Windschutzscheibe. Sie war müde und nicht in der Stimmung für eine lange Fahrt. Am späten Nachmittag war der Verkehr auf dem Hana Highway zwar geringer, aber noch immer zäh. Nach ein paar Kilometern beschloss sie, einen Umweg über Pa'ia zu fahren und zu einem späten Mittagessen anzuhalten. Sie bog auf die Baldwin Avenue ab und parkte vor dem Octopus-Café.

Als Kind hatte sie in der Gegend gewohnt. Das Häuschen ihrer Mutter stand ein paar Blocks entfernt in einer der kurvigen Seitenstraßen der Baldwin, aber damals gab es das skurrile, bunt gestrichene Café mit dem grinsenden orangefarbenen Oktopus noch nicht, dessen Arme sich über die Hauswand kringelten. Sie erinnerte sich dunkel an ein leeres Grundstück mit einem behelfsmäßigen Basketballkorb, der traurig an einer Palme hing. Das Gebäude, in dem sich jetzt das Café befand, war Jahre später gebaut worden und hatte schon eine Wäscherei, einen Geschenkladen und einen Strandsport-Shop beherbergt, der Surfboards und Schnorchelausrüstungen verlieh.

Mit Hilo an ihrer Seite betrat sie das Café und fand einen freien Tisch. Sie saß gern mit dem Rücken zur Wand, weil sie so die Leute beobachten konnte, ohne dass das unbedingt auffiel, eine Gewohnheit, die sie schon lange pflegte und die durch die vielen Restaurantbesuche auf O'ahu entstanden war, bei denen sie allein gegessen hatte. Sich sinnlose Details an fremden Leuten einzuprägen, die sie vermutlich nie wiedersehen würde, schärfte fortwährend ihre Beobachtungsgabe, sodass sie sich immer darauf verlassen konnte, sagte sie sich. Andere mochten denken, sie wäre einfach gelangweilt und einsam, in Wirklichkeit aber war sie neugierig.

»Wie geht's, Kali? Hab Sie hier seit Wochen nicht gesehen.«

Der Mann, der sie ansprach, war Simon Carver, Besitzer, Tellerwäscher und Ersatzkellner des Octopus. Für Touristen auf der langen Fahrt nach Hana war sein Café eine beliebte Raststätte, und Carver war bekannt für seine reichhaltigen Picknicktüten. Kali mochte das Essen und die Atmosphäre, und sie freute sich über eine Plauderei mit ihm, denn er wusste immer, was in der Gegend vor sich ging, und war oft eine gute Quelle für derlei Informationen. Carver war bekannt, dass Kali Detective und eine Kahu war, doch er sah in ihr nicht mehr als eine interessante Einheimische, die gerne frische Fischsandwiches aß und gelegentlich auch einen Becher Pistazieneis löffelte.

Die allabendliche Gästeschar hatte sich noch nicht eingefunden, und Carver holte zwei gekühlte Flaschen Mineralwasser und setzte sich zu Kali an den Tisch.

»Heiß heute«, sagte er.

Kali nickte, nahm eine der Flaschen und stieß mit ihm an. »Okole maluna!«, prostete sie ihm auf Hawaiianisch zu.

»Geht etwas Interessantes in der tiefen, finsteren Unterwelt vor?«, fragte er grinsend. »Oder besser noch, haben Touristen oben in Hana mal wieder Seeungeheuer vom Strand aus gesehen?«

Kali lehnte sich lächelnd an die hohe Rückenlehne ihres Stuhls. »Diese Woche noch nicht.«

»Schade. Das ist immer gut fürs Geschäft.«

Sie blickte ihn prüfend an. »Verschweigen Sie mir etwas?«

Carver lachte. »Ihnen würde ich es als Erste sagen. Gleich nachdem ich den Exklusivvertrag mit HBO und der *New York Times* unterschrieben hätte.«

»Ja. Viel Glück dabei.« Sie trank einen großen Schluck aus ihrer Flasche, dann stellte sie sie behutsam auf den Tisch. »Haben Sie etwas darüber läuten hören, dass jemand neuerdings Solarmodule in seiner Garage verkauft?«

Er überlegte kurz. »Nicht dass ich wüsste.« Dann hellte sich sein Gesicht auf, als wäre ihm etwas eingefallen. »Ich habe aber von der alten Frau drüben in Kīhei gehört, der Solarpanels gestohlen wurden und die der Dieb niedergeschlagen hat. Hat Ihre Frage damit zu tun?«

»Möglich. Auf der Insel wurden etliche solcher Diebstähle angezeigt.«

Carver beobachtete ein Pärchen, das hereinkam. Die Kellnerin kam aus der Küche und führte es lächelnd an einen Tisch. Er wandte sich Kali wieder zu.

»Sie glauben, jemand legt sich einen Vorrat an, um ihn zu verkaufen oder selbst zu benutzen? Die Module sind ziemlich teuer.«

»Das weiß ich noch nicht. Für ein einzelnes Haus sind es aber zu viele.«

»Tja, vielleicht will ein Weltverbesserer seine ganze Familie damit versorgen. Oder ein Kolohe will einfach nur die Leute ärgern.«

»Schon möglich.« Sie zögerte. »Es wird von einem Geist geredet.«

Carver blickte überrascht auf. »Ein Nachtwandler?«

»Nein, eine nächtliche Gestalt ohne Gesicht.«

Er schwieg einen Moment lang, dann schüttelte er den Kopf. »Hab nichts dergleichen gehört. Aber ich werde die Ohren offen halten.«

Kali trank ihr Wasser aus und stand auf, um sich zu verabschieden. Hilo streckte sich und setzte sich hin. »Sie haben nicht zufällig ein Mahi-Mahi-Sandwich in der Küche, das ich mitnehmen könnte?«

»Und ob.« Carver glitt durch den Perlenvorhang im Küchendurchgang und kam kurz darauf mit einem eingepackten Sandwich und einer Flasche Cream-Soda zurück.

Sie nahm beides und legte ein paar Scheine auf die Theke.

»Mahalo, Simon. Wenn Sie etwas Interessantes hören, rufen Sie mich an, okay?«

»Klar.«

Sie trat nach draußen und atmete die warme, salzige Luft tief ein. Hilo folgte ihr, schnupperte an ihrem Rucksack. Sie wollte gerade gehen, als Carver in der Tür erschien. Er hielt Hilo ein Burger-Pattie hin.

»Diese Solarsache …«, sagte er, während Hilo das Fleisch fraß. »Gibt es da nicht eine alte hawaiianische Sage über die Sonne und den Halbgott Māui? Frage mich, was die Ältesten meinen, wie lange wir brauchen, um das Konzept der erneuerbaren Energie zu unserer Sache zu machen.«

Kali nickte langsam, während ihr ein Gedanke durch den Kopf ging. »Māui fing die Sonne mit seinen Seilen ein und zog sie vom Himmel, dann zwang er sie zu tun, was er wollte. Sie haben recht.«

Carver nickte, und Kali grinste ihn an.

»Wissen Sie, Sie sind ziemlich schlau. Für so einen alten Kerl.«

Sie sah auf dem Handy nach, wie spät es war, denn sie hatte Walter versprochen, sich mit ihm vor dem Wailea Palm Harbor Resort zu treffen, wo er sich mit seinem Schokoladendieb unterhalten wollte. Mit dem Sandwich und der Limonade in der Tasche und Hilo an ihrer Seite ging sie die Straße entlang zu ihrem Wagen und hörte Carver hinter sich immer noch lachen.

17

Auf der langsamen Rückfahrt nach Hana hatte sie viel Zeit zum Nachdenken. Angeregt durch Carvers Bemerkung dachte sie an die Sage über Māui, der die Sonne in die Falle gelockt hatte. Es war eine der hawaiianischen Ursprungserzählungen, die sie von ihrer Großmutter gehört hatte. Die Erzählung berichtete von den Taten des gerissenen Halbgotts Māui, der die Inseln aus dem Meer zog, die Sonne mit einem Lasso einfing und einer selbstsüchtigen Brut von Teichrallen das Geheimnis des Feuermachens abrang, die das Wissen unbedingt für sich behalten wollten.

Die farbigen und oft grausamen Schöpfungsmythen waren eine konstante Quelle der Frustration für die Missionare gewesen, die auf den Inseln Schulen errichteten in ihrem Bemühen, die eingeborene Bevölkerung zu ihrem Glauben zu bekehren. Die meisten hawaiianischen Kinder wuchsen mit den Mythen auf, die die Ordnung des Universums auf eine Weise erklärten, die sie verstehen konnten. Für Kali war das alles nicht fantastischer als die Geschichten, in denen Wasser in Wein verwandelt oder ein Meer geteilt wurde. Sie hatte nie verstanden, warum unterschiedliche religiöse Vorstellungen Probleme zwischen den Menschen hervorriefen, oder warum Anhänger verschiedener Konfessionen darauf beharren mussten, dass nur sie die Rätsel des Universums wahrhaft erklären konnten. Sie persönlich zog es vor, dass ein paar Geheimnisse erhalten blieben.

Wie die meisten Schöpfungsmythen waren auch die hawaiianischen gespickt mit wilder Grausamkeit.

Das war ihr bewusst, und dennoch waren sie ein Teil ihrer Identität und eine mächtige Quelle der Verbindung zwischen ihr und all dem anderen Leben sowie den Naturgewalten auf diesem Planeten.

In den Sagen war Māui nicht immer eine positive Figur. Er hatte vieles mit Kojote gemeinsam, dem Listigen in den Erzählungen der indigenen Völker Nordamerikas, der ständig Unfug trieb. In der Sage, in der er die Sonne einfing, tat er das wenigstens mit guten Absichten, wegen der tiefen familiären Sorge um das Wohlergehen seiner Mutter. Jeden Tag sah er die Sonne innerhalb von Minuten aufsteigen und untergehen, sodass seine arme Mutter nicht imstande war, ihre täglichen Aufgaben zu Ende zu bringen, bevor sich die Dunkelheit über das Land legte.

Um ihr mehr Tageslicht zu verschaffen, wanderte er zum 'Īao, dem schlafenden Vulkan, stieg die steilen Hänge hinauf und kletterte bis zum Gipfel. Von dort konnte er die Zinnen des Haleakalā sehen, den die Hawaiianer als das Haus der Sonne betrachteten. Er dachte über den anstrengenden Zeitplan der Sonne nach und war schließlich überzeugt, dass selbst eine so gewaltige Macht sich eine Zeit lang ausruhen musste. Er dachte darüber nach und befand, dass hier genau der Platz sein müsste, an dem die Sonne zwischen ihren schnellen Ausflügen an den Himmel ein paar Augenblicke Erholung finden konnte.

Nachdem er wieder vom 'Īao heruntergestiegen war, legte er sich hin, um sich in den duftenden Feldern am Fuße des Vulkans auszuruhen. Tagelang gab er sorgsam darauf acht, wie die Sonne kam und ging, beobachtete genau die Route des gleißend goldenen Gestirns in seinem fortlaufenden Weg um die Inselwelt. Während er ruhte, überlegte und plante er, wie sich das feurige, widersetzliche Gestirn bezwingen ließe.

Vorsichtig durchquerte er die dichte, pfadlose Landschaft und gelangte zum Fuß des Haleakalā. Er stieg bis zum Gipfel hinauf, dann betrachtete er das Gelände des stillen Kraters, der an die zwanzig Meilen breit war. Er ging bis an den Rand und schaute hinein, zweitausendfünfhundert Fuß in die Tiefe. Dort gab es zwei Spalten, aus denen beim letzten Ausbruch Lava herausgeschleudert worden war.

Auf der Ostseite befand sich die tiefe Spalte Koʻolau. Das war der geeignete Platz, um die Sonne gefangen zu halten, sagte sich Māui. Aber zuerst musste er sie einfangen und bezwingen, und dann würde er sie nur freilassen, wenn er sie gelehrt hätte, ihre Bahn langsamer zu ziehen.

Māui kehrte heim und erzählte seiner Mutter von dem Plan. Sie gab ihm ein starkes Seil, aus dem er sich ein Lasso knüpfte. Damit begab er sich erneut an den Kraterrand des Haleakalā. Als die Sonne in Sicht kam, warf er das Lasso so lange, bis er alle Sonnenstrahlen eingefangen hatte, dann band er sie an den kräftigen Stamm eines Wiliwilis. Die Sonne wehrte sich heftig und kämpfte mit Māui, konnte sich aus dem Lasso des Halbgottes aber nicht befreien.

Erschöpft, aber noch immer an den Baum gefesselt, entschied die Sonne, dass es das Beste wäre, mit dem kräftigen Krieger einen Handel zu schließen. Als Māui von ihr verlangte, sie solle langsamer über den Himmel ziehen, versprach sie, das zu tun, wenn er sie dafür freiließe.

Zufrieden band er die glühende Sonne los und kehrte heim zu seiner dankbaren Mutter. Seitdem gab es immer genug Tageslicht, um das Getreide zu ernten, Fische zu fangen und das Essen zu kochen, und die Hawaiianer mussten sich nie wieder beeilen, um bis zur Dunkelheit mit der Arbeit fertig zu werden.

Da hat er ein gutes Werk vollbracht, dachte Kali. An den Luxus des Lichts waren die Hawaiianer gewöhnt, und damit der Lichtschalter an der Wand Helligkeit bringen konnte, musste das Feuer der Sonne von Solarpanels eingefangen werden, die viele Häuser auf den Inseln mit Strom versorgten. Wer die Solarpanels stahl, raubte seinen Opfern die mächtigen Strahlen der Sonne.

Vielleicht, dachte sie, war es Zeit, über Māuis Lehre im Hinblick auf ihr eigenes Leben nachzudenken. Māui hatte ein Lasso gehabt, sie hatte die Dienstmarke eines Detectives, und sie hoffte inständig, dass das genügte.

18

Kali setzte sich auf der Terrasse des Hotels neben Walter in einen Sessel. Ringsherum flackerten Bambusfackeln in der Dunkelheit. Das Rascheln der Palmen, Stimmengemurmel und das Klirren von Gläsern und Besteck bildeten die Geräuschkulisse. Neugierig schaute sie sich um. Die meisten Tische waren von glücklichen Touristen besetzt, die bunte tropische Säfte und Cocktails tranken.

»Hast du die Show schon mal gesehen?«

Walter nickte. »Zweimal. Ziemlich durchschnittlich.« Er deutete mit dem Kopf auf das Publikum. »Nicht dass die das stören würde. Sie sind in Hawaii und lassen es sich gut gehen.«

Kali stimmte ihm nickend zu. Im Lauf der Jahre hatte sie einige Lū'au-Shows in Hotels gesehen und war von keiner beeindruckt gewesen. Vermutlich war sein Urteil noch gnädig. Sie stand dem ganzen Thema gespalten gegenüber. Einerseits war es vielleicht eine gute Sache, Fremde mit der Inselkultur bekannt zu machen, andererseits fand sie die kommerzielle Ausrichtung abstoßend und unaufrichtig.

Von der Bühne kamen die klagevollen Laute einer großen Meeresschnecke, die wie eine Trompete geblasen wurde, dann Trommelschlag. Walter berührte sie am Arm und zeigte dorthin. Die Show fing an. Einige Hulatänzerinnen traten auf und bewegten sich zur Musik. Hingerissen verfolgten die Zuschauer, wie anmutig sie die Arme hoben und mit den Händen Meereswellen und fallenden Regen nachahmten.

Als sie den Tanz beendeten, wechselte die Beleuchtung. Zwei Männer traten in die Mitte. Ein schlanker dunkelhaariger Mann drehte sich flink zur Bühnenseite und wich dabei dem Speer des anderen Darstellers aus. Er hatte ein geschwollenes Auge.

»Das ist er«, sagte Walter leise. »Polunu Hausuka. Kleinganove der Extraklasse.«

Kali musterte ihn stirnrunzelnd. »Wie kommt es, dass ich ihn gar nicht kenne?«

»Früher haben wir jeden Monat eine Anzeige gegen ihn reinbekommen, aber in den letzten Jahren ist er untergetaucht. Ehrlich gesagt, dachte ich schon, er hätte sich zur Ruhe gesetzt. Er ist auch nicht mehr der Jüngste.« Er drehte den Kopf zu ihr. »Weißt du noch, dass ich dir von dem Kerl erzählt habe, der am Kulturzentrum in den Koiteich fiel, als er mit dem Fotoapparat eines Touristen abhauen wollte?«

Sie grinste. »Und dann über die Mauer auf die Straße sprang und von einem Kind auf dem Fahrrad umgerissen wurde?«

Das brachte Walter ebenfalls zum Grinsen. »Genau der. Er hat sich dabei den Arm gebrochen, der Fotoapparat war hinüber, und er musste mit dreißig Stichen genäht werden, wenn ich mich recht entsinne. Das Kind auf dem Fahrrad hatte nicht mal eine Schramme.«

Kali schüttelte den Kopf. Dann lehnte sie sich zurück und nippte an ihrem eisgekühlten Mangotee. Während der nächsten halben Stunde sah sie Polunu zu, der einen tongaischen Häuptling spielte und um die Hand einer Prinzessin mit dicken Beinen und Bastrock kämpfte. Die feuchte Abendluft hatte einen säuerlichen Schweißgeruch angenommen. Als er Kali zusammen mit dem süßlichen Jasminduft in die Nase wehte, verzog sie angewidert das Gesicht.

Schließlich die choreografierte Tötungssequenz: Der Angreifer stach von unten zu, Polunu führte die Spitze seiner Waffe von oben an dessen Hals, und sein Gegner brach zusammen. Unter dem Jubel des Publikums trat Polunu vor und forderte seine gelangweilt blickende Braut ein. Die Darsteller verneigten sich, und als das Crescendo der Trommeln den Höhepunkt erreichte, schlüpfte Polunu von der Bühne, um sich in die Garderobe zu begeben.

Kali und Walter waren schon aufgestanden und gingen zwischen den Tischen hindurch zu der entsprechenden Tür. Hinter der Bühne hatte Polunu gerade einen leichten Speer aus Kokosholz auf einen Tisch geworfen, auf dem verschiedene Requisiten der Show lagen – Kopfputz, billige Roben und die steifen Bikinioberteile aus Kokosnussschalen, die die Tänzerinnen trugen.

Sie wichen zur Seite, um die Darsteller vorbeizulassen. Walter lehnte im Türrahmen. Polunu schien nicht zu bemerken, dass er beobachtet wurde. Schließlich blickte er auf. Sein Blick huschte über Walters Gesicht, dann sah er Kali an. Für einen Moment wurden seine Augen ein klein wenig größer. Also hatte er begriffen, wer sie waren. Kali fiel unter anderen Menschen kaum auf, Walter dagegen brauchte keine Uniform zu tragen, damit man ihn als Cop erkannte. Man sah es ihm von Weitem an.

»Schöner Abend«, bemerkte Walter lächelnd.

»Ja, nicht übel.« Polunu wählte einen vorsichtig neutralen Ton.

»Habe ich Sie in letzter Zeit nicht schon mal irgendwo gesehen? Ihr Gesicht kommt mir bekannt vor. Aber vielleicht liegt das ja auch nur an dem blauen Auge.«

Polunu zuckte mit den Schultern, offenbar hatte er keine Lust, sich zu unterhalten.

»Ich bin mir ziemlich sicher«, beharrte Walter.

Polunu blickte stur auf den Boden und angelte seine Schuhe unter einem Tisch hervor, auf dem Häppchen und ein kleiner Kühlschrank mit Säften und Mineralwasser standen.

»Könnte schon sein«, sagte er.

Walter musterte sein Gesicht, als versuchte er sich genauer zu erinnern.

»Walter …«, begann Kali. Doch er ignorierte sie.

»Ich könnte schwören, ich habe Sie schon mal gesehen.«

»Schön für Sie.« Polunu schob seine Füße in ausgetretene Tennisschuhe. »Vielleicht sehe ich auch nur zufällig jemandem ähnlich.« Er öffnete die Glastür des Kühlschranks, nahm sich ein Fläschchen Papayasaft und stellte es obendrauf.

Walter schnappte es ihm weg, drehte es mit gespielter Neugier und las laut, was auf dem Etikett stand. »Wasser, Papaya. Und Zucker natürlich. Und was sie an Abfallprodukten reintun, um die Flasche zu füllen. Aber komisch. Da steht nichts davon, dass das Zeug Superkräfte verleiht, wenn man es trinkt.«

Polunu sah Walter verwundert an. »Wenn ich bitten dürfte? Da stehen noch mehr im Kühlschrank, wenn Sie eine wollen, aber die da gehört mir.« Er stutzte, als Walters Wortwahl zu ihm durchdrang. »Superkräfte? Was reden Sie da?«

»Na, Sie wissen schon. Sich unsichtbar machen oder durch Stahl sehen«, antwortete Walter ernst. »Oder sehr schnell rennen und Touristinnen abwehren.«

Polunu kniff die Augen zusammen und wandte sich an Kali. »Sie arbeiten also gern mit einem Fiesling zusammen?«

»Schlimmer noch. Ich bin mit ihm verwandt.«

Walter nickte. »Wenn keiner gegen das Gesetz verstößt, kann ich sogar ziemlich nett sein.«

»Das stimmt«, bestätigte Kali. »Er bezahlt mir jeden Morgen mein Frühstück.«

Polunu verschränkte die Arme, eine schützende und abwehrende Geste zugleich. »Wenn ich es mir recht überlege, erinnere ich mich auch an Sie. Captain Sowieso.« Er blickte demonstrativ auf Walters Leibesmitte. »Captain Cookies?«

»Zum Brüllen«, sagte Walter. »Ich fürchte, wir sind in offizieller Funktion hier. Um Ihnen einen freundschaftlichen Rat zu geben, natürlich.« Er wandte sich an Kali. »Nicht wahr?«

»So ist es. Stehlen ist böse. Schlecht für das Image der Insel. Lassen Sie die Touristen in Frieden.«

Polunu spuckte auf den Boden. »Touristen. Was kümmern die mich? Die können meinetwegen absaufen und diese rückständige Insel gleich mit.«

Kali zog die Brauen hoch. »Sind Sie kein Einheimischer?«

»Im Augenblick noch. Aber nicht mehr lange, dann bin ich hier weg.«

»Große Pläne?«, fragte Walter unschuldig, aber Kali sah ihm an, dass er auf Polunus Antwort gespannt war.

»Verdammt richtig. Las Vegas. Zivilisation.«

»Klingt, als hätten Sie alle Probleme gelöst«, sagte Kali.

»Sie werden schon sehen. Ich kaufe mir ein Paar handgemachte Schlangenlederstiefel und tanze im größten Kasino der Stadt die Nacht durch. Dann bekomme ich den verdienten Respekt.«

Er riss Walter die Flasche aus der Hand und wandte sich der Hintertür zu. Offensichtlich war die Unterhaltung für ihn beendet. Walter schlenderte gefolgt von Kali hinter ihm her. Sie sahen Polunu in einen alten Lieferwagen steigen und hastig vom Parkplatz auf die Straße fahren.

19

Das Erste, was Kali sah, als sie und ein sehr nasser Hilo im strömenden Regen die Verandastufen hinaufstiegen, war der Zettel, den jemand an die Tür geheftet hatte. Sie zögerte, bevor sie ihn abnahm. Womöglich war er von jemandem aus der Obdachlosenunterkunft, der keine Nachricht auf dem AB hinterlassen, ihr aber mitteilen wollte, dass Makena wieder auf der Straße lebte. Wenn das der Fall war, dann hatte sie heute nicht mehr die Energie, um sich damit zu befassen.

Als Makena vor einem Jahr zum ersten Mal bei ihr aufkreuzte, nahm Kali das zwiespältig auf. Einerseits war Makena eine direkte Verbindung zu Mike und zu einer ganzen Welt, die in einem brutalen Kugelhagel untergegangen war. Andererseits war sie hoffnungslos methsüchtig und hatte die Grenze von der orientierungslosen Jugendlichen zur ausgewachsenen Plage schon seit Langem überschritten. Sie war schon dreimal wegen kleiner Diebstähle verhaftet und mehrmals in der Nähe der umliegenden Hotels wegen Prostitution aufgegriffen worden.

Sie hatte Kali um Geld gebeten, an sie appelliert, weil sie fast ihre Stiefmutter geworden wäre. Kali hatte es versucht. Sie hatte für Therapiestunden bezahlt, Makena zu der Klinik gefahren, wo sie auf Spritzen durchsucht und auf Sexualkrankheiten getestet wurde, hatte ihr anständige Kleidung gekauft und ihr geholfen, einen Job als Rezeptionistin in einer Galerie zu bekommen. Zum Dank ließ Makena die Therapiestunden sausen, kündigte den Job genau an dem Tag, als dort das vorrätige Bargeld verschwunden war, und verkaufte die neue Kleidung an einen Secondhandladen.

Kali wusste genau, unter welchen Leuten Makena sich bewegte, denn zwei davon wurden ständig von der Polizei überwacht, weil sie vermutlich Crystal Meth kochten. Makena schien auf einem Selbstzerstörungstrip zu sein, und Kali hatte genug Lebenserfahrung, um zu wissen, dass man niemanden zwingen konnte, sich helfen zu lassen. Das musste derjenige schon selber wollen.

Seufzend schaute sie auf den Zettel und rechnete mit dem Schlimmsten. Stattdessen jedoch erlebte sie einen Moment tiefer Erleichterung. Der Zettel war von Elvar. Er bat sie, ihm bei etwas zu helfen, das für seine aktuelle Arbeit wichtig war.

Die Aussicht, mit ihm in die Berge zu wandern und mal auszuspannen, machte sie froh. Elvars Gesellschaft war immer angenehm. Sie hatte ihn schon ein paarmal in die Berge geführt, wenn er eine bestimmte Pflanze als Vorlage für die Schnitzereien an einem Messergriff brauchte. Auf seine Bitte hatte sie ihm einiges aus der hawaiianischen Geschichte erzählt, und sie hatten stundenlang die Ähnlichkeiten und immensen Unterschiede zwischen den Sagen ihrer jeweiligen Heimat erörtert.

Sie ging ins Haus und rief ihn an. Elvar meldete sich nach kurzem Läuten. Er hatte also bereits Feierabend gemacht.

»Hallo, Nachbarin. Hast du Lust auf eine schöne lange Wanderung?«

Kali schaute skeptisch aus dem Fenster. Es war schon längst dunkel, und der Regen hatte nicht nachgelassen.

»Na ja«, begann sie, doch er unterbrach sie lachend.

»Nicht jetzt.«

»Klar. Wonach willst du suchen?«

»Ich habe heute einen Auftrag reinbekommen. Der Käufer möchte einen Griff aus Sandelholz, und ich soll eine Awapuhi-Blüte hineinschnitzen. Du weißt sicher, wo die kräftigsten Pflanzen wachsen.«

»Wahrscheinlich im Botanischen Garten.«

Es blieb still in der Leitung, und sie gab sich im Geiste einen Tritt in den Hintern.

Dann klang er ernst, als er sagte: »Ach so. Angst, mit mir allein in die Wildnis zu gehen?«

»Natürlich nicht, ich meine nur ...«

»Es ist okay, wenn du zu beschäftigt bist. Es macht mir nichts aus, allein zu wandern. Ich bin schon öfter ins Hochland gegangen oder runter ans Wasser und am Strand entlang. Ich werde den Weg schon finden.«

»Nein, wirklich, ich würde gern mitgehen. Ich wollte dich nicht abwimmeln. Es ist nur so, dass der Botanische Garten eine einfache Lösung ist, wenn du es eilig hast.«

Elvar lachte. »Du kennst mich, Kali. Kultivierte Pflanzen sind nicht das Richtige für mich. Ich nehme nur die wilden in ihrem natürlichen Lebensraum, wo sie frei und glücklich sind.«

Kali schloss die Augen und hoffte, ihn nicht gekränkt zu haben. »Ich meinte nur ...«

»Großartig! Besteht vielleicht die Chance, dass du morgen früh Zeit hast? Wir könnten bei Tagesanbruch aufbrechen und den Sonnenaufgang sehen. Vielleicht finden wir auch ein gutes Stück Sandelholz von einem Ast ... oder irgendwas, das beim letzten Sturm heruntergekommen ist.«

Danach schwieg er wieder, aber diesmal hoffnungsvoll.

»Das klingt doch wie ein Plan.« Endlich würde sie mal wieder die Sonne aufgehen sehen. »Dann bis morgen früh. Und wenn Birta zufällig ein paar Muffins übrig hat …«

»Abgemacht.«

Kali legte auf und begann den Küchentisch freizuräumen und den Wust an Papier zu beseitigen. Sie freute sich auf den Ausflug. Elvar beschwerte sich nie, dass die Wege zu steil oder zu steinig oder zu morastig waren. Er war weder empfindlich noch anstrengend und schien sich ernsthaft für ihre Geschichten über die Inseln zu interessieren. Er war tatsächlich ein ziemlich guter Gefährte.

Das Summen ihres Handys riss sie aus ihren Gedanken. Eine Textnachricht von Jamie Tagert, dem Jungen, den sie in der Highschool befragt hatte. Stirnrunzelnd las sie: *Muss Ihnen noch was sagen. Kekipi hat einen Geist gesehen. Hat gesagt, ich soll es für mich behalten. Tut mir leid.*

Sie antwortete sofort: *Ruf mich bitte kurz an.*

Einen Moment später klingelte das Handy.

»Das ist alles, was ich weiß, ich schwöre. Er hat mir erzählt, dass er etwas auf dem Weg gesehen hat, zwischen den Bäumen. Er meinte, es war ein Geist und dass er es mir nur erzählt, weil wir enge Freunde sind und er mir vertrauen kann. Er wollte noch mal hingehen und sehen, ob er ihn findet. Ich habe ihn ausgelacht, und er ist wütend geworden und wollte nichts mehr dazu sagen.«

»Hat er den Geist beschrieben?«

»Nein.«

Sie hörte ihm an, wie sehr ihm das zu schaffen machte.

»Wann war das, Jamie?«

»Zwei Tage bevor die Cops ihn im Wasser gefunden haben.«

»Kannst du dich erinnern, ob …«

»Das ist wirklich alles, was er gesagt hat. Er hat nicht erzählt, wie er ausgesehen hat oder ob er etwas getan hat.«

Sie hörte ihn tief Luft holen.

»Er war total wütend auf mich, weil ich mich über ihn lustig gemacht habe. Deshalb wollte er nicht mehr darüber reden. Ich fühle mich ganz mies deswegen. Ich weiß nicht, ob das etwas zu bedeuten hat oder nicht.«

»Ist okay, Jamie. Danke, dass du dich gemeldet hast. Das war sehr hilfreich.«

Sie legte auf und blickte an die Decke. Geister. Noch jemand hatte einen Geist gesehen.

20

Der Morgennebel hing noch im Tal, als Kali und Elvar den kurvenreichen Weg zum Krater des Haleakalā hinaufstiegen. Es war eine ihrer liebsten Wanderrouten und ihrer Ansicht nach die ideale Tageszeit dafür. Man hörte nichts weiter als das Rascheln kleiner Tiere im Gebüsch und den Gesang der Vögel. So muss es gewesen sein, dachte sie, als die Inseln noch nicht bewohnt waren und nichts von der natürlichen Schönheit des Planeten ablenkte.

Kali brauchte nicht lange, um die Pflanze zu finden. Sie wusste von früheren Ausflügen mit ihm, dass er sie keinesfalls abpflücken, sondern unberührt lassen würde. Er würde sich völlig ins Zeichnen der Pflanze vertiefen und vergessen, dass Kali da war.

Als sie ihn auf eine Gruppe kräftiger Awapuhi hinwies, holte Elvar seinen Skizzenblock, Bleistifte und eine große Lupe aus dem Rucksack und setzte sich im Schneidersitz auf den Boden. Während der nächsten halben Stunde fertigte er Skizzen an und betrachtete immer wieder die verzweigten Blattadern und die Blüten durch das Vergrößerungsglas. Er ist detailversessen, dachte Kali. Deshalb sind seine Messer so gefragt.

Sie setzte sich entspannt auf einen Felsbrocken, der seit Jahrtausenden Regen und Wind ausgesetzt und an den Kanten glatt geschliffen war. Als Elvar sie sanft an der Schulter rüttelte, war sie sofort hellwach und begriff, dass sie eingedöst war.

»Hey du. Ich habe ein Stück Sandelholz gefunden und alles gezeichnet, was ich brauche.«

Sie schreckte hoch und schürfte sich den Arm an einem Stein auf. Elvar zog die Brauen hoch.

»Tut mir leid. Ich wollte dich nicht erschrecken.«

Sie stand auf und reckte sich. »Ist nicht weiter schlimm. Nur ein Kratzer.«

»Du musst ihn mit Aloe einreiben«, sagte er lächelnd.

Kali lachte. »Du bist ein guter Schüler.«

Sie gingen ein Weilchen in freundschaftlichem Schweigen den Pfad entlang. Es war Elvar, der schließlich das Schweigen brach, und er klang nachdenklich.

»Es ist komisch, wie manche Pflanzen ins allgemeine Bewusstsein dringen, findest du nicht? Aloe ist ein gutes Beispiel, und mir ist aufgefallen, dass man sie überall finden kann. Wie unser Islandmoos. Wir machen daraus Tee und Aufgüsse. Als Birta und ich noch in Island lebten, hat sogar ihr Mann, der ein nüchtern denkender Arzt war, es für alles Mögliche empfohlen, von Bauchschmerzen bis zu Hautreizungen.«

Kali gab sich Mühe, ihre Verblüffung zu verbergen. In all den Jahren, die sie die beiden schon kannte, hatten sie nie mehr als eine flüchtige Bemerkung zu ihrem früheren Leben fallen lassen. Und ganz bestimmt hatte keiner einen Ex-Mann erwähnt. Kali konnte sich Birta nur schwer als Ehefrau vorstellen, und ungebeten trat ihr ein albernes Bild vor Augen: Birta, die mit einer Rüschenschürze am Herd stand und die Suppe umrührte und durchs Fenster über eine verschneite Landschaft schaute.

»Faszinierend«, sagte sie behutsam. Sie wusste nicht, ob sie noch etwas dazu bemerken sollte oder nicht und ob Elvar die vielen Fragen, die ihr durch den Kopf gingen, beleidigend fände.

Er schien ihre Gedanken zu ahnen. »Ja, das stimmt. Birta war die Frau eines Arztes. Sogar lange.«

Sie holte tief Luft. »Aber?«

Augenscheinlich war er nicht beleidigt. »Tja, ich nehme an, wir sind schon eine ganze Weile befreundet, oder?«

»Mit jedem Tag länger. Aber du brauchst es mir nicht zu erzählen …«

»Doch, das werde ich. Und ich sag dir auch, warum. Ich weiß, dass du fürchterliche Angst vor ihr hast, und sie kann manchmal wirklich ein bisschen streng wirken. Doch das ist sie nicht, weißt du. Sie ist wunderbar und fürsorglich und lustig.« Er korrigierte sich. »Na gut, lustig vielleicht nicht. Aber sie würde alles für dich tun, egal wie unangenehm es für sie wäre oder wie viel es sie kosten würde.«

Kali protestierte. »Angst vor ihr? Ich? Ich habe keine …«

»Und ob du die hast.« Er grinste. »Das ist okay. Das braucht dir nicht peinlich zu sein. Die meisten Frauen reagieren so auf sie. Die Männer übrigens auch. Es war nur leider so, dass der gute Doktor mit einer hübschen jungen Praktikantin aus dem Krankenhaus abgehauen ist, als sich herausstellte, dass Birta keine Kinder bekommen kann. Dass das für sie genauso niederschmetternd war, hat ihn offenbar nicht gekümmert.«

Er blickte auf und lächelte sie an. »Deshalb ist sie eine tolle Lehrerin. Sie liebt Kinder. Die merken, dass sie ihr am Herzen liegen.«

Kali merkte, dass sich Zweifel und Verblüffung auf ihrem Gesicht abzeichneten. »Schön«, sagte sie und verbesserte sich hastig. »Ich meine, es ist schön, dass sie Kinder liebt und mit ihnen arbeiten kann. Aber das ist eine traurige Geschichte. Das wollte ich damit sagen.«

Elvar nickte. »Unsere Mutter war besessen von Hawaii, von den Ähnlichkeiten zwischen eurer warmen und unserer kalten Insel. Die Vulkane, die Sagen, die isolierte Lage. Die Scheidung war für Birta ein erstklassiger Vorwand, hierherzuziehen und mit eigenen Augen zu sehen, was wir als Kinder ständig erzählt bekamen. Ich dachte damals, ich gehe mit und leiste ihr Gesellschaft. Das war eine gute Idee. Und sie ist einigermaßen glücklich, denke ich.«

Kali dachte darüber nach, während sie in der zunehmenden Hitze langsam den Berg hinunterstiegen. *Einigermaßen glücklich. Ist das alles, worauf wir hoffen dürfen? Einigermaßen glücklich? Ja, vielleicht.*

Und heute Morgen bin ich das sogar.

21

Pele stand auf einem Haufen Lavasteine, die aus dem Sand hervorschauten. Sie ragte über Kali auf, mindestens zwölf Fuß hoch. Ihre grimmigen Augen waren zwei schwarz funkelnde Schlitze.

Kali fiel auf die Knie und senkte den Blick. Sie wusste, es wäre nicht gut, eine solch mächtige Göttin herauszufordern. Sie hielt sich so still wie möglich, während Pele sich auf nackten Füßen sanft hin und her neigte und ihre dicken dunklen Haare im Mondschein glänzten.

»Sprich«, donnerte Pele, und die Wellen stiegen hoch und brachen sich an ihr.

Kali rührte sich nicht. Sie war überwältigt von der Gegenwart der Göttin und hatte vergessen, weshalb sie gekommen war. Sie zitterte am ganzen Leib, und ihr Mund verweigerte seinen Dienst.

»Du hast es gewagt, mich zu rufen?« Pele übertönte die Brandung und den Wind.

Kali sammelte mühsam ihre Gedanken. »Warum hat der Haigott den Jungen getötet?«, fragte sie endlich, aber selbst in ihren Ohren klang es schwach und gedämpft.

Pele warf den Kopf zurück, und hinter ihr stiegen Flammen auf und umrahmten sie in der Dunkelheit. Kali zitterte noch stärker. Zu spät begriff sie, dass sie Ka-moho-ali'i, den Bruder

Peles, beschuldigt hatte. Und ihn fürchtete selbst die Vulkangöttin.

Pele antwortete darauf. Doch der Wind übertönte ihre Stimme, und Kali konnte nichts verstehen. Dann war die Göttin verschwunden, der Steinhaufen leer, das Meer nur noch wilde Gischt, und der Mond zeigte sich voll und ohne Schatten. Jetzt stand eine andere Gestalt dort, ein Mann mit dem Kopf eines Hais, knietief im Wasser, und er trug etwas auf den Armen. Es war der reglose Körper eines Jungen, der zu schlafen schien. Kali erkannte sein Gesicht. Der Haimann wandte sich vom Ufer ab. Den schlafenden Jungen hielt er an die Brust gedrückt, watete tiefer ins Wasser, bis er untergetaucht und nicht mehr zu sehen war.

Kali fuhr aus dem Schlaf hoch und war hellwach. Der Mond stand hoch am Himmel, genau wie in ihrem Traum, und ein breiter Lichtstreifen teilte die Dunkelheit und fiel auf das Sofa und den schimmernden Holzboden. Sie wollte die Beine aus dem Bett schwingen, doch ihr waren die Füße eingeschlafen, und Hilo lag darauf. Sie legte sich wieder hin. Sie war der Aufgabe, Hilo wegzuschieben, nicht gewachsen. Sie musste erst den Schrecken des Albtraums abschütteln.

So blieb sie liegen und schreckte immer wieder hoch, bis das bleiche Morgenlicht am Horizont die Nacht von der Welt hob. Durch das offene Fenster drang der schwache Geruch von einem Holzfeuer herein, das in der Nähe brannte, höchstwahrscheinlich am Strand. Camper vermutlich, die sich die astronomischen Hotelpreise nicht leisten konnten, oder verliebte Jugendliche, die Arm in Arm im Sand lagen.

Es roch eindeutig nach verbranntem Treibholz. Ein unverwechselbarer und seltsam beruhigender Geruch nach altem, mit Salz und Algen überzogenem Holz, das vertraute Erinnerungen wachrief. Kein Parfümeur der Welt, dachte sie, hatte jemals diesen Duft komponiert und in eine Flasche gefüllt.

Noch einige Minuten lang lag sie still da, genoss den Duft und grübelte darüber nach, was sie geweckt hatte. Der Traum natürlich. Sie schob Hilo beiseite, rieb sich den Schlaf aus den Augen und rief sich in allen Einzelheiten das Bild des Haigottes vor Augen. Um die Taubheit in den Füßen loszuwerden, stand sie vom Sofa auf und ging in die Küche. Dort schaltete sie das indirekte Licht an den Oberschränken ein und stellte die Cafetiere auf den Herd. Sie gab gemahlenen Kaffee vom Vortag hinein, den sie in einer Keramikdose mit der Aufschrift »Kaffee« aufbewahrte, ein Geschenk von Walters Töchtern.

Sie schaltete den Wasserkocher ein, dann wartete sie auf das leise Pfeifen, das der automatischen Abschaltung vorausging. Sie goss das dampfende Wasser über das Kaffeemehl in der Cafetiere, einem trendigen Glasding, das weit modischer und noch unnötiger war als eine gewöhnliche Kaffeemaschine. Mike hatte sie eines Tages mitgebracht und ihr begeistert erzählt, dass man damit immer den perfekten Kaffee hinbekäme. Und deshalb hatte sie sich nicht davon trennen können.

Sie goss sich den duftenden Kaffee in einen Becher und ging damit auf die Veranda, um zuzusehen, wie es Tag wurde. Ein leichter Wind bewegte die schon warme Luft. Ganz kurz wandten sich ihre Gedanken der Frage zu, warum sie nach Mikes Tod überlegt hatte, nach Colorado zu ziehen. Sie hatte Walter damals eine Webseite mit den Rocky Mountains in der Nähe von Denver gezeigt, eine Reihe hoher, zerklüfteter Berge im Westen der Stadt, die fast immer mit Schnee bedeckt waren. Auf einigen Fotos der Webseite waren Leute in der Stadt zu sehen, eingepackt in schwere Stiefel, Wollmützen, dicke Handschuhe und Kapuzenjacken mit Pelzrand. Walter war entsetzt über die Idee und bot an, sie zu einem Psychiater zu begleiten.

Vielleicht brauchte sie den jetzt – jemanden, der ihr half, ihre verstörenden Träume zu deuten. Sie trank den Becher leer und ging hinein, um sich anzuziehen. Es war Zeit, den Tag zu beginnen.

22

Kali prüfte noch einmal nach, ob Hilo im Schatten auf Birtas Veranda sicher angeleint war, und machte sich auf den Weg zu dem kleinen Flugplatz einige Kilometer außerhalb von Hana. Sie war nicht gerade erpicht aufs Fliegen, hatte aber dennoch schon immer eine Schwäche für Flugzeuge und die längst verblasste Romantik der Flugplätze in alten Filmen gehabt, in denen sich die Leute aus Begeisterung fürs Fliegen elegant kleideten. Aber die Zeiten, da das Fliegen noch das Flair von Freiheit hatte und nicht Hetze und Unannehmlichkeiten bedeutete, waren vorbei.

Wenigstens brauchte sie nicht die Routine zu durchlaufen, die den Passagieren am Flughafen in Kahului abverlangt wurde. Die Touristenmassen dort und die komplizierten – und ihrer professionellen Ansicht nach nutzlosen – Sicherheitsmaßnahmen lösten bei ihr gewöhnlich eine starke Migräne aus, die tagelang anhielt. Larry Mahuka, ein pensionierter Pilot der Hawaiian Airlines und ein langjähriger Freund, hatte ein Privatflugzeug in Hana stehen und flog jeden Monat mehrmals zu den anderen Inseln. Heute wollte er nach O'ahu und war bereit, Kali mitzunehmen.

Sie parkte und ging auf die blau-weiße Cessna zu, an der Larry einen letzten Check durchführte. Er blickte auf und winkte, und unter dem dichten grauen Haarschopf hellte ein herzliches Lächeln sein wettergegerbtes Gesicht auf.

»Du vergewisserst dich, ob noch alles fest verschraubt ist?«, fragte Kali. Ihr war anzuhören, dass ihr das Sorgen machte.

Larry grinste. »Scheint alles bestens zu sein. Aber keine Angst, Kali. Ich habe eine ganze Rolle Klebeband dabei, für den Fall, dass sich eine Tragfläche lockert. Natürlich werde ich das Flugzeug ganz gerade halten, wenn du aussteigst und die Reparatur erledigst.«

Kali kniff die Augen zusammen und sah vor sich, wie sie sich an die Tragfläche klammerte und die Rolle Klebeband dem Pazifik entgegenstürzte. Sie schüttelte das Bild ab und folgte Larry, der den Luftdruck in den Reifen prüfte und mit der Hand über die Streben des Fahrgestells strich. Er drehte sich zu ihr um und bedeutete ihr, an Bord zu gehen.

»Wo ist denn dein Nilpferd-Mischling? Ich habe mich gefragt, ob du versuchen wirst, ihn als Kollegen auszugeben.«

»Als ich ihn zuletzt sah, tat er so, als wäre er ausgesetzt worden, und heulte aus tiefster Seele. Die Nachbarn passen heute auf ihn auf.«

Larry schüttelte den Kopf. »Verwöhnt vom Scheitel bis zu den riesigen Pranken. Du solltest Kinder kriegen, dich nicht derart auf den Hund konzentrieren.«

Kali brummte. »Nein danke. Sein Geheul ist mir lieber.«

»Wirklich? Du sehnst dich nicht heimlich danach, das Geld für Zahnspangen und College zusammenzukratzen?«

»Nicht im Geringsten. Und bei einem Hund weiß man immer, woran man ist.«

Sie schnallten sich an und setzten die Kopfhörer auf, und Larry checkte die Instrumente. Offensichtlich war alles in Ordnung, denn er startete den Motor und lächelte zufrieden, als er ihn gleichmäßig brummen hörte.

»Ich will dich nur aufziehen. Genauso geht es mir mit Flugzeugen: Alles ist leicht überschaubar und einfach. Anders als Beziehungen.«

Kali sagte nichts. Sie hatte mal davon reden hören, dass Larrys Frau ihn vor Jahren verlassen hatte und mit den Kindern aufs Festland gezogen war. Sie lebten irgendwo in New Jersey, wenn sie sich richtig erinnerte.

Die holprige Fahrt über das Rollfeld ging plötzlich in ein Gleiten über, und im nächsten Moment stieg die Cessna in den klaren blauen Himmel auf. Larry flog anscheinend gern, und Kali entspannte sich und ließ den Blick nach draußen schweifen. Sie waren etwa zehn Minuten in der Luft, als er aufs Meer deutete und einen weiten gemächlichen Bogen flog. Unten zog eine Schule Wale nach Süden. Ein junger Wal stieß aus dem Wasser und sprang im Bogen über die Wellen, tauchte unter und war außer Sicht. Larry lächelte und Kali auch.

Der Flug dauerte nur kurz, und bald war die Küste O'ahus klar zu erkennen. Kali freute sich nicht auf den Verkehr von Honolulu, doch in einer der größten Städte der Vereinigten Staaten war das nun mal unvermeidlich. Ihr erstes Ziel lag mitten in Waikiki Beach. Also genau im Innenstadtverkehr.

Sie hatte den Trip nach O'ahu so gelegt, dass er mit einer Konferenz zu erneuerbaren Energien zusammenfiel, die im Hawaii Convention Center stattfand, denn sie hoffte, dort nützliche Informationen zu bekommen, bevor sie die Solarfirmen auf ihrer Liste abklapperte. Es war noch früh, als sie den Mietwagen abholte und sich auf den Weg vom Flugplatz zu ihrem Hotel machte, das gleich neben dem Kongresszentrum lag. Sie checkte für zwei Nächte ein. Am Nachmittag würde sie sich auf der Konferenz mit einem Solarstromexperten unterhalten. Der morgige Tag war für die Besuche bei den Solarfirmen vorgesehen. Und am Mittwoch würde sie Larry wiedertreffen, um mit ihm früh zu Mittag zu essen und dann zurückzufliegen.

Da keiner der Aussteller im Konferenzzentrum vor zehn Uhr seinen Stand öffnete, blieben ihr noch ein paar Stunden für sich selbst. Sie schlenderte den Bogen der Kalākaua Avenue entlang, bis zu der Ecke, wo sie auf die Saratoga Road traf. Es war Viertel nach neun, als sie dort ankam, und vor einem beliebten Restaurant gegenüber dem Postamt war der Bürgersteig schon voller Touristen, die auf der Bordsteinkante und auf Mauern saßen und darauf warteten, von den gut gelaunten Kellnerinnen in ihren handgenähten Schürzen zu einem Tisch gebracht zu werden.

In Gedanken versunken bahnte sie sich ihren Weg durch die Menschenmenge und die Straße entlang, dann bog sie um die Ecke und ging zu einem kleinen, nicht ganz so bekannten Café, das sich zwischen einem Schönheitssalon und einem Versicherungsbüro befand. Sie war oft mit Mike dort gewesen. Als sie es betrat, wurde sie von der Besitzerin, die auch an den Tischen bediente, lächelnd empfangen.

Sie nahm Platz, winkte aber ab, als sie die Speisekarte angeboten bekam, und bestellte Kaffee, Saft und einen Stapel Kokospfannkuchen mit Spam. Zwei junge Männer am Nachbartisch hörten das und kicherten. Kali drehte sich zu ihnen um, wobei ihr der Ausschnitt ihres weiten T-Shirts über die Schulter rutschte und ihr Tattoo offenbarte. Sie zog eine Braue hoch und stellte mit einem der beiden Blickkontakt her. Sie schätzte ihn auf achtzehn oder neunzehn und musterte seine lässig hippe Kleidung und den teuren Haarschnitt.

Sie hatten die Ausstrahlung der Privilegierten. Der dunklen

Sonnenbräune und den gebleichten Strähnen nach zu urteilen, entspannten sie sich im Feriendomizil ihrer auf dem Festland lebenden Eltern oder sie vertrieben sich die Zeit zwischen Highschool und College mit Surfen. Wahrscheinlich beides, dachte Kali und machte unwillkürlich ein böses Gesicht. Ein Junge wie Kekipi Smith war tausendmal mehr wert als sie, schoss es ihr durch den Kopf. Sie bot sich selber Einhalt, bevor sie den Gedanken weiterspinnen konnte, da ihr bewusst war, wie unfair und vorurteilsbelastet er war.

Ihre ungehaltene Reaktion war jedoch heftig genug gewesen, sodass der Junge zurückwich und wegsah, wobei er etwas murmelte, das eine Entschuldigung sein mochte. Oder auch nicht.

Kali nickte ihm zu und beschloss, ihm einen Vertrauensvorschuss zu gewähren.

»Habt ihr es schon mal probiert?«, fragte sie.

Der Junge sah sie ein wenig nervös an. Kali achtete gewöhnlich nicht darauf, wie ihre Erscheinung auf andere wirkte, aber heute freute sie sich im Stillen, dass die traditionellen Tattoos an ihren schlanken, muskulösen Oberarmen anscheinend einen zügelnden Effekt hatten.

»Was probiert?«, fragte er vorsichtig.

»Spam.«

Er schüttelte den Kopf.

Kali schwang auf ihrem Stuhl herum. Junge Menschen pflegten oft eine abschätzige Haltung gegenüber allem, an das sie noch nicht selbst gedacht hatten.

»Wisst ihr denn, was das ist?«

Beide schüttelten den Kopf und schauten leicht angewidert.

»Irgend so ein Fleischersatz?«, erwiderte der eine.

»Damals im Zweiten Weltkrieg, als es auf den Inseln von Soldaten wimmelte, gehörte Spam zu deren Essensrationen«, erzählte sie. »Es besteht praktisch aus gepökeltem Schweinefleisch. Und ich persönlich finde es ziemlich lecker.«

Die beiden schauten äußerst desinteressiert, was Kali nur anspornte weiterzureden.

»Vom Zweiten Weltkrieg habt ihr aber gehört, oder?«

Der Junge ihr gegenüber rollte die Augen. »Natürlich. Und wir wissen auch, was Spam ist.«

»Oder nicht ist«, sagte der andere. »Es ist ungenießbar. Und nicht biologisch.«

Kali verlor das Interesse und zuckte nur mit den Schultern. Ihr Saft und der Kaffee waren gekommen, und sie wandte sich lieber der Auswahl an Süßungsmitteln zu, die auf ihrem Tisch standen. Während sie Zucker in ihren Kaffee rührte, schoben die Jungen ihre Stühle zurück und brachen auf. Auf dem Weg nach draußen blieben sie bei ihr stehen. Sie blickte auf und wartete.

»Sind Sie wirklich eine echte Hawaiianerin?«, fragte einer der Jungs vorsichtig.

Kali legte den Kopf schräg. »Und ob ich das bin. Genau wie Elvis Presley.«

Wieder sahen die Jungen sie ausdruckslos an.

Kali seufzte. »Der Sänger? *Blaues Hawaii? Café Europa?*«

»Ja, sicher. Wie auch immer«, sagte der Junge, der gefragt hatte. Kopfschüttelnd setzen sie ihren Weg fort.

Während sie nach draußen verschwanden, brachte die Cafébesitzerin das Essen. Das Frühstücksfleisch war gegrillt und dampfte. Kali beugte sich über ihren Teller und atmete den vertrauten, leicht süßlichen Geruch ein.

»Lassen Sie es sich schmecken«, sagte die Frau lächelnd.

»Werde ich.« Kali nahm ihr Besteck. »Jeden einzelnen Bissen.«

23

Hara hatte die Aufgabe bekommen, den Gastgeber der Konferenz, eine Firmengruppe namens Green World America, unter die Lupe zu nehmen, und hatte Kali mit einer Fülle an Informationen versorgt. Die Gruppe war Teil eines weltweiten Netzwerks von umweltbewussten Unternehmen mit Ablegern in anderen Ländern – außer Green World America gab es Green World Germany, Green World Portugal und Green World Australia. Es war völlig unklar, ob etwas Nützliches für ihre Ermittlung dabei herausspringen würde, wenn sie einfach an den Ständen entlangschlenderte und sich hier und da mit einem der Aussteller unterhielt, doch zu viel Information war immer besser als zu wenig.

Als sie nach dem Frühstück am Ufer entlang zum Hotel zurückging, erreichte sie eine weitere Information in Form einer unerwarteten Textnachricht von Walter. Grace Sawyer war am Morgen verstorben, ohne dass sie noch einmal zu sich gekommen war. Eine Autopsie war anberaumt worden. Halb wütend, halb traurig steckte Kali ihr Handy weg.

Als sie später das Konferenzzentrum betrat, war die Veranstaltung schon in vollem Gange. Der Lobbybereich war überfüllt mit ernst blickenden Leuten in der lässigen Geschäftskleidung, die in Hawaii üblich war: Jeans, Oberhemd und Sandalen oder Slipper. Ab und zu war auch ein Leinenjackett oder ein Hawaiihemd zu sehen. Sie fand den Tisch, an dem man sich anmeldete. Eine junge Frau gab dort Namensschilder und Logos aus und hakte sie in der Besucherliste ab. Kali erklärte, wer sie war und warum sie gekommen war. Die Mitarbeiterin schaute interessiert und schlug ihr vor, dass es vermutlich viel Zeit sparte, wenn sie direkt zum Stand von NREL ging, National Renewable Energy Laboratory. Sie beschrieb ihr den Weg dorthin, heftete ihr ein Namensschildchen an die Bluse, und Kali fädelte sich zwischen den Leuten hindurch, die sich zwischen den Ständen drängten.

Die Ausstellung des NREL bestand aus vielen Computerbildschirmen, auf denen man sich Fotos und technische Daten ansehen konnte. An den Wänden des Hauptstandes hingen Diagramme und Fotos von Windkraftwerken und Solaranlagen an bekannten Orten. Eine Reihe von Fotos in Postergröße zeigten Windparks in Kalifornien und Deutschland. Kali blieb davor stehen und staunte, wie hoch die Windräder waren und wie viele Modelle es gab.

»Ziemlich beeindruckend, nicht wahr?«, sagte eine freundliche männliche Stimme direkt hinter ihr. Erschrocken drehte sie sich um. Vor ihr stand ein Mann von Anfang dreißig mit hellblauen Augen und kupferroten Haaren. Sie blickte rasch auf seine Brust. Auf dem Namensschild stand »Jack Bader, Ph. D.« und darunter in Goldbuchstaben »Moderator«.

»Sehr beeindruckend«, stimmte sie zu. »Ich wusste gar nicht, dass es so viele verschiedene Typen davon gibt.«

»Mehr, als Sie sich vorstellen können. Es gibt sogar Designer auf der ganzen Welt, die Windräder produzieren, die aussehen wie eine Kunstinstallation. In der Branche der erneuerbaren Energien wird ständig optimiert, um noch effizientere Modelle hervorzubringen oder welche, die sich besser in die verschiedenen Landschaften einfügen oder die auf Pontons draußen im Meer funktionieren.« Er bewegte die Hände beim Sprechen, als wollte er etwas Wichtiges illustrieren. Ihr fiel auf, dass sein Jackett über seinen breiten, kräftigen Schultern spannte.

»Sind Sie einer dieser Designer?«

»Eigentlich arbeite ich gar nicht mit Windkraftanlagen.« Er lächelte. »Mein Gebiet ist die Geothermalenergie. Vulkanforschung, genauer gesagt.«

Ihr Gesicht verriet ihre Enttäuschung. »Also nicht die Solarenergie?«

Jack lächelte. »Nein. Ich kenne aber einige Solarforscher bei NREL. Dafür interessieren Sie sich?«

Sie nickte. Dann stellte sie sich vor und erklärte, dass sie wegen einer Ermittlung zur Konferenz gekommen sei.

Überrascht gab er ihr die Hand. »Nun, Detective Māhoe, vielleicht kann ich trotzdem helfen. Ich heiße übrigens Jack. Jack Bader. Aber das haben Sie sicher schon meinem Namensschild entnommen.«

Sie tat ihr Bestes, um sein Lächeln zu erwidern. »Freut mich, Sie kennenzulernen, Jack. Und bitte nennen Sie mich Kali.« Mit unterdrückter Ungeduld sah sie sich um. Es wurde zunehmend voller und dadurch auch deutlich lauter. »Ehrlich gesagt wäre ich dankbar, wenn ich Sie einiges fragen könnte. Gibt es hier irgendwo einen Ort, an dem es ruhiger ist und wo wir uns ein paar Minuten unterhalten können?«

Stirnrunzelnd blickte er auf seine Uhr. »Eigentlich muss ich gleich aufs Podium und einen Vortrag halten. Ich sollte mich darum kümmern, dass alles bereit ist. Als ich das letzte Mal auf einer Konferenz reden sollte, hat mir meine Assistentin – meine damalige – die falschen Notizen aufs Pult gelegt, sodass ich wie ein Idiot dastand. Ich fürchte, ich bin nicht gut im Improvisieren.«

Kali machte ein mitfühlendes Gesicht und verspürte gleichzeitig ein stilles Entsetzen bei der Vorstellung, vor fremdem Publikum zu stehen und in ein Mikrofon sprechen zu sollen.

»Das ist okay. Vielleicht können Sie mir jemanden zeigen, der mir meine Fragen zu Solarmodulen beantworten kann.«

Er überlegte einen Moment und deutete auf einen Stand.

»Myra, Dr. Myra Wilson. Sie finden sie bei den Leuten von Pure Sun.« Er lächelte und schien zu zögern. »Natürlich würde ich mich freuen, wenn wir uns später noch sehen. Ich könnte Ihnen alles über Vulkane erzählen, das Sie noch nicht wissen.«

Sie lachte. »Ich merke, wenn einer kurz vor dem Ausbruch steht. Die meisten indigenen Hawaiianer haben einen sechsten Sinn für solche Dinge.«

»Wirklich?« Er klang fasziniert. Wieder zögerte er, und diesmal wurde er rot. »Tja, dann. Vielleicht möchten Sie mir stattdessen alles erzählen, was ich über Vulkane noch nicht weiß.«

Kali erschrak. Flirtete er mit ihr? Unmöglich. Sie sah ihn aufmerksam an. Sein ernster Blick kam ihr aufrichtig vor. Lag es an ihren Tattoos? Vielleicht ließ er sich angesichts einer echten indigenen Hawaiianerin einfach von dem Gefühl mitreißen, für ein paar Tage auf einer tropischen Insel und sehr weit von zu Hause weg zu sein. Einen attraktiven Mann kann so vieles vom Weg der Vernunft abbringen, dachte sie und musste lächeln.

»Nun ja … ich kann nicht behaupten, etwas über die wissenschaftliche Seite von Vulkanen zu wissen. Aber ich könnte Ihnen ein oder zwei Sagen erzählen.« Sie beobachtete genau, wie er reagierte. Er schien sich zu freuen. Sie entspannte sich und merkte plötzlich, dass sie den Atem angehalten hatte. Sie redete schnell weiter, ehe sie es sich anders überlegen konnte. »Trinken wir einen Kaffee zusammen? Vielleicht wenn die Konferenz vorbei ist?«

Er lächelte noch breiter, und ihr fiel auf, wie gleichmäßig und weiß seine Zähne waren.

»Fantastisch. Ich wohne in dem Hotel nebenan, im Ala Moana«, sagte er. »Das schien mir das Einfachste zu sein, da ich mich hier überhaupt nicht auskenne.«

»Ich wohne auch dort.« Sie war so außer Übung in Sachen soziale Interaktion, dass sie nicht wusste, was sie als Nächstes sagen sollte. »Wir können uns im Foyer treffen, wenn Ihnen das passt. Sagen wir um sechs?«

»Passt genau.« Plötzlich wirkte er schüchtern. »Ich freue mich schon darauf«, sagte er, dann fügte er in leicht nervösem Ton hinzu: »Auf die Sagen, meine ich.« Kali sah ihn so stark erröten, dass die Farbe seines Gesichts sich seiner Haarfarbe annäherte. Das wirkte eigentümlich charmant, und sie grinste.

»Okay. Also bis nachher«, sagte sie, dann ging sie zwischen den Ständen der Aussteller hindurch zu dem von Pure Sun. Aus dem Augenwinkel sah sie Jack zu den Konferenzräumen eilen. Seine kupferroten Haare leuchteten im grellen Schein der Deckenlampen.

24

Dr. Myra Wilson war eine kleine, zierliche Frau mit übergroßer Brille und ernstem, blassem Gesicht. Für jemanden, der beruflich mit Sonnenenergie zu tun hatte, setzte sie sich den Sonnenstrahlen wohl ziemlich selten aus. Kali stellte sich vor. Wilson ergriff ihre Hand mit der Überkompensation der physisch benachteiligten und drückte sie kräftig. Dabei huschte ihr Blick über Kalis Gesicht.

»Beim letzten Mal, als die Polizei zu mir kam, ging es um den Vorwurf sträflicher Langeweile«, sagte sie und lachte über ihren Witz.

Kali lächelte ermutigend. »Ich merke gerade, dass mir noch nie der Gedanke gekommen ist, dass Wissenschaftler auch witzig sein können.«

»Sind wir auch nicht.«

Verkneif dir eine Bemerkung, dachte Kali. Sie beugte sich zu einem Diagramm an der Wand vor, das den Prozentsatz an Solarstrom darstellte, der in den verschiedenen Weltregionen erzeugt wurde. Es überraschte sie, dass Hawaii keinen sehr hohen Rang einnahm.

»Anscheinend bekommen wir nicht so viel Sonne, wie ich dachte.« Sie deutete auf das Diagramm und sah Wilson fragend an.

Die nickte wissend. »Die Vereinigten Staaten liegen ziemlich weit zurück, was die Erzeugung und Nutzung erneuerbarer Energien angeht, sogar in Gegenden wie Hawaii, wo es sich geradezu anbietet. Das ist bedauerlich, aber wahr. Die Beziehungen zwischen Ölgesellschaften und Politikern haben natürlich viel damit zu tun. Man ist nicht besonders motiviert, nach anderen Energiequellen zu suchen, wenn man seine Geldmittel von Ölfirmen erhält.«

»Aber das Interesse daran nimmt zu, nicht wahr? Mein Haus ist vom Versorgungsnetz unabhängig. Wo ich wohne, nutzt praktisch jeder Solarenergie.«

Wilson schaute zu dem Diagramm. »Ja, das Interesse wächst, und die Finanzmittel für Forschung und Entwicklung im Lauf der letzten paar Jahre definitiv auch, aber da ist noch viel Luft nach oben. Doch ich nehme an, Sie wollten mit mir nicht über Energiepolitik reden, oder? Hat jemand die Sonne gegen Lösegeld als Geisel genommen?«

Kali versuchte, ihre Überraschung zu überspielen. »Da liegen Sie gar nicht so weit daneben. Derzeit werden auf Maui Solarmodule von Dächern gestohlen. Wir versuchen zu ermitteln, was damit geschieht.«

»Höchstwahrscheinlich werden sie verkauft«, meinte Wilson achselzuckend. »Bis vor Kurzem wurden sie nicht mit Registrierungsnummern oder anderen Kennzeichen versehen. Das ändert sich gerade, aber die meisten sehen ziemlich gleich aus, und wenn sie vor 2007 gekauft wurden, wird sich aller Wahrscheinlichkeit nach nicht feststellen lassen, aus welcher Solaranlage sie entfernt wurden.«

»Das ist mir aufgefallen«, sagte Kali trocken. »Vielleicht können Sie mir sagen, ob Sie von einem Schwarzmarkt für Solarmodule gehört haben. Wir gehen nicht davon aus, dass sie die Inseln verlassen, aber die örtlichen Händler, die wir bisher befragt haben, scheinen seriös zu sein.«

Wilson nahm ein Modell einer Solarzellengruppe in die Hand, das zu ihrer Ausstellung gehörte.

»Vielleicht suchen Sie am falschen Ort«, sagte sie langsam. »Ich würde mit unabhängigen Bauunternehmern sprechen. Könnte sein, dass jemand direkt an die verkauft. Sie umgehen den Handel, bezahlen bar, und jeder sieht weg. Zurzeit wird überall so viel neu gebaut, auch hier, und bei der erhöhten Nachfrage nach Solarenergie könnten kleinere Unternehmer vielleicht Hinterzimmergeschäfte machen, ohne dass der spätere Hauskäufer das je erfährt.« Sie legte das Modell wieder weg. »Und nach allem, was ich über euch Hawaiianer weiß«, fügte sie grinsend hinzu, »verrät keiner etwas, solange er nicht sicher sein kann, dass kein entfernter Cousin involviert ist.«

Kali ignorierte das kulturelle Vorurteil und konzentrierte sich darauf, nicht laut zu stöhnen. Es stimmte: Die Einheimischen blickten nicht unbedingt wohlwollend auf den Zustrom von Außenstehenden und deren Geld. Vor allem wenn sie Land aufkauften und sich obszön große, pompöse Häuser bauten, um vor der Nase armer Leute mit ihrem Reichtum zu protzen. Besonders ärgerlich waren die enormen Zweitwohnsitze, die nur für wenige Wochen im Jahr bewohnt waren. Aber praktisch gesehen machte ihr etwas ganz anderes Sorgen: Die Handvoll Solarfirmen auf den Inseln zu befragen war eine Sache, aber jeden Bauunternehmer aufzusuchen und dessen Lieferquellen zu überprüfen würde ein Albtraum von monumentalem Ausmaß werden.

Sie dankte Wilson, dass sie sich für sie Zeit genommen hatte, und ging langsam an den anderen Ständen vorbei zurück in das kühle, stille Foyer des Konferenzzentrums. Wenigstens konnte sie sich auf einen Kaffee freuen. Aber vorher würde sie einen langen Spaziergang unternehmen. Den ganzen Tag hatte sie die Nachricht vom Tod der alten Dame im Hinterkopf gehabt. Und bei dem Gespräch mit Wilson war eine Erinnerung oder ein vages Gefühl in ihr aufgestiegen. Sie konnte den Finger nicht darauflegen, aber es war da, unter der Oberfläche, und wartete darauf, Gestalt anzunehmen und ins Bewusstsein aufzusteigen.

25

Während Kali sich mit Wilson unterhielt, fuhr Walter langsam den Hana Highway entlang. Er war eingeklemmt zwischen einem Pärchen im Kabrio, das permanent abbremste, um zu fotografieren, und einem Pick-up, den eine Hörgeschädigte mit Lockenwicklern in den Haaren steuerte. Zumindest nahm er an, dass die Frau hörgeschädigt war, denn ihr Radio plärrte derart laut, dass die Bässe in seinem Sitz vibrierten. Er hätte sich in den Arsch beißen können, weil er im Wagen seiner Frau und nicht im Streifenwagen saß. Doch sie hatte ihn gebeten zu tanken, weil sie am nächsten Tag zur Westseite der Insel fahren wollte, und er hatte keine Lust gehabt, sich beim Abendessen einer Miene ehelicher Enttäuschung gegenüberzusehen.

Er drückte wieder auf die Hupe, obwohl er wusste, dass das zwecklos war. Wie erwartet reagierte man im Wagen vor ihm nicht darauf. Seufzend nahm er den Fuß vom Gas und fand sich mit dem Kriechtempo ab, bis er endlich erleichtert in die Tankstelle vor George's Island Market einbog. Er füllte den Tank und ging hinein, um George Tsui Hallo zu sagen, der wie immer hinter der Kasse saß und die Boulevardzeitung las. Er hielt den Blick auf den Artikel geheftet und quittierte Walters Anwesenheit mit einem Nicken.

»Hier steht, sie haben eine uneheliche Tochter der Queen

entdeckt, in einem australischen Gefängnis, und auf dem Festland haben sie wieder mal eine fliegende Untertasse gesichtet. Irgendwo in Nevada. Hörst du manchmal von solchen Sachen über Funk?«

Walter schüttelte den Kopf. Er zog zwei Zwanziger aus dem Portemonnaie und schob sie über die Theke zu George. »Nee. Absolut nicht. Aber schade, dass Nevada der erste Eindruck ist, den intelligente Außerirdische von der Erde bekommen.«

Einen Moment lang waren beide still.

Dann nickte George. »Bali, Rom oder Honolulu wären die bessere Wahl.«

»Vielleicht nicht Honolulu.«

»Okay, vielleicht nicht, aber du verstehst, was ich meine. Vielleicht kommen sie von einem Planeten, wo es keinen Sand gibt, dann könnten sie in Nevada spannende Fotos fürs Familienalbum machen.«

George drückte die Tasten der Registrierkasse, und die Schublade fuhr heraus. Er legte das Geld hinein, ohne auf das Fach zu achten, denn er blickte Walter über den Brillenrand an. »Gib mir rechtzeitig Bescheid, wenn du was Intergalaktisches hörst, Walter. Ich brauche Zeit, um den Bestand an Wegwerfkameras aufzufüllen.«

Walter schmunzelte und wandte sich zum Gehen. Er wollte gerade zur Tür hinaus, als sich ein Mann hereindrängte und ihn am Arm streifte. Walter war verärgert – es war genug Platz für beide, und es schien fast, als hätte der Mann die Berührung nicht mal wahrgenommen. Als der Kunde zu den Kühlregalen im Hintergrund des Ladens abbog, sah Walter überrascht, wer es war: Polunu Hausuka. Polunu öffnete eine Tür, suchte sich ein Sandwich aus und ging zurück zur Kasse.

George blickte neugierig auf und musterte seinen Kunden. Walter zwinkerte George zu, der sich sofort seiner Zeitung zuwandte.

Polunu verzog halb wütend, halb verlegen das Gesicht. »Sie schon wieder. Folgen Sie mir etwa?«

»Ich war vor Ihnen hier. Dachte, ich kauf mir mal einen Schokoriegel.«

»Sehr komisch.« Verächtlich beäugte er Walters beträchtlichen Leibesumfang. »Hacken Sie immer auf Schwächeren herum?«

Walter machte plötzlich ein ernstes Gesicht, als müsste er über die Frage nachdenken. »Nein, nicht immer. Nur wenn es sich um einen Dieb handelt.«

»Das ist wahr«, sagte George hinter seiner Zeitung.

Polunu zögerte, wirkte aber fluchtbereit, denn er hatte sein Gewicht auf ein Bein verlagert. Er legte das Sandwich auf die Theke. »Behalten Sie es«, sagte er zu George.

Walter drehte sich um und beobachtete, wie Polunu mit leeren Händen zur Tür hinausging.

Hinter ihm hüstelte George. »Möchtest du mir vielleicht erklären, was das sollte?«, fragte er. »Ich glaube, du hast mich gerade um ein Geschäft gebracht.«

»Das war mein Lieblingstaschendieb«, antwortete Walter.

»Taschendieb? Ich dachte, sein Talent beschränkt sich auf Snacks.«

»Hat er dich auch beklaut, George?«

Der zuckte mit den Schultern. »Klar. Ich denke, das macht er überall.«

»Das scheint dir nicht allzu viel auszumachen.«

»Hab nicht gesagt, dass es mir gefällt. Aber das liegt in seiner Natur. So ist er nun mal. Man kann ihn so wenig vom Stehlen abbringen, wie man die Vögel am Singen hindern kann. Sie können nicht anders. Und er kann nicht anders. Manchmal muss man die Natur eines anderen akzeptieren, selbst wenn sie einem unsympathisch ist.«

Walter betrachtete George überrascht. »Das ist sehr philosophisch.«

George fasste sich nachdenklich ans Kinn. »Kann sein. Aber wenn ich ihn je auf frischer Tat ertappe, breche ich ihm den Arm.« Dabei zog er in aller Ruhe einen Baseballschläger unter der Theke hervor.

Walter lachte. »Das könnte Eindruck machen. Würdest du ihn wirklich damit schlagen?«

George legte den Schläger wieder weg, dann sah er seinen Freund ernst an.

»Selbstverständlich. Das liegt in meiner Natur.«

26

Polunu stolperte auf der Bühne. Er war blass, ihm stand der Schweiß im Gesicht, als wäre ihm plötzlich sehr übel geworden. Auf dem Barhocker an der Ecke der Theke saß ein Mann, den er kannte und der ihn beobachtete. Das war das vereinbarte Zeichen, am nächsten Morgen zum Treffpunkt zu kommen.

Als am Ende der Nummer das Licht anging, ging Polunu in die Garderobe und ließ sich mit dem Umziehen Zeit. Anschließend war der Mann verschwunden, die Nachricht war überbracht. Polunu verließ resigniert das Hotel. Er hatte nicht mehr die Energie, heute Abend noch Touristen zu beklauen.

Am nächsten Morgen schälte er sich vor Morgengrauen aus dem Bett. Er war übermüdet, weil er sich in der Nacht hin und her gewälzt hatte. Er belud den Lieferwagen, dann brühte er sich eine Tasse Kaffee, ließ ihn jedoch unberührt stehen, weil er Sorge hatte, zu spät zu kommen. Vorsichtig fuhr er zu dem Waldweg, der zur Steilküste führte. Unten flackerten die Lampen einer dreizehn Meter langen Motorjacht vor dem noch dunklen Himmel.

Er setzte den Wagen vorsichtig zurück und blieb am Beginn des schmalen Pfades stehen, der zu der Bucht hinunterführte, wo der Mann das große Dingi festgemacht hatte, mit dem er die Strecke zwischen der Motorjacht und dem Lieferwagen überbrückte. Unten angekommen, nahm er eine Bewegung wahr, dann sah er den stämmigen Mann auf sich zukommen.

»Morgen«, sagte er.

Der Mann nickte und zog einen Mundwinkel hoch. »Morgen. Entschuldigen Sie die kurzfristige Zusatzfahrt.«

Polunu war erleichtert. Vielleicht hatte sich das Video doch nicht so weit verbreitet, und seine schlaflose Nacht war unnötig gewesen. Vielleicht war sein peinlicher Auftritt unbemerkt geblieben, und er würde seinen lukrativen Nebenjob behalten.

»Kein Problem.« Er deutete mit dem Kopf zum Dingi. »Soll ich anfangen?«

»Man soll nichts auf die lange Bank schieben«, antwortete der Mann noch immer freundlich.

Das war der schwierige Teil an der Sache. Der Transport auf das schaukelnde Beiboot und dann auf das Deck der Jacht und hinunter in die Kabinen musste vorsichtig und so leise wie möglich passieren. Die kleine Bucht lag sehr abgeschieden, aber es war immer möglich, dass sie von einem Camper oder Wanderer gesehen wurden.

Die frühmorgendliche Aktion dauerte fast eine Stunde, und als sie fertig waren, zeigten sich die ersten Streifen Sonnenlicht am Horizont, orange und warm. Polunu atmete erleichtert auf. Der Mann hatte noch immer kein Wort von dem YouTube-Video gesagt, in dem sein Handgemenge mit der Touristin zu sehen war.

Als sie auf dem weiten Teakholzdeck der Jacht standen, bot ihm der Mann einen Platz an. »Unglaublich, wie schnell es morgens heiß wird«, sagte er. »Ich habe Saft und Sodawasser in der Kombüse. Kann ich Ihnen etwas anbieten? Wenn Sie etwas Heißes möchten, es gibt auch Kaffee.«

Die ungewohnt freundliche Geste überraschte Polunu. »Klar. Ein Kaffee wäre schön.«

Der Mann ging zur Luke, die unter Deck führte. »Bin gleich zurück. Machen Sie es sich bequem.«

Polunu ließ sich auf einer der Polsterbänke an den Seiten des Achterdecks nieder. Neugierig sah er sich um. Die Jacht war opulent, lauter glänzendes Messing und edle Stoffe.

Drei Minuten später kam der Mann zurück, in jeder Hand einen Kaffeebecher. Einen gab er Polunu und setzte sich ihm gegenüber hin. Er war entspannt und lächelte, hatte einen Arm lässig über die Rückenlehne gelegt. Er trank einen Schluck und seufzte zufrieden.

»Damit sollte das unmittelbare Problem erst mal gelöst sein«, sagte er.

»Schön, dass ich helfen konnte.« Polunu trank von seinem Kaffee.

Der Mann sah ihm zu, wie er sich auf seinem Platz entspannte und übers Wasser schaute. Er trank seinen Becher aus, dann stellte er ihn behutsam in einen Halter in der Ecke des Sitzbereichs, stützte die Unterarme auf die Knie und musterte sein Gegenüber.

Polunu wollte den nächsten Schluck trinken, aber auf einmal konnte er den Becher nicht mehr bis an den Mund heben. Er sah zu dem Mann hinüber. »Ich glaube …« Er stockte, runzelte die Stirn. Er war verwirrt. Er wollte weiterreden, aber aus seinem Mund kam nur ein Gewirr von Silben. Er versuchte es noch einmal, und diesmal brachte er gar nichts heraus. Er starrte den Mann angestrengt an, sah ihn aber nur verschwommen. Kraftlos hob er eine Hand und ließ sie gleich wieder sinken.

Der Mann beobachtete ihn genau. Einige Augenblicke später nahm er Polunu beim Arm und zog ihn vom Sitz hoch.

»Es ist Zeit, sich zu verabschieden, mein Freund.«

Polunu schaute verdutzt. Er schwankte stark und kippte nach vorn. Der Mann fing ihn ab und führte ihn an den Bootsrand, wo das Dingi festgemacht war.

»Vorsichtig«, riet er und half Polunu hineinzusteigen. Er kletterte hinterher und schaute übers Wasser zum Horizont und zur Steilküste hinüber. Nirgends bewegte sich etwas, kein Anzeichen, dass jemand in der Nähe war. Anstatt den Motor anzuwerfen, griff er zu den Rudern, die am Boden lagen.

Polunu saß in dem schmalen Bugraum, eine Hand am Bootsrand. Seine Muskeln schienen nicht richtig zu gehorchen. Ihm sanken immer wieder die Lider herab, als wäre er todmüde. Als ihm erneut die Augen zufielen, griff ihm der Mann an die Schulter und rüttelte kräftig. Polunu riss die Augen auf, doch sie fielen ihm gleich wieder zu.

Der Mann ruderte das Dingi von der Jacht weg, aber anstatt aufs Ufer zuzuhalten, wendete er und nahm die andere Richtung. Kurz darauf hielt er das Dingi an. Der Mann horchte aufmerksam, sein Blick suchte die Küstenlinie ab, ob sich irgendwo etwas bewegte. Nach ein paar Minuten legte er die Ruder ins Boot, griff unter die Bank und holte ein Seil hervor. Grinsend ging er auf ein Knie nieder und fing an, das Seil um Polunus Fußgelenke zu wickeln.

Polunu sah mit offenem Mund hinunter. Er wollte die Füße bewegen, aber sie rührten sich nicht. Er fasste mit einer Hand hinunter. Etwas Schweres war an seinen Füßen befestigt.

»Sitz still, du Idiot.« Der Mann hatte die falsche Freundlichkeit abgelegt und einen harten, ungeduldigen Ton angenommen.

Polunu langte erneut nach unten, diesmal mit einer gewissen Dringlichkeit. Als er verstand, riss er die Augen auf.

Der Mann seufzte und trat vorsichtig hinter Polunu, griff ihm unter die Arme und hob ihn an, um ihn zum Bootsrand zu ziehen. Polunu spürte seinen warmen Atem im Nacken.

»War ein großer Fehler, sich zum YouTube-Star zu machen, du Loser. Ich kann es mir nicht leisten, mit solch einer Berühmtheit gesehen zu werden.« Sein Mund war dicht an Polunus Ohr. »Kannst froh sein, dass ich es bin, der den kleinen Ausflug mit dir macht. Das kannst du mir glauben. Es hätte viel schlimmer werden können.«

Er griff um Polunus Oberkörper und zog ihn auf die Beine. Das Dingi schaukelte bedenklich. Polunu schlenkerte mit den Armen. Er konnte keinen Widerstand mehr leisten. Die Muskelrelaxantien, die der Mann in den Kaffee gerührt hatte, waren schnell ins Blut gelangt, und obwohl Polunu sich anstrengte, etwas zu sagen, wurden Gesicht und Körper immer schlaffer.

Es folgte ein Moment des Fallens, als er nicht mehr ganz im Dingi und noch nicht ganz im Wasser war. Er riss die Augen auf, als sein Unterbewusstsein begriff, was passierte, und blickte zum Himmel hoch. Im warmen braunen Rund seiner Augen spiegelte sich das wolkenlose Blau. Für eine Sekunde trieb er an der Wasseroberfläche, dann zog ihn das Gewicht lautlos in die Tiefe.

Der Mann wartete ab, bis Polunu unter ihm verschwunden war, dann ruderte er zur Jacht zurück und machte das Dingi an der Halterung fest. Er sammelte die Kaffeebecher ein und spülte sie sorgfältig mit Seewasser aus, füllte sie dann damit und ließ sie untergehen. Er sah auf seine Uhr, eine teure

Taucheruhr, die mit einem goldenen Armband an seinem dicken Handgelenk befestigt war.

Mit einem Knopfdruck sprang der Motor der Jacht an. Er setzte die elektrische Winde in Gang und holte den Anker ein, drehte den Bug zum offenen Meer hin und fuhr langsam an der Küste entlang. Am Ende eines privaten Anlegers machte er fest und folgte dem breiten Weg, der zu dem landschaftlich gestalteten Teich und Garten am Haus seiner Tochter führte. Dann schloss er die Hintertür auf.

Er ging in die Küche, um sich eine Tasse aus dem Schrank zu nehmen. Es war Zeit für einen zweiten Morgenkaffee, er würde es sich damit gemütlich machen und ihn genießen. Sein Gesichtsausdruck wirkte völlig sorgenfrei. Doch selbst er wusste nicht alles. Zum Beispiel hatte er die magere, schmutzige junge Frau nicht bemerkt, die zusammengekauert unter einem Baum oberhalb der Stelle saß, an der seine Jacht ankerte, und interessiert beobachtete, wie er Polunu zu seinem Bad im Meer verhalf.

27

Die klimatisierte Luft im Hotel war für Kalis Geschmack zu kalt und unangenehm. Offene Fenster waren ihr lieber. Sie lag ausgestreckt auf dem breiten Bett, das mit einem Quilt in einem fröhlichen Ananasmuster zugedeckt und definitiv bequemer war als ihre Hängematte auf der Veranda.

Wenn sie in ein so breites Bett investieren wollte, müsste sie zuerst eine Wand rausreißen. Die Platzansprüche ihrer Großmutter waren bescheiden gewesen, und Kali hatte bisher wenig Grund gesehen, sich zu vergrößern oder grundlegend zu renovieren, abgesehen von der Veranda und ein paar kleinen Neuerungen. Sie hatte den Herd ersetzt, als er allen Bemühungen trotzte, ihn wieder in Gang zu bringen, hatte an der rückseitigen Veranda neue Fliegengitter angebracht und den alten Linoleumboden in der Küche herausgerissen und Bambusdielen verlegt, aber mehr auch nicht. Im Grunde hatte sie alles, was sie brauchte. Dennoch ließ sich nicht leugnen, wie bequem das Hotelbett war.

Plötzlich spürte sie, wie einsam sie war, und deshalb stand sie auf, um zu duschen und sich anzuziehen. Sie war noch immer müde von den vielen Eindrücken bei der Konferenz, aber anstatt sich von dem Nickerchen erfrischt zu fühlen, war sie matter als vorher.

Beim Packen war sie nicht auf die Idee gekommen, sie

könnte sich mit jemandem auf einen Kaffee verabreden, doch vermutlich waren eine frische Jeans und eine saubere Bluse akzeptabel. Sie hatte das weiße T-Shirt mitgenommen, das sie am liebsten trug, das mit den aufgestickten hawaiianischen Felszeichnungen. Sie schüttelte es aus, um es zu glätten, denn es hatte ein paar Falten bekommen, weil sie es ganz zuletzt noch schnell in die Reisetasche gestopft hatte. Sie zog es über, dann entwirrte sie die Talismane an der Lederschnur, die sie um den Hals trug. Darunter befand sich eine kleine Meeresschnecke. Sie betastete sie und erinnerte sich an den Morgen, als Mike sie ihr gegeben hatte. Er hatte sie bei ihrem täglichen gemeinsamen Lauf über den Strand gefunden. Während sie sich die vom Schlaf zerzausten Haare kämmte und die Zähne putzte, betrachtete sie sich im Spiegel über dem Waschbecken und fragte sich, was andere in ihr sahen. Vielleicht fügte sie sich unauffällig in die Umgebung, war sie einfach eines von vielen typischen Gesichtern auf einer Tropeninsel.

Ein paar Minuten bevor sie im Foyer sein sollte, fuhr sie mit dem Aufzug nach unten. Sie rechnete damit, als Erste dort zu sein, doch Jack wartete schon auf sie. Er saß in sehr gerader Haltung, die Hände locker im Schoß, in einem der übertrieben tiefen Sessel. Er sah sie nicht aus dem Aufzug kommen, doch als sie auf ihn zuging, sprang er auf und strahlte sie an. Er trug eine Jeans, die frisch gebügelt aussah, genau wie sein Hawaiihemd mit dem bunten abstrakten Muster. Trotz der Bügelfalten wirkte er ohne seinen Blazer ein bisschen ungezwungener. Es gelang ihr, nicht zu lächeln.

»Hallo«, sagte er, als sie zu ihm trat.

»Aloha«, antwortete sie.

Im Foyer wimmelte es von Leuten. Etliche schlängelten sich

zur Kaffeebar durch, wo zwei Baristas hastig den Bestellungen nachkamen. Kali blickte zum Ausgang und bekam plötzlich einen Bärenhunger.

»Sie haben nicht zufällig Lust, einen Happen essen zu gehen?«, fragte sie zögernd. »Es gibt in der Nähe ein tolles Fischrestaurant.«

Er lächelte breit. »Gute Idee. Andernfalls wäre ich wieder unangenehm aufgefallen, weil ich den Brownies und Plätzchen an der Kaffeebar nicht widerstehen kann.«

»Wunderbar. Es ist nur drei Blocks entfernt. Macht es Ihnen etwas aus, zu Fuß zu gehen?«

»Überhaupt nicht. Es ist gerade sehr schön draußen. Während ich mich umgezogen habe, konnte ich vom Fenster aus sehen, dass die Sonne untergeht. Vielleicht sehen wir später den Mond aufgehen.«

»Die Wohnstätte Hinas.«

Jack zog eine Braue hoch. »Hina?«

»Die Mondgöttin.«

Am Hotelausgang hielt er inne, um ihr den Vortritt zu lassen. Sowie sie in der warmen Abendluft standen, erzählte sie weiter.

»In den Geschichten unserer Ahnen heißt es, dass Hina ihr Leben lang für ihren Mann und ihre Kinder sorgte, die das alle nicht zu schätzen wussten. Jeden Tag arbeitete sie hart, um Kapa aus der Rinde von Maulbeerbäumen herzustellen, und klopfte sie stundenlang, bis sie geschmeidig genug waren, um daraus Baststoff herzustellen.«

Jack blickte sie erwartungsvoll an, während sie den Bürgersteig entlanggingen. »Und weiter?«

»Eines Tages war sie es leid, warf die Arbeit hin, verließ ihre undankbare Familie und stieg zum Mond hinauf, wo sie niemand mehr belästigen und sie im kühlen silbrigen Licht ausruhen konnte.« Sie lachte. »Ich kann es ihr nicht verdenken.«

Jack grinste. »Gibt es für alles eine Sage?«

»So ziemlich. Mitunter mehr als eine.«

Entspannt schweigend schlenderten sie weiter. Nach ein paar Querstraßen bog Kali ab und führte Jack zu einem Weg, der mit Petroleumfackeln beleuchtet war. Die Flammen flackerten in der leichten Brise.

»Ich esse nicht oft hier, aber es war bisher immer gut, selbst wenn ein Jahr dazwischenlag. Es wird von einer einheimischen Familie betrieben, der es auch gehört. Hoffentlich hat sich nichts geändert und es steht noch derselbe Koch in der Küche.«

Eine junge Kellnerin im geblümten Sarong brachte sie zu einem Tisch auf der überdachten Terrasse und gab ihnen die Speisekarte. Neben dem Tisch sorgten Palmen in hohen Keramiktöpfen für etwas Abgeschiedenheit und Romantik.

Jack lächelte. Es war ein schiefes, lässiges Lächeln. »Oje, wahrscheinlich hält sie uns für ein Liebespaar, das sich einen romantischen Abend machen will.«

»Meinen Sie, wir sollten ihr sagen, dass wir uns nur über Vulkane austauschen wollen?«, fragte Kali.

Er wurde verlegen.

»Oh ... das tut mir leid, ich wollte nicht ...«

»Schon gut. Das war ein Scherz. Die Kellnerin hat es bestimmt nur nett gemeint.« Er klappte die Speisekarte auf und begann zu lesen.

»Fischgerichte sind hier am besten«, sagte Kali, um ihm die Wahl zu erleichtern.

Er studierte die Auswahl der Fische, dann blickte er überrascht auf. »Wow. Hier isst man Delfine?«

Sie sah ihm an, dass er entsetzt war. »Nein, Dolphinfish ist eine Makrelenart, ein grün-gelber großer Fisch mit einem mürrischen Gesicht. Der ist nicht mit Flipper verwandt.«

»Oh«, murmelte er. »Ich hatte keine Ahnung. Im ersten Moment dachte ich …«

Kali lächelte. »Ist okay. Viele Leute reagieren so. Was eigentlich eine gute Sache ist, wenn man drüber nachdenkt. Meistens steht er unter dem hawaiianischen Namen, Mahi-Mahi, auf der Speisekarte. Hier wird er sehr gut zubereitet, in der Pfanne gebraten mit heimischen Tomaten und süßen Maui-Zwiebeln oder mit Kokosraspeln überbacken.«

Er wirkte merklich erleichtert.

»Und Ahi? Was für ein Fisch ist das?«

»Thunfisch. Aber Ahi klingt interessanter, nicht wahr?«

Er lachte. »Verdammt. Das ist alles sehr verwirrend. Die Macht des Marketings, nehme ich an. Allerdings gebe ich gern zu, dass Crème brûlée auch viel verlockender klingt als angesengter Kochpudding.« Einen Moment lang überlegte er. »Mir fällt da ein Artikel ein, den ich vor einer Weile in einer Zeitschrift gesehen haben. Der Autor hatte zwei Psychologen interviewt, die meinten, dass wir unser Essen mehr genießen und es für schmackhafter halten, wenn es interessante Namen hat und auf schönen Tellern serviert wird.«

Kali dachte darüber nach. Ihr kamen die Pappbehälter in den Sinn, die ihren Kühlschrank füllten. Meistens aß sie direkt aus dem Behälter, anstatt das Essen auf einen Teller oder in eine Schale zu füllen. Auf diese Weise machte sie kein Geschirr schmutzig, und in gewisser Weise war das weniger deprimierend, als vor einem einzelnen Gedeck am Tisch zu sitzen.

»Ich kann mir gut vorstellen, dass das einen Effekt hat«,

sagte sie skeptisch, »besonders wenn man in einem schicken Restaurant sitzt und für sein Essen viel Geld bezahlt.«

»Ja, vielleicht trägt das zum Erlebnis bei, und wenn man das Gefühl hat, verwöhnt und besonders aufmerksam bedient zu werden, und man in einem schönen Ambiente mit schönen Gläsern und Porzellan sitzt, ist gar nicht mehr so wichtig, wie gut das Küchenteam eigentlich ist. Oder wie hoch die Rechnung wird.«

»Hmmm. Ich denke eigentlich, ich erkenne ein zu lange gebratenes Steak, egal wie hübsch es mir serviert wird.«

Die Kellnerin kam und fragte, ob sie Cocktails bestellen wollten. Jack nickte und sah Kali grinsend an. »Sie denken sicher, das ist der Gipfel der Albernheit, aber ich brenne darauf, einen Lava Flow zu probieren. Ich habe gehört, wie den jemand an der Hotelbar bestellte an dem Abend, als ich eingecheckt hatte, aber da war ich zu müde, um mich auf ein Experiment einzulassen. Aber mir scheint, das ist die einzig richtige Wahl für einen Vulkanologen, der etwas auf sich hält, finden Sie nicht?«

»Ich finde, Sie müssen ihn unbedingt probieren. Er schmeckt tatsächlich ziemlich gut. Er wird wie Piña Colada aus Ananassaft, Kokoscreme und Rum gemacht, aber mit einem Streifen Erdbeerpüree darin.« Sie sah zur Kellnerin hoch. »Zwei Lava Flow, bitte.«

Als die Cocktails kamen, nahm er das Glas sichtlich entzückt in die Hand und drehte es, um die Schlieren aus Erdbeerpüree in dem sahnigen Getränk näher zu betrachten.

»Wow! Das sieht wirklich wie ein Lavastrom aus, nur ohne die Hitze.« Er trank durch den Strohhalm. »Hmm … wirklich lecker.«

Kali war sonderbar bewegt von seiner unschuldigen Freude. Sie sah ihn lächeln und merkte, dass sich ihre Laune hob. Mit Jack konnte man ganz entspannt zusammen sein.

»Ich habe den Eindruck, dass Sie zum ersten Mal in Hawaii sind.«

Er verzog das Gesicht. »Ist das so offensichtlich?«

»Ja, aber nicht auf die unangenehme Art.«

Das machte ihn nachdenklich. »Mir war immer klar, dass ich mal irgendwann hierherreise, besonders in beruflicher Hinsicht. Ich fürchte, ich bin ziemlich versessen auf Vulkane. Bei meiner Forschung geht es um die Frage, wie viel Geothermalenergie in der Nähe eines Vulkans gewonnen werden kann und bis zu welchem Abstand. Ich interessiere mich besonders für aktive Vulkane und wie deren Hitze gespeichert oder genutzt werden kann, um saubere Energie zu erzeugen.«

»Sie reisen von einem Vulkan zum anderen?«

»Wenn möglich, ja. Meistens arbeite ich im Freien, nicht im Labor. Ich habe viel Zeit in Italien und auf den Azoren verbracht, wo ständig Aktivität ist. Das ist aufregend. Ich bin gerne direkt an der Quelle, wenn ich weiß, dass irgendwo unter der Erde, auf der ich stehe, Urkräfte am Werk sind.«

»Das scheint gefährlich zu sein.«

»Nicht so gefährlich wie die Arbeit eines Detectives, möchte ich wetten.«

Die Kellnerin kam und bat um die Bestellung. Während Jack seine Wahl traf, dachte Kali über seine letzte Bemerkung nach.

»Unter bestimmten Umständen kann die Arbeit eines Buchhalters auch gefährlich sein.« Nach kurzem Zögern entschied sie, mehr zu verraten. »Ich bin nicht nur Detective. Ich habe auch einen Abschluss in Kulturanthropologie. Das ist oft überraschend nützlich. Viele Verbrechen und ihre Motive haben mit Dingen zu tun, die kulturell bedeutend sind.«

Er sah sie mit ehrlicher Neugier an. »Faszinierend. Wissen Sie, ich habe eine Zeit lang in Florida gelebt und von dort ein paar kurze Reisen in die Karibik unternommen. Ich dachte eigentlich, Hawaii wäre genauso, lauter Sand und Palmen.«

Er schaute anerkennend zu den sanft schwankenden Palmen am Rand der Terrasse.

»Und?«

»Nun ja«, antwortete er langsam, »es ist ganz anders, nicht wahr? Natürlich bietet Hawaii all das auch – die Strände, die Sonnenuntergänge, die entspannte Lebensart. Aber … es ist auch so, als ob die Farben hier satter, leuchtender sind, die Luft besser riecht, und alles erscheint viel lebendiger.« Er stockte und strich am Stiel seines Glases entlang. Dabei blickte er sie intensiv an. »Wahrscheinlich klinge ich wie ein alberner Tourist.«

»Nein«, widersprach sie ernst. »Was Sie sagen, ist wahr. Nur wenige Leute sehen das. Und Sie sind nicht mal aus Waikiki rausgekommen, oder? Hier ist es ziemlich touristisch. Es gibt hier Gegenden, die fast noch so sind wie früher. Ich hoffe, Sie haben Gelegenheit, sich einige anzusehen, bevor Sie zurückfliegen.«

»Ja, ich werde vielleicht tatsächlich für eine Zeit lang hier leben. Ich bin in der engeren Auswahl für ein Forschungsprojekt auf Big Island. Da soll am Kīlauea geforscht werden, solange er in der aktiven Phase ist. Es kommen noch einige andere Leute infrage, aber ich drücke mir die Daumen.«

Kali war überrascht, wollte sich das aber nicht anmerken lassen. »Haben Sie Pele um Erlaubnis gebeten?«

»Ah.« Er lächelte. »Auf den Azoren musste ich auch auf verdrießliche Heilige achtgeben, deren Namen ich nicht aussprechen konnte. Aber ich weiß, wer Pele ist. Die Göttin, die in dem Vulkan lebt, hab ich recht?«

»Genau. Aber natürlich ist mehr an der Geschichte dran. Sind Sie interessiert?«

Jack nickte, dann hörte er konzentriert zu.

»Von der Geschichte über Pele gibt es mehrere Versionen, aber sie gehört zu unseren bedeutendsten und mächtigsten Göttern. Sie hatte ständig neue Liebhaber, darunter auch den Ehemann einer ihrer Schwestern, Nāmaka, die die Göttin des Meeres ist. In einer Geschichte stammt Pele aus Tahiti und wurde von ihrem Vater wegen ihres zerstörerischen, übellaunigen Temperaments und der ständigen Streitereien mit ihren Schwestern verbannt.«

Kali schaute in die Ferne, wo das Band des Sandstrands die Insel zusammenhielt. »Sie wurde in einem kleinen Boot auf dem Meer ausgesetzt und schließlich von der Strömung an den Strand einer kleinen gebirgigen Insel Hawaiis getrieben. Dort wollte sie sich einrichten, aber die dort residierenden Schneegöttinnen, die auf den Gipfeln des Gebirges wohnten, hielten nicht viel davon. Sie schickten ihr Schnee- und Eisstürme, um sie zu vertreiben.«

»Hm. Das klingt so gar nicht nach Tropen.«

»Nun ja, eigentlich doch, wenn man bedenkt, dass der Mauna Kea auf Big Island die meiste Zeit des Jahres schneebedeckt ist. Aber Hawaiianer wissen, dass Pele am Ende jeden Streit gewinnt, weil sie über das Feuer herrscht. Wenn Sie also dort herumstochern wollen, wo sie wohnt, sollten Sie sehr respektvoll sein, sonst bekommen Sie ihr Temperament zu spüren.«

Das Essen wurde serviert, und Jack nahm einen herzhaften Bissen von seinem Mahi-Mahi. Er kaute andächtig, dann lächelte er. »Wenn Sie von Respekt reden, meinen Sie das ernst, nicht wahr? Gibt es nicht irgendwelche spirituellen Zeremonien oder Ähnliches, mit denen man die Götter bei Laune halten kann?«

Kali nickte. »Sicher. Viele. Ich führe selbst welche durch, aber wahrscheinlich nicht so oft, wie ich sollte.«

»Wie meinen Sie das?«

Sie zögerte. Eines wollte sie jetzt ganz sicher nicht: sich mit einem Wissenschaftler auf eine Diskussion über spirituelle Praktiken einlassen. Sicher auch, weil sie noch immer Schuldgefühle hatte. Wo immer der Geist ihrer Großmutter jetzt war, sie schüttelte vermutlich enttäuscht den Kopf.

»Ich meine nur …, dass es zum Leben eines Hawaiianers dazugehört.« Sie fand, es war Zeit, das Thema zu wechseln. »Erzählen Sie mir etwas über Vulkane, das ich noch nicht weiß.«

Jack tippte sich mit zwei Fingern an die Oberlippe und überlegte. »Also, über achtzig Prozent der Erde sind vulkanischen Ursprungs, und die Vulkane in Hawaii gehören zu einem Vulkangürtel, dem Pazifischen Feuerring. Er verläuft entlang der Küsten des Pazifiks.«

Sie war beeindruckt. »Gut zu wissen. Aber die Immobilienmakler in den Gegenden werden das sicher nicht betonen.«

Jack lachte, und sie wandten sich entspannt ihrem Essen zu. Kali genoss seine Gesellschaft, auch wenn sie nicht bereit war, genauer über ihre Motive nachzudenken. Bei diesem intelligenten, witzigen Mann mit dem unbeschwerten Lachen und dem feurigen Haarschopf fühlte sie sich, als wäre sie genau am richtigen Platz. Das war ein neues Gefühl, aber ein gutes.

28

Am nächsten Nachmittag fuhr sie mit dem Mietwagen den H-1 nach Westen an der Flottenbasis von Pearl Harbor vorbei und hörte den hawaiianischen Musiksender. Dabei dachte sie an das Essen mit Jack. Der Abend war unerwartet schön gewesen, und Jack schien sich auch wohlgefühlt zu haben. Sie hatten ihre Visitenkarten ausgetauscht, und er hatte gesagt, sie solle ihm Bescheid geben, wenn er etwas zu ihrer Ermittlung beitragen könne.

Jetzt, da sie allein durch die Landschaft fuhr, bereute sie es, ihn nicht angerufen und gefragt zu haben, ob er Lust hätte, mit ihr an die Nordküste von O'ahu zu fahren, zu den berühmten Surfstränden.

Sie bog in nordwestlicher Richtung auf den Highway 99 ab, der nicht so befahren war wie der parallel verlaufende H-2 und wo es noch Gebiete ohne riesige Hotelbauten gab. Sie fuhr durch das Städtchen Wahiawa, wo der 99 in den 83 überging. An dieser Kreuzung befand sich die letzte Solarfirma ihrer Liste. Am Vormittag war sie zum Hafen von Ko Olina gefahren, wo etliche riesige Luxushotels dicht am Wasser standen. Das hatte sich als Zeitverschwendung erwiesen, und so würde es auch bei der nächsten Firma sein, davon war sie überzeugt.

Die Firmenbesitzerin in Ko Olina hatte sich bei Kalis Frage nach gestohlener Ware verständlicherweise empört gezeigt und sie dann widerwillig herumgeführt. Sie hatte Kali erklärt, dass die von ihr verkauften Photovoltaikanlagen alle auf einer neuen Technologie basierten, durch die der Nutzer die aufgenommene Energiemenge jedes einzelnen Moduls ermitteln könne. Der Hausbesitzer könne sogar auf einer persönlichen Webseite verfolgen, wie viel Energie er gewonnen und wie viel er verbraucht habe.

Ihr letzter Firmenbesuch war tatsächlich ebenfalls vergeudete Zeit. Das Ehepaar, dem die Firma gehörte, installierte und wartete die Anlagen selbst. Die beiden wirkten ehrlich überrascht bei der Vorstellung, dass jemand Solarmodule von Dächern stahl, und boten bereitwillig an, die eigenen Lieferquellen und Verkäufe offenzulegen.

Das Einzige, was die hawaiianischen Solarfirmen miteinander verband, war, dass sie ihre Waren von denselben beiden Herstellern bezogen. Einer befand sich in Japan, der andere auf dem amerikanischen Festland. Davon abgesehen gab es keinerlei Verbindung zwischen ihnen.

Kali war frustriert und hatte den Besuch viel eher beendet als beabsichtigt. Die Uhr am Armaturenbrett sagte ihr, dass die Mittagessenszeit gerade vorbei war, und sie musste erst um elf Uhr am nächsten Vormittag zum Rückflug erscheinen. Einer Eingebung folgend fuhr sie an den Straßenrand und nahm ihren kleinen Rucksack auf den Schoß.

Jacks Visitenkarte steckte in der Innentasche. Sie zog sie hervor und starrte darauf, während ihre Bedenken, ihn zu einer Fahrt zur anderen Seite der Insel einzuladen, in der warmen Nachmittagssonne verblassten. Sie schaute aus dem Wagenfenster zu den Gipfeln der Ko'olau Mountains, die von den verstopften Straßen Honolulus weit entfernt waren. Es wäre schade, ihn abreisen zu lassen, wenn er von Hawaii nicht mehr als Waikiki Beach gesehen hatte, fand sie. Aber sie war auch neugierig, ob das leichte Gefühl von Anziehung die Nacht überdauert hatte.

Dreimal würde sie es klingeln lassen, und wenn er dann nicht rangegangen war, würde sie auflegen. Sie tippte die Nummer ein und beim dritten Klingeln meldete er sich.

»Hallo Jack, hier Kali. Ich habe gerade überlegt, ob Sie Lust hätten, sich das berühmte Big-Wave-Surfen anzusehen.«

»Surfen? Ja, das wäre schön.« Er klang begeistert. »Solange Sie nicht erwarten, dass ich es selbst versuche.«

Sie versprach ihm, dass es eine reine Beobachtungsexkursion werden würde, und verabredete sich mit ihm vor dem Hotel. Sie tankte den Wagen auf, dann fuhr sie in die Stadt zurück. Als sie vor dem Eingang hielt, stand Jack schon draußen im Schatten an die Hauswand gelehnt. Er winkte und kam zum Auto.

»Hallo«, grüßte er lächelnd. »Wie läuft die Ermittlung?«

»Nicht besonders zufriedenstellend«, antwortete sie, als er einstieg. »Aber ich habe alles erledigt, was ich auf O'ahu erledigen wollte. Also kann ich mir jetzt einen schönen Nachmittag machen. Und ich dachte, es wäre doch gastfreundlich, Ihnen die andere Seite der Insel zu zeigen. Die ist ganz anders als das, was Sie bisher vermutlich gesehen haben.«

Sie blickte ihn kurz an, um einzuschätzen, wie groß sein Interesse war. Er hatte sich die Straßenkarte aus dem Fach zwischen den Vordersitzen genommen und klappte sie bereits auf.

»Das ist sehr nett von Ihnen«, sagte er ohne aufzublicken. Stattdessen folgte er der Straße mit dem Finger. »Fahren wir zur Nordküste? Die ist hier mit vielen kleinen Surfern markiert.«

»Ja. Die Gegend ist berühmt für die großen professionellen Surfwettbewerbe. Im Augenblick ist zwar nicht die Jahreszeit für richtig hohe Wellen, aber da surfen immer viele Einheimische. Wenn Sie das noch nie gesehen haben, kann das ziemlich aufregend sein. Aber wenn Sie lieber woandershin möchten …«

»Nein«, unterbrach er rasch. »Das ist wunderbar. Ich kann unmöglich nach Hause kommen und erzählen, dass ich drei Tage in Hawaii war und nur das Hotelgelände gesehen habe. Das wäre zu peinlich.«

Er wurde auf die Radiomusik aufmerksam und griff zum Lautstärkeregler.

»Stört es Sie, wenn ich das ein bisschen lauter stelle? Die Musik ist sehr schön.«

Sie versuchte, sich ihre Freude nicht anmerken zu lassen. »Nur zu.« Sie lauschte einen Moment lang. »Das sind die Ka'au Crater Boys.«

Er drehte die Musik lauter und summte mit. Frische Luft strömte durch die offenen Fenster, und Kali fällte eine Entscheidung.

»Wie wär's, wenn ich Ihnen bei Gelegenheit und wenn Sie Zeit haben, einen Crashkurs in hawaiianischer Geschichte und Kultur gebe?«

Er wirkte interessiert, aber auch ein bisschen argwöhnisch. »Ist ein Ritual damit verbunden?«

Sie zuckte mit den Schultern. »Auf jeden Fall Musik und Feuertänzer.«

Das weckte seine Neugier. »Sprechen Sie weiter.«

»Im Polynesischen Kulturzentrum gibt es eine wirklich gute Show, die sich zu einer Lokalattraktion entwickelt hat. Sie bieten ein wirklich anständiges Lū'au. Dort sind auch Dörfer aufgebaut, die die verschiedenen polynesischen Inseln repräsentieren und in denen ihre Kunst, ihr Handwerk, ihre Ernährungsgewohnheiten, eigentlich die gesamte Kultur dargestellt werden. Manchmal kann man sogar mitmachen, und die Show ist hier auch wirklich gut. Wenn Sie nicht zu einer bestimmten Zeit im Hotel sein müssen, könnten wir hinfahren, sobald Ihr Surfunterricht zu Ende ist.«

Jack lachte. »Ich werde konsequent am Strand bleiben. Aber eine Show mit Essen und Feuer? Genau meine Kragenweite.«

Sie entspannte sich. Sein Lächeln schien echte Freude auszudrücken.

Sie hörten weiter Radio und genossen den kühlen Fahrtwind. Als sie an der Nordküste ankamen, waren viele Einheimische und Schaulustige am Strand. Kali parkte auf dem Seitenstreifen, und sie gingen über die Straße zu einer Stelle, wo Stadionbänke aufgestellt waren.

»Das habe ich ja noch nie gesehen«, sagte er, als sie ein paar Reihen hinaufstiegen. »Eine Tribüne am Strand?«

»Die stehen hier fast das ganze Jahr, weil das die beliebteste Stelle für Wettbewerbe ist, wenn die Big-Wave-Saison anfängt, und so ist es einfacher, die vielen Leute unterzubringen. Da herrscht manchmal ein ziemlicher Rummel an Surfern, Zuschauern, Sponsoren und Fernsehcrews.«

Heute jedoch war alles friedlich. Die Surfer – vom Teenager bis zu älteren Leuten, die aussahen, als könnten sie über achtzig sein – paddelten und stiegen im Einklang mit den Wellen auf. Kämpfe um Surfterritorien gab es an diesem ruhigen wettkampffreien Nachmittag zum Glück nicht.

»Wenn ein Wettbewerb läuft, kann es hier mörderisch zugehen«, erzählte sie. »Aber heute scheint jeder mit den Inselgöttern, die Macht über das Meer haben, im Reinen zu sein.«

Jack blickte sie mit offensichtlicher Neugier an. Sie erklärte ihm, dass es für traditionsbewusste Hawaiianer kein befremdlicher Gedanke sei, mit dem Wasser und den darin wohnenden Geistern eins zu sein. Bis die calvinistischen Missionare auf der Insel landeten und ihren Glauben mit in diese alte, bereits weit entwickelte Kultur brachten, war das Surfen fast eine Religion für sich.

Das Balancieren auf dem Wellenkamm wurde mit Freude und Ehrfurcht betrieben. Kunstvoll von Hand gefertigte Bretter wurden mit heiligen Gesängen geweiht, bevor sie ihren Weg in die hohen Wellen fanden. Könige und Gemeine perfektionierten die Kunst des Wellenreitens, auch wenn dabei strenge Klassenunterschiede galten und sie niemals gemeinsam surften oder auch nur denselben Strand betraten.

Jack war still und schien darüber nachzudenken, was sie gesagt hatte. Kali nahm das als Zeichen von Interesse und erzählt ihm, wie das Surfen in den Sechzigerjahren ein enormes Revival erlebte.

»Das lag an den Gidget-Filmen. Das Surfen vermittelte seine eigene Botschaft von Frieden, Liebe und Strand. Es gab viele Filme und Zeitschriften darüber, und es wurden massenhaft Surfboards produziert. Ikonen wie Woody Brown und Anona Napoleon erlangten immense Berühmtheit. Hawaii ist auch heute noch ein Mekka für Surfer. Sie reisen aus allen Teilen der Welt an, nur um an denselben Stränden zu surfen wie ihre Idole.«

Sie verstummte, da ihre Gedanken in dunkle Gefilde abschweiften. Jugendliche wie Kekipi Smith lebten und atmeten noch die alte spirituelle Haltung und zugleich die zeitgenössische Leidenschaft für hohe Wellen und bessere Boards. Das Surfen ist noch lebendig, dachte Kali, auch wenn Kekipi das nicht mehr ist.

Jack, der von ihren Gedanken nichts ahnte, lehnte sich zufrieden lächelnd in seinen Sitz. Die Sonne glitzerte auf dem Wasser, und ein sanfter Wind wehte über ihre Gesichter und erfasste die Haare. Kali merkte, wie sie sich entspannte.

»So. Ich höre jetzt mal auf zu reden. Dann können Sie mir von sich erzählen. Woher kommt Ihre Begeisterung für Vulkane? Welchen finden Sie am interessantesten? Und was ist Ihre Lieblingsfarbe?«

Er machte ein nachdenkliches Gesicht. »Hm. Mal sehen… Vulkane faszinieren mich, weil da enorme Gewalten im Spiel sind und weil sie unmittelbar mit dem fortwährenden Akt der Schöpfung zu tun haben. Ich bin besessen von Pompeji, vielleicht weil ich dadurch als Jugendlicher zum ersten Mal mit dem Thema in Kontakt kam, damals in der Mittelstufe.« Er sah sie abwägend an. »Und im Moment ist meine Lieblingsfarbe ohne jeden Zweifel das Blau des Himmels über diesem Strand.«

Er lächelte. »Jetzt sind Sie dran. Warum sind Sie zur Polizei gegangen, anstatt bei der Anthropologie zu bleiben?«

Ein paar Augenblicke lang sagte sie nichts. Sie fand, es wäre noch zu früh, um über ihren Status als Kahu zu reden.

»Meine Großmutter war eine recht bekannte Historikerin. Ich habe ihr immer sehr gerne zugehört, wenn sie mir etwas über die Geschichte und Kultur der Inseln erzählte. Das hat mich wohl stark beeinflusst. Aber akademische Berufe sind zu sehr mit Stillsitzen verbunden. Die Forschungsarbeit findet mehr am Schreibtisch als im Freien statt. Bei der Polizei dagegen …«, sie überlegte einen Moment lang, »bekommt man einiges zu sehen. Hier liegt viel Schlechtes unter der schönen Oberfläche verborgen. Drogen, häusliche Gewalt. Da frage ich mich manchmal, ob das Gute auf lange Sicht eine Chance hat. Und da ich nicht jeden Morgen mit diesem Gedanken aufwachen möchte, befasse ich mich weiter mit Anthropologie.«

»Das ist recht pessimistisch gedacht, meinen Sie nicht?«

Ein Weilchen schaute er aufs Wasser. Sein Blick folgte einer jungen Frau in einem leuchtend rosa Badeanzug, die sich auf ihrem Surfboard aufgerichtet hatte und ganz gelassen und anmutig an einer Welle entlangritt. Das türkisfarbene Wasser schimmerte und glitzerte in der Sonne.

»Sehen Sie die junge Frau da?« Er zeigte mit dem Arm dorthin. »Wie anmutig und schön! Finden Sie wirklich, dass hier alles schlecht ist?«

Sie überlegte sich ihre Antwort gut und dachte dabei an Mikes Optimismus und die Schüsse, die seine Hoffnungen und sein Leben beendet hatten.

»An manchen Tagen sehe ich das so.« Plötzlich lächelte sie, um die bedrückende Stimmung zu vertreiben, die sich ungewollt eingestellt hatte. Es war schön, hier in der Sonne zu sitzen, neben einem interessanten Mann, der ihre Gesellschaft zu genießen schien. »Damit muss man in meinem Beruf rechnen. Aber die meiste Zeit kann man mit mir viel Spaß haben. Fragen Sie meinen Hund.«

Sein Gesicht hellte sich enorm auf. »Oh, Sie haben einen Hund? Ich bin vernarrt in Hunde. Mein alter Retriever ist letztes Jahr gestorben. Ich bin noch nicht ganz darüber hinweg, nehme ich an. Er war zwölf Jahre alt. Ich habe ihn als Welpen bekommen. Er fehlt mir.«

Sie nickte. »Sie brauchen das nicht zu erklären. Ich verstehe das. Wenn meinem Hilo etwas zustieße, wäre ich am Boden zerstört.«

Sie holte ihr Handy aus der Tasche und scrollte durch die Fotos, bis sie eines von Hilo gefunden hatte, auf dem er stolz im Jeep auf dem Beifahrersitz saß.

»Das ist er. Mein Erster Offizier. Ich habe keine Kinder, daher kann ich Ihnen nur Hundefotos zeigen.«

Er betrachtete es lächelnd. »Das könnte der größte Hund sein, den ich je gesehen habe.« Dann sah er näher hin. »Er sieht glücklich aus.«

Kali warf auch einen Blick auf ihren großen grauen Hund, der direkt in die Handykamera blickte. Sie hoffte, dass er inzwischen aufgehört hatte zu jaulen und Birta und Elvar ihr Angebot, auf ihn aufzupassen, nicht bereuten. Seltsam erfreut über Jacks Reaktion steckte sie das Handy wieder weg und sah auf die Uhr.

»Wenn Sie sich hier sattgesehen haben, könnten wir jetzt zum Kulturzentrum fahren. Da gibt es viel zu besichtigen, bevor die Show anfängt. Wenn Sie heute Nacht ins Hotel zurückkehren, wissen Sie alles, was es über Hawaii zu wissen gibt.«

»Das bezweifle ich«, meinte er skeptisch und grinste dann. »Aber ich lasse mich gern belehren.«

Sie fuhren über den Highway 83 nach Süden zum Freilichttheater und -museum des Polynesian Cultural Center. Dort waren bereits viele Menschen unterwegs, um sich die Dörfer anzusehen und sich in dem ein oder anderen traditionellen Handwerk zu versuchen.

»Haben Sie schon mal selbst Feuer gemacht?«, fragte sie.

»Kann ich nicht behaupten. Ich wäre bei den Cub Scouts

fast rausgeflogen, weil ich absichtlich ein Kanu zum Kentern gebracht habe, in dem unser Anführer saß. Das war noch vor dem Programmpunkt Lagerfeuer. Hat meine Pfadfinderkarriere etwas ausgebremst.«

»Dann können Sie es hier nachholen«, sagte sie lachend.

Sie führte ihn zu einer der Strohdachhütten, in denen Fertigkeiten aus der historischen polynesischen Lebensweise vorgeführt wurden, woran die Besucher sich beteiligen konnten. Ein junger Mann in samoanischer Tracht demonstrierte vor einer Handvoll Zuschauer, wie man mit zwei Stöckchen eine Flamme erzeugen konnte. Eines davon drehte er schnell zwischen den Händen hin und her, und schließlich stieg ein Rauchfaden an der Kontaktstelle der beiden Stöckchen auf. Die Zuschauer hörten zu, während er das Verfahren erklärte.

»Damit das klappt, braucht man zwei aus demselben Holz. Wenn Sie ein Hölzchen von einer Kokospalme und eins von einem Banyanbaum nehmen, passiert gar nichts.«

Der Mann blickte freundlich auf. »Möchte es jemand mal versuchen?«

Jack wartete einen Moment, ob sich jemand meldete. Als sich keiner rührte, hob er die Hand. »Ich würde einen Versuch wagen.«

Der junge Mann winkte ihn zu sich. Er zeigte ihm noch einmal die richtige Technik, dann überließ er Jack die beiden Stöckchen. Jack holte tief Luft und begann, sie gegeneinander zu reiben. Man sah ihm an, wie sehr er sich konzentrierte. Nach ein paar Augenblicken wurde sein Gesicht ganz rot vor Anstrengung. Er hielt inne und musterte sein Werkzeug.

Die Leute klatschten und ermunterten ihn, nicht aufzugeben. Er atmete noch einmal durch und machte weiter. Kurz darauf stieg Rauch auf, und im nächsten Moment glühte ein Funke auf. Der Samoaner beugte sich darüber und blies behutsam auf das rauchende Hölzchen, sodass eine Flamme hochzüngelte. Die Zuschauer jubelten. Jack sah triumphierend auf und suchte Blickkontakt mit Kali.

»Werden Sie jetzt sagen, das war ziemlich gut für einen vom Festland?«, fragte er lächelnd.

Kali schüttelte den Kopf. »Das nicht. Aber wenn ich mal ohne Feuerzeug auf einer einsamen Insel strande, hoffe ich, dass Sie aufkreuzen, damit ich nicht von rohem Fisch leben muss.«

Er lachte und strich sich die Haare aus der Stirn, verschwitzt von der ungewohnten Anstrengung in der heißen, feuchten Luft. Sie verließen die samoanische Hütte und schlenderten weiter durch die Ausstellung. Sie blieben bei den Maori stehen, die ein musikalisches Stockspiel vorführten, bewunderten tahitianische Kranzbinder und sahen Tongaern beim Speerwerfen zu.

Bald war es Zeit, sich zum Lū'au einzufinden. Während sie dem Strom der Leute zur Freilichttribüne folgten, erklärte Kali, wie man den Erdofen früher eingesetzt hatte, um darin das Schwein ganz langsam zu garen, das zu jedem Lū'au gehörte.

»Die Grube wird mit heißen Steinen ausgelegt. Auch das Schwein füllt man damit. Eine Schicht aus Bananen- und Tiblättern sorgt für den Kochdampf, in dem das Fleisch gart. Zuletzt wird die Grube mit Flechtmatten zugedeckt, dann Erde daraufgeschaufelt. Der Trick ist, es stundenlang garen zu lassen, dann wird das Fleisch besonders zart.«

»Sehr beeindruckend«, sagte er. »Wenn ich also mit meiner neuen Fertigkeit des Feuermachens auf der einsamen Insel aufkreuze, übernehmen Sie das Kochen in der Grube?«

»Da würden wir wohl eher verhungern.« Sie lächelte und sah ihren Kühlschrank vor sich, in dem nur Reste von Liefergerichten und altes Obst lagen.

»Hören Sie das?«, fragte er. »Da wird getrommelt.«

Er drehte sich zu dem Weg um, auf dem eine Reihe von Darstellern angefangen hatte, große geschnitzte Trommeln zu schlagen. Jack lauschte wie gebannt dem Klang der Trommeln, die enorm nachhallten. Es schien, als ob die Luft unter den rhythmischen Schlägen vibrierte.

Kali schloss die Augen. Ja, das war Hawaii. Das war der Herzschlag der Inseln, die sie so sehr liebte. Ihr Puls ging schneller, und plötzlich überkam sie das Gefühl, eins mit der Musik zu sein.

Sie fanden ihre Plätze, gerade als die Show begann. Es war dunkel geworden, und Kali ließ sich bereitwillig von einer Insel zur anderen versetzen, während die Geschichte Polynesiens durch Tanz, Gesang und Schauspiel illustriert wurde. Das ist das Wahre, dachte sie, nicht der jämmerliche Abklatsch, der im Wailea Palm Harbor Resort geboten wird.

Bei der letzten Darbietung waren die Zuschauer vollends gefangen. Eine Gruppe Feuertänzer schwang brennende Speere, sodass sich in der Dunkelheit kunstvolle Muster abmalten. Selbst Kali war von dem Anblick bezaubert.

Einer der Tänzer trug in jeder Hand eine traditionelle Kriegskeule und vollführte damit fein choreografierte Bewegungen, denen man unmöglich folgen konnte. Oben an der Waffe blinkte etwas im Feuerschein. Kali setzte sich kerzengerade auf, denn ihr schoss ein Gedanke durch den Kopf, und sie wusste instinktiv, dass sie recht hatte.

Sie neigte sich zu Jack hinüber. »Ich bin gleich wieder da«, flüsterte sie. Sie stand auf und zwängte sich durch die Reihe an den Zuschauern vorbei, von denen die meisten verärgert waren, weil sie ausgerechnet beim großen Finale störte.

Sie ging in einen Bereich, in dem die Musik nur noch leise zu hören war, holte ihr Handy hervor und wählte Walters Privatnummer. Ungeduldig wartete sie, während es klingelte. Endlich hörte sie seine Stimme.

»Hier Alaka'i.« Er klang nicht gerade begeistert.

»Ich weiß jetzt, was die Mordwaffe war.«

»Kali? Wo bist du? Höre ich da Trommeln?«

»Es war eine Kriegskeule. Eine mit Haizähnen. Und wenn das Labor das Alter des Holzsplitters richtig bestimmt hat, handelt es sich wahrscheinlich um ein echtes Sammlerstück. Nicht um eine Replik.«

Zuerst war Walter still, dann stieß er einen Pfiff aus.

»Wieso habe ich daran nicht gedacht?«, fragte er.

»Na ja, schließlich siehst du nicht jeden Tag Leute mit historischen Waffen herumlaufen, oder?«

»Wieso war Kekipi Smith mit jemandem zusammen, der eine Kriegskeule bei sich hatte, verdammt noch mal?«

Kali wurde ungeduldig. »Ich weiß es nicht, Walter. Aber das engt die Suche ein, nicht wahr? Finde heraus, ob einem Sammler eine Keule abhandengekommen ist. Und dann, ob es jemanden in Hana und Umgebung gibt, der so ein Ding besitzen könnte, einschließlich Kekipis Mitschülern, seinen Surffreunden oder Freunden seiner Familie.«

»Du hast mir noch nicht gesagt, wo du bist.«

»Auf O'ahu. Bin mit Jack bei einer Show. Da habe ich so eine Keule gesehen. Morgen Mittag bin ich zurück.«

»Was? Mit wem?«

Ohne darauf zu antworten, legte sie auf und ging zurück zum Theater. Die Zuschauer kamen ihr bereits entgegen. Sie wartete, bis sie Jack aufstehen sah. Er schaute sich suchend um. Sie winkte, bis er sie bemerkt hatte, und trat zur Seite, um den Leuten nicht im Weg zu stehen. Als er zu ihr vorgedrungen war, sah er sie fragend an.

»Ist alles in Ordnung?«

»Tut mir leid, aber ich musste dringend telefonieren. Es geht um einen der Fälle, an denen ich gerade arbeite. Ein Teenager und eine alte Frau wurden erschlagen. Mir ist etwas Wichtiges eingefallen.«

»Oh«, sagte er und betrachtete ihr Gesicht. »Das ist gut, oder?«

»Ja.« Sie versuchte, sich auf Jack zu konzentrieren, war mit den Gedanken aber meilenweit weg und spielte die verschiedensten Tathergänge durch, ohne dass sie eine der Varianten überzeugte.

Während der Rückfahrt nach Honolulu sprachen sie kaum ein Wort, und erst als Kali in ihr Bett sank, wurde ihr klar, dass sie Jack mit ihrer Geistesabwesenheit wahrscheinlich vor den Kopf gestoßen hatte.

Auch Walter lag noch wach, aber er dachte nicht über die Kriegskeule nach. Er überlegte, ob er richtig gehört hatte. Hatte sie gesagt, dass sie bei einer Show war? Mit jemandem namens Jack? Für seine Ohren klang das nach einem Date. Er drehte sich auf die andere Seite und schüttelte den Kopf. Entweder war die Verbindung schlecht gewesen oder mit seinem Gehör stimmte etwas nicht.

29

Der Flug nach Maui war unangenehm. Im Lauf der Nacht hatte sich das Wetter verschlechtert, und während des ganzen Flugs schlug Regen gegen das kleine Flugzeug. Es wurde außerdem beträchtlich von Windböen gebremst, die nie aus einer günstigen Richtung kamen. Es ruckelte, fiel plötzlich in Luftlöcher und neigte sich von einer Seite zur anderen. Kali griff um ihre Sitzkanten und fluchte, aber nur in Gedanken, damit Larry nicht merkte, wie viel Angst sie hatte. Als er die Cessna auf dem Rollfeld der privaten Hangars endlich zum Stehen gebracht hatte, stand für sie bereits fest, dass sie nie wieder aus irgendeinem Grund irgendwohin fliegen würde.

Sie hatte versucht, sich abzulenken, indem sie über den Fall nachdachte und sich an den Abschied von Jack vor dem Hotel erinnerte. Er hatte noch einmal von der Möglichkeit gesprochen, in die Vulkanforschungseinrichtung auf Big Island versetzt zu werden. Sie waren sich einig, dass sie wieder zusammen essen gehen würden, wenn sich sein Wunsch verwirklichte. Aber nicht, wenn ich deshalb fliegen muss, dachte Kali jetzt.

Mit flauem Magen fuhr sie vom Flugplatz zum Polizeirevier. Ihre Laune wurde nicht besser, als Walter sie dort empfing. Es war klar, dass er schon auf sie gewartet hatte, denn er hielt sich nicht damit auf, Hallo zu sagen oder zu fragen, wie der Flug gewesen war.

»Hast du tatsächlich gesagt, dass du ein Date hattest?«

Sie seufzte demonstrativ und setzte sich an Walters Schreibtisch, dann zog sie die Füße unter sich. Da sie nicht antwortete, fragte er weiter.

»Mit einem Mann, ja? Nicht mit einem zu groß geratenen, heimatlosen Jagdhund, den du aufgegabelt und auf einen Hamburger eingeladen hast? Und nimm deine dreckigen Schuhe von meinem Stuhl. Hara hat das Polster gerade erst gereinigt.«

Kali schwang die Füße auf den Boden und versuchte, sich nonchalant zu geben. »Quälst du wieder die Praktikanten? Und ja, ich war mit einem Mann zusammen. Jemand, der uns Informationen für unseren Fall liefern kann, mehr nicht. Aber zufällig mag er Hunde.«

»Das erklärt wohl, was ihn angezogen hat.«

»Ja, sehr witzig. Männer finden mich nicht abstoßend, weißt du.«

Walter schnaubte. »Ja, weiß ich. Eine geheimnisvolle tätowierte Stammesmieze. Unwiderstehlich. Du solltest mit Hara eine Singlebörse aufmachen.« Er blickte auf und war noch lange nicht fertig. »Hat er einen Namen? Vorstrafen? Hatte er überhaupt was mit der Arbeit zu tun, wegen der du rübergeschickt wurdest?«

»Er war einer der Redner auf der Konferenz zu erneuerbaren Energien.«

»Und er heißt?«

»Dr. Jack Bader.« Sie betonte den akademischen Titel.

Walter zog die Brauen hoch. »Nein, wie vornehm. Das hält genau zwei Minuten. Ich nehme an, du hast ihn zu dem Abendessen vorgeladen und ihn befragt, damit du das als Spesen abrechnen kannst.«

»Genau. Und weil er die phänomenalsten roten Haare hat, die ich je gesehen habe. Wie glühende Lava.«

»Großartig. Und was die wirklich wichtigen Dinge angeht, ich habe gleich heute früh mit Stitches darüber gesprochen, was die Autopsie von Grace Sawyer ergeben hat. Todesursache war ein Schlag auf den Kopf mit einem schweren Gegenstand, möglicherweise mit derselben Waffe, mit der Kekipi getötet wurde. Im Hinblick auf den Holzsplitter und deine Kriegskeulentheorie sagt sie, dass die zu der Kopfwunde des Jungen passt, und wenn die Keule alt war und die Zähne nicht mehr so fest saßen, kann sich bei dem kräftigen Schlag einer gelöst haben, der dann in der Wunde stecken blieb.«

»Und?«

»Sie führt einige zusätzliche Tests durch, um das Holz genau zu bestimmen. Ich weiß nur nicht, was wir mit der Information anfangen können. Außer natürlich wir finden einen Sammler oder Händler, dem so ein Ding fehlt. Es wurde jedenfalls kein Diebstahl solch einer Waffe gemeldet. Hara ist die Fälle der letzten zehn Jahre auf allen Inseln durchgegangen und hat nichts gefunden.«

Kali stand auf und ging ans Fenster. Von dort war der Streifen Meer zu sehen, wo Kekipi entdeckt worden war. So viele Geheimnisse werden von den Toten mit ins Grab genommen, dachte sie. Dann kehrte sie zu Walter zurück.

»Es können Dutzende solcher Keulen bei Leuten zu Hause an der Wand hängen.«

»Wohl wahr«, stimmte Walter zu. »Aber jetzt kommt die gute Nachricht: Es gibt nur zwei Sammler in Hawaii, die sich auf historische Waffen spezialisiert haben. Einschließlich An- und Verkauf. Und beide wohnen auf Maui.«

Er griff über den Schreibtisch hinweg nach einem Ausdruck mit zwei Namen und den zugehörigen Adressen. »Das sind sie. Einer ist ein pensionierter Professor der Universität Hawaii und hat eine sehr angesehene Sammlung. Er ist Kurator vieler historischer Ausstellungen, die an bedeutende Museen in Asien und auf dem Festland ausgeliehen werden. Er heißt Kinard und lebt allein drüben in Lāhainā. Der andere Kerl ist Franklin Josephs, er lebt in Kahana, nördlich von Lāhainā. Du solltest es schaffen, sie heute beide aufzusuchen.«

»Was wissen wir noch über diesen Josephs?«

»Er scheint mehr Händler als passionierter Sammler zu sein. Kauft seine Stücke bei Haushaltsauflösungen und Ähnlichem. Wahrscheinlich liest er akribisch die Todesanzeigen und tritt an die einheimischen Großfamilien heran, um die Hinterlassenschaften zu durchstöbern. Wir haben ihn in den Akten, weil ihn vor ein paar Jahren jemand angezeigt hat, eine alte Frau, die angab, von ihm zum Verkauf gedrängt worden zu sein.«

»Oder sie war sauer, als ihr klar wurde, dass sie mehr hätte herausschlagen können«, meinte Kali.

»Das haben wir damals auch vermutet. Sie hat die Anzeige zurückgezogen, deshalb ging es nicht vor Gericht, aber wir haben noch das Protokoll ihrer Aussage. Und ich habe dir einen Gefallen getan … Wir haben bereits für beide Adressen einen Durchsuchungsbeschluss. Hara trifft sich mit dir vor dem Haus von Josephs. Ruf ihn einfach an, wenn du bei dem Professor fertig bist.«

Kali nahm die Durchsuchungsbeschlüsse und das Blatt mit den Adressen und ging zur Tür. »Gut. Bin unterwegs.«

»Währenddessen gehe ich noch mal durch die Nachbarschaft«, sagte er. »Es ist unwahrscheinlich, dass Anwohner etwas gesehen, sich aber nicht gemeldet haben, aber es gibt nicht viele Optionen. Wir befragen auch noch mal Kekipis Freunde wegen Kriegskeulen und anderen hawaiianischen Antiquitäten. Seine Mutter sagt, sie hat noch nie von jemandem gehört, der so ein Ding besitzt, aber man weiß nie, wessen Großvater vielleicht eine im Schrank hat. Wenn die Jungen am Strand Krieger gespielt haben, wird wahrscheinlich keiner zugeben wollen, dass er Kekipi niedergeschlagen hat.«

Kali war seiner Meinung. Sie versuchte, sich nicht allzu große Hoffnungen zu machen. Dass sie endlich eine plausible Theorie hinsichtlich der Mordwaffe hatten, hieß nicht, dass sie das Tatwerkzeug oder den Mörder finden würden.

Sie fuhr zu Hause vorbei, um Hilo bei Elvar und Birta abzuholen. Danach würde sie den weniger befahrenen Pi'ilani-Highway nach Süden nehmen. Ein Teil der Strecke war eine bessere Schotterstraße, die in den Westen der Insel und nach Lāhainā und Kahana führte. Auch deshalb hing sie so sehr an ihrem verbeulten Jeep. Dem machten solche Straßen nichts aus, auch nicht die tiefen Schlaglöcher, die nach schweren Regenfällen noch tückischer waren.

Hilo hatte den Motor ihres Wagens schon von Weitem gehört und kam durch die Bäume angerannt, um sie zu begrüßen. Als sie ausstieg, sprang er sie an und warf sie um.

»Ich glaube, er hat dich vermisst«, sagte jemand. Kali drehte sich um und sah Elvar den Weg entlangkommen.

»Ich ihn auch«, sagte sie lachend.

»Wie war es auf O'ahu?«, fragte Elvar und half ihr hoch. »Hast du wenigstens auch ein bisschen Spaß gehabt?«

Sie drehte den Kopf ein wenig zur Seite, weil sie merkte,

dass sie rot wurde, klatschte in die Hände und zeigte zum Jeep. Hilo verstand und sprang auf den Beifahrersitz.

»Das war hauptsächlich Arbeit. Und viel Verkehr. Die üblichen Touristenmassen.«

Elvar lächelte. »Na, wir sind alle froh, dass du wohlbehalten wieder hier bist. Birta sagt, du sollst später mal vorbeikommen, wenn du willst. Sie kocht gerade den Fischeintopf nach dem Rezept, das du ihr vor einer Weile gegeben hast. Und ich kann dir den Sandelholzgriff mit der Awapuhi-Blüte zeigen. Er ist hübsch geworden. Ich habe auch ein paar Waffen für die Filmleute fertiggestellt. Ich würde gern deine Meinung hören, ob sie authentisch wirken. Dafür habe ich sogar sehr altes Holz beschaffen können.«

Sie nickte langsam. »Das wäre schön.« Sie machte einen kleinen Schritt zum Wagen hin. Dabei kroch ihr ein kalter Schauder über den Rücken, als ob eisige Finger eine Spur zogen. »Es könnte heute allerdings spät werden. Ich muss jetzt zur anderen Seite der Insel fahren und ein paar Leute befragen.«

»Na, hier hat es niemand eilig. Komm einfach vorbei, wenn du zurück bist.«

Er winkte und ging den Weg zurück zum Haus, wo er mit den Schatten verschmolz. Sie beobachtete, wie er allmählich verschwand, dann drehte sie sich langsam zum Jeep um. Hilo bellte auffordernd, und sie stieg hinters Lenkrad und kraulte ihm gedankenverloren den Kopf.

Sie drehte den Zündschlüssel und fuhr die Auffahrt hinunter. Ganz bestimmt nicht, dachte sie. Natürlich war er darauf bedacht, möglichst echt wirkende Waffen herzustellen. Sie schob den Gedanken weg und konzentrierte sich auf die Straße. Vielleicht irrte sie sich, was die Bedeutung der Kriegskeule und deren mögliche Verbindung zu den isländischen Sagen anging. Schon als ihr der Gedanke durch den Kopf huschte, bekam sie an den Armen eine Gänsehaut, als sollte sie gewarnt werden.

Die Fahrt nach Lāhainā dauerte fast zwei Stunden. Das Städtchen hatte mal einen bedeutenden Fischereihafen besessen, aber inzwischen war es nur noch ein Touristenmagnet voller Läden, Kunstgalerien und Restaurants. Sie schaute auf die Wegbeschreibung, die neben den Adressen stand, und fand die Nr. 21 der Beach Lane. Das Haus war ein kleiner Bungalow mit breiter, schattiger Veranda. Sie parkte und befahl Hilo sitzen zu bleiben, dann ging sie die niedrigen Stufen zur Veranda und zur Haustür hoch.

Ein überraschend rüstiger älterer Mann mit Drahtbrille in einem alten Rolling-Stones-T-Shirt und verwaschenen schwarzen Jeans öffnete ihr.

»Aloha. Professor Kinard?«

Der Mann nickte freundlich. »Höchstpersönlich. Wie kann ich Ihnen helfen?«

Kali erwiderte sein Lächeln. »Detective Kali Māhoe vom Maui Police Department. Haben Sie ein paar Minuten? Ich würde gern einiges über historische hawaiianische Waffen erfahren. Mir wurde gesagt, Sie seien dafür der Richtige.«

Kinards Blick huschte zu ihrem Arm, wo die Tätowierung unter dem Ärmelrand hervorschaute. »Meine Güte. Detective. Das ist interessant.« Er trat zurück und hielt ihr die Tür auf. »Kommen Sie, kommen Sie herein. Ich werde sehr gerne mit Ihnen plaudern.«

»Danke, Sir.« Sie betrat den kühlen Bungalow. Kinards Interesse an hawaiianischer Kultur zeigte sich an den Gegenständen, die das Wohnzimmer schmückten. Auf dem Bambusboden lagen Flechtmatten, und an der Wand hingen eingerahmte alte Baststoffe aus Kapa-Rinde.

»Darf ich Ihnen etwas Kaltes zu trinken anbieten?«, fragte er höflich.

»Nein, herzlichen Dank.«

»Dann, bitte … setzen Sie sich und machen Sie es sich bequem.«

Sie setzte sich in einen der beiden breiten Bambussessel, die einander gegenüber am Fenster standen. Das Licht war gut, und Kali stellte sich vor, wie der Professor dort saß und las und den Sonnenschein genoss. Er nahm in dem anderen Sessel Platz und nickte ernst.

»Willkommen in meinem Haus.«

Kali nickte ebenfalls, dann schaute sie zu den Baststoffen. »Das sind ungewöhnlich gute Stücke.«

»Ja, ein frühes Beispiel dieser Technik. Die Rinde wurde eingeweicht und wochenlang flachgeklopft, um sie geschmeidig zu machen. Diese Tücher waren höchstwahrscheinlich rituelle Kleidungsstücke einer Häuptlingsfamilie, die nur bei bedeutenden Gelegenheiten getragen wurden. Heute nimmt sich niemand mehr genügend Zeit, um den Stoff herzustellen.«

Kali betrachtete den Stoff, der ihr am nächsten hing. Der schöne Baststoff war mit sehr detaillierten Fischdarstellungen bemalt.

»Wie ich höre, besitzen Sie auch einige Kriegskeulen, und deswegen bin ich eigentlich hier.«

»Ja, ich habe mehrere. Keine große Sammlung, aber sie sind alle echt. Möchten Sie sie sehen?«

»Wenn es Ihnen nicht zu viele Umstände macht.«

»Keineswegs«, versicherte Kinard. »Ich bewahre sie hinter Glas in meinem Arbeitszimmer auf. Wenn Sie mir vielleicht folgen wollen? Das ist einfacher, als sie alle herzuholen.«

»Natürlich.« Sie ging hinter ihm her durch einen kurzen Flur und in ein großes Zimmer, von dem man in den hinteren Garten blickte. Es wurde offenbar vorwiegend als Büro genutzt, aber an einer Wand stand auch eine lange niedrige Vitrine. Kali trat darauf zu und betrachtete neugierig die Exponate. Die Vitrine war mit dunkelrotem Samt ausgekleidet und abgeschlossen. Zwei Dolche und vier Kriegskeulen verschiedener Form und Größe wurden so präsentiert, dass ihre Schnitzereien zur Geltung kamen.

Kinard nahm einen Schlüssel aus einer kleinen Schublade seines Schreibtischs und schloss die Vitrine auf. Er nahm eine hakenförmige Keule heraus, deren Rand mit Haizähnen besetzt war, und gab sie Kali.

»Eine Hakenkeule«, sagte sie und betrachtete sie näher. »Aus Koaholz. Mit Zähnen vom Tigerhai.«

Kinard lächelte erfreut. »Vollkommen richtig.« Er sah sie fragend an. »Sind Sie indigene Hawaiianerin?«, fragte er ohne einen Hauch Verlegenheit. »Ich schließe das aus Ihrer Tätowierung.«

»Ja«, antwortete Kali genauso entspannt. »Meine Großmutter war Historikerin und hat hier auf Maui gelebt. Die Tätowierungen sollen mich immer an meine Herkunft erinnern.«

Kinard nickte beifällig. Kali hatte die Tätowierungen auf die traditionelle Art empfangen, mit einer Knochennadel, die ihr mit einem Stein in die Haut getrieben wurde, damit sie tief genug eindrang, während sie auf ein Stück Holz biss. Aber sie wusste, sie brauchte ihm das nicht zu erklären.

»Zu vieles geht verloren«, sagte er. »Gott sei Dank sind die Leute zur Vernunft gekommen, und die Sprache wird in der Schule wieder unterrichtet. Ich hatte die Hoffnung schon aufgegeben, dass die Kultur erhalten werden könnte.« Er schwieg einen Moment lang. »Darf ich fragen, wer Ihre Großmutter war?«

»Pualani Pali.«

Kinard zog die Brauen hoch. »Du meine Güte. Ich habe sie gekannt, wissen Sie.« Er ging zu einem Bücherregal an der anderen Wand und zog ein Buch heraus, dessen Einband von häufigem Gebrauch zeugte. Er kam zurück und hielt es Kali hin, die die Keule wieder an ihren Platz legte.

»Überlieferungen und Sagen der hawaiianischen Inselgruppe. Von Pualani Pali, Ph. D.«, las sie. Sie blickte erfreut auf.

»Schauen Sie auf das Vorsatzblatt«, sagte er, und Kali schlug das Buch auf. Da stand eine Widmung in der schönen Handschrift ihrer Großmutter: Meinem lieben Freund und Kollegen, den Hawaii herzlich aufgenommen hat.

Kali strich sanft über die Schrift, dann gab sie ihm das Buch zurück.

»Wir haben uns an der Universität kennengelernt, bei einer ihrer vielen Vorlesungen. Sie war brillant«, sagte er mit hörbarem Respekt.

»Das war sie.« Kali überkam plötzlich ein starkes Verlustgefühl. Sie wandte sich der Vitrine zu und beugte sich ein wenig darüber, um sich die anderen Stücke anzusehen und die Fassung zurückzugewinnen.

»Die scheinen alle aus Koaholz zu sein«, bemerkte sie.

»Das stimmt. Wie Sie sicher wissen, ist es sehr haltbar und widerstandsfähig. Und sehr hart. Die Zähne sind verschiedenen Ursprungs. An einigen Keulen finden sich Zähne von mehreren Haiarten. Eine hat Wildschweinzähne.«

»Ich nehme an, Sie haben in den letzten Jahren keines Ihrer Stücke verkauft, und Ihnen wurde auch keines gestohlen?«

Kinard schaute überrascht. »Nein, weder noch. Ich sammle sie seit meiner Zeit an der Universität. Natürlich habe ich nur echte Waffen erworben, und sie sind auch nur schwer zu beschaffen. Es gibt viele billige Repliken, aber daran bin ich nicht interessiert, nicht mal an den anspruchsvolleren. Ab und zu fragt jemand nach, ob er sich meine Sammlung ansehen darf.«

»Wie oft kommt das vor?«

»Selten. Ich glaube, zuletzt vor einem Jahr. Ein junger Mann, der Waffen herstellt, wollte sehen, wie sie ursprünglich angefertigt wurden.«

Wieder lief es ihr eiskalt über den Rücken.

»Erinnern Sie sich noch, wer das war?«

Er runzelte die Stirn. »Ich fürchte, das kann ich Ihnen nicht mehr sagen. Er war kein Hawaiianer, das zumindest weiß ich noch. Aber beschreiben könnte ich ihn nicht, falls Sie das meinen. Aber er hatte einen Akzent. Ich erinnere mich kaum noch an den Besuch, nur daran, dass wir uns über Messer unterhalten haben.«

Sie schaute wieder in die Vitrine, um ihre Beunruhigung zu überspielen. Im Stillen machte sie sich Vorwürfe, weil sie so misstrauisch war und Elvar als Täter überhaupt in Betracht zog. Die bloße Idee war völlig absurd, und sie schob den Gedanken beiseite.

»Wie sind Sie an die Stücke gelangt?«, fragte sie.

»Einige wurden inseriert, die übrigen gehörten Familien, die den Besitz eines verstorbenen Angehörigen auflösten.«

Seinem Blick nach zu urteilen, war ihm klar, dass ihr der Brauch bekannt war.

Kali nickte. »Natürlich. Wie Sie sicher wissen, gibt es noch viele traditionsbewusste Hawaiianer, die glauben, dass der Geist des Verstorbenen an den Ort gebunden bleibt, wenn seine Habe aufbewahrt wird. Wenn man sie weggegeben hat, ist der Geist frei und kann fortziehen.«

Kinard nickte. »Doch aus praktischen Erwägungen werden die wertvollen Gegenstände häufig verkauft und nicht verschenkt. Wenn ich zufällig hörte, dass ein Nachlass zum Verkauf stand, bin ich natürlich hingegangen, um zu sehen, ob etwas zu meiner Sammlung passen würde.«

Kali wandte sich der Keule zu, die die Form eines Paddels hatte. »Die ist wirklich schön.«

»Die Zähne stammen vom Tigerhai. Viele Leute wissen nicht, dass die Keulen nicht unbedingt benutzt wurden, um einen Gegner niederzuschlagen. Sie wurden eher wie eine Sense geführt. Die Zähne rissen die Haut auf und erzeugten schwere Wunden. Wenn sie lang genug waren und die Keule gekonnt geführt wurde, konnte sie sogar Knochen brechen und Organe verletzen.«

Kali ging zur Tür. Kinard klappte den Glasdeckel herunter und verschloss ihn, dann legte er den Schlüssel zurück in die Schreibtischschublade.

»Für einen Einbrecher ist die Vitrine keine Herausforderung«, sagte sie. »Zumal der Schlüssel nur ein paar Schritte entfernt in einer Schublade liegt. Verwahren Sie irgendwo noch etwas Wertvolleres?«

Kinard lächelte. »Was ich besitze, befindet sich in der Vitrine. Ich fürchte, ich mache mir keine Illusionen, was die

Sicherheit angeht. In meinen frühen Lebensjahren habe ich gelernt, dass jemand, der entschlossen ist, einem etwas wegzunehmen, sich von Kleinigkeiten wie Schlössern und Schlüsseln nicht aufhalten lässt. Ich habe mich entschieden, meine letzten Tage auf diesem Planeten so arglos wie möglich zu verbringen. Wer sich das zunutze macht, sollte sich was schämen.«

Ja, das sollte er, dachte Kali.

»Auch wenn Sie sich sicher sind, dass niemand Zugang zu Ihrer Sammlung hatte, muss ich mir die Stücke für kurze Zeit ausborgen, Professor. Ich helfe Ihnen, sie einzupacken. Wir werden sie höchstens für ein paar Tage brauchen.«

»So?« Er zog eine Braue hoch und schaute zwischen ihr und der Vitrine hin und her.

»Ja. Ich entschuldige mich für diese Unannehmlichkeit, aber es geht um eine Ermittlung.«

»Ich verstehe.« Er wirkte besorgt, und Kali wollte ihn gern beruhigen.

»Sie bekommen sie unbeschädigt zurück. Darauf haben Sie mein Wort.«

Unter der Aufsicht des Professors wickelte sie die Keulen ein und beschriftete sie. Dann verabschiedete sie sich und nahm dabei seine Einladung an, in nächster Zeit zum Abendessen zu kommen, damit sie sich weiter über Hawaii und die Arbeit ihrer Großmutter unterhalten konnten.

Sie stieg in den Jeep zu Hilo, der den Kopf aufs Armaturenbrett gelegt hatte und mit dem Schwanz gegen die Rückenlehne schlug. Im Rückspiegel sah sie Kinard in der Tür stehen. Als sie losfuhr, winkte sie ihm zu, doch er erwiderte die Geste nicht.

Sie funkte das Revier an und wurde zu Hara durchgestellt.

»Ich bin jetzt auf dem Weg zu Josephs.«

30

Es herrschte greller Sonnenschein, und der Nachmittag wurde angenehm warm. Kali fuhr auf die Hauptstraße in Richtung Norden. Sie kannte die Straße gut und wusste auch, dass sie bei schlechtem Wetter sehr schnell unbefahrbar wurde. Von einem Erdhang lösten sich bei schwerem Regen gefährliche Schlammlawinen, das hatte sie schon mehr als einmal erlebt.

Sie bog auf eine schmale Nebenstraße ab, die mit einem verbogenen Schild gekennzeichnet war, und fuhr langsam, bis sie die richtige Einfahrt gefunden hatte. Franklin Josephs wohnte in einem ungepflegten, einstöckigen Haus, vor dem ein rostender Pick-up stand, der nur halb in der Garage gefahren worden war. Der Rasen stand hoch, und an den Rahmen der Fenster und Türen war der Anstrich so weit abgeblättert, dass die Farbe kaum mehr zu erkennen war.

Hara wartete schon auf sie. Sie stieg aus und ging zu seinem Streifenwagen.

»Sie können heute mal der harte Typ sein. Ich spiele die freundliche Einheimische, die sich für seine Sammlung interessiert.«

Sie klopften an die Fliegengittertür, aber niemand öffnete. Von drinnen hörten sie einen Fernseher, in dem eine Dokusoap über Hausrenovierungen lief. Kali klopfte noch einmal und hörte dann etwas knarren.

»Jemand zu Hause?«, rief sie.

Noch immer reagierte niemand.

»Maui Police«, verkündete Hara mit Befehlsstimme. »Kommen Sie an die Tür, oder wir kommen rein.«

Diesmal antwortete jemand.

»Was zum Teufel wollen Sie?« Es war die Stimme einer Frau, und sie klang wenig erfreut. »Wenn Sie wegen Frankie hier sind, ich weiß nicht, wo er ist. Hab ihn ein paar Wochen nicht gesehen.«

Die Frau ließ sich an der Tür sehen. Sie war Ende fünfzig, soweit Kali sagen konnte, und trug ein fadenscheiniges Baumwollnachthemd. Ihre Füße waren nackt, und wie es aussah, hatte sie schon lange kein Interesse mehr daran, sich die Haare zu waschen. Nach Kalis Informationen war Josephs Mitte dreißig.

»Sind Sie Franklin Josephs Mutter?«

»Also, ich bin nicht sein Schätzchen«, erwiderte sie und beäugte Kali argwöhnisch.

»Wir sind wegen seiner Waffensammlung hier«, sagte Hara. »Wir haben einen Durchsuchungsbeschluss für das Haus.«

»Was?« Stirnrunzelnd blickte sie auf das Dokument, das Hara ihr hinhielt. »Pistolen? So was haben wir hier nicht. Das dulde ich nicht.«

»Keine Schusswaffen«, erklärte Kali. »Historische hawaiianische Waffen. Soweit wir wissen, besitzt er eine Sammlung, und darüber müssen wir mit ihm sprechen. Wir gehen davon aus, dass er …« Kali unterbrach sich. »Wir haben gehört, dass er praktisch der hiesige Experte ist, und brauchen seine Hilfe bei einer Mordermittlung.«

»Tja, er ist nicht hier. Wie gesagt.« Die Frau wirkte schon

ruhiger, vielleicht besänftigt durch den Eindruck, dass ihr Sohn nützlich war. »Ich weiß nicht, wo er ist oder wann er zurückkommt, und es ist mir auch egal.«

»Ist er ausgezogen?«, fragte Kali.

Mrs Josephs zuckte mit den Schultern. »Sein Zeug ist noch hier. Er ist mit dieser nuttigen Freundin abgezogen, die er sich da angelacht hat. Hat nicht gesagt, wann er wiederkommt. Hat auch kein Haushaltsgeld dagelassen.«

»Wann genau haben Sie ihn zuletzt gesehen?«

»Wie gesagt, ist zwei Wochen her.«

»Und Sie haben keine Ahnung, wo er sein könnte?«, fragte Hara. Sein Tonfall deutete an, dass er ihr nicht glaubte.

»Nein«, schnauzte die Frau. »Ich habe schon überall angerufen. Ich habe kein Bier mehr und kein Brot mehr und keinen, der mich mal zur Bank oder zum Laden fährt. Er war schon immer ein miserabler Sohn.«

Kali und Hara wechselten einen Blick.

»Okay. Das tut uns alles sehr leid, aber wir werfen jetzt mal einen Blick auf seine Sammlung«, sagte Kali.

»Wie Sie wollen.« Die Frau drückte die Fliegengittertür auf, und Kali und Hara betraten das Haus. Hara sah sich mit kaum verhohlenem Ekel um. Franklin Josephs Mutter hatte das Haus völlig verwahrlosen lassen.

»Gehört das Haus ihm oder Ihnen?«, wollte Kali wissen.

»Ihm. Er hat mich hier wohnen lassen wegen meinem nichtsnutzigen Arschloch von Ehemann, der vom Auto überfahren wurde und mir keine Lebensversicherung hinterlassen hat.«

Kali fragte sich kurz, ob der Mann sich nicht vielmehr vor den Wagen geworfen hatte.

»Und hat Franklin ein eigenes Zimmer?«

»Zimmer? Er hat eine verdammte Suite für sich. Alles seins.« Sie blickte kurz über die Schulter. »Ich hab nur das Sofa.«

Gefolgt von Hara ging Kali langsam durch das Wohnzimmer, am Fernseher vorbei und in den Flur, der in den hinteren Teil des Hauses führte. Sie öffnete die erste Tür und betrat ein großes Schlafzimmer. Nicht ordentlich, aber definitiv eine Verbesserung. Flüchtig schaute sie in den Schrank und die Kommode, aber darin befand sich nur Kleidung.

Das nächste Zimmer erwies sich als interessanter. Zunächst einmal, weil es abgeschlossen war. Auf die Frage nach dem Schlüssel schüttelte Mrs Josephs den Kopf. Kali ließ es dabei bewenden. Wenn die Frau einen hätte, wäre sie schon drin gewesen, um herumzuschnüffeln, und hätte die Tür vermutlich nicht wieder abgeschlossen.

»Wie wär's, wenn Sie Mrs Josephs Gesellschaft leisten?«, sagte sie zu Hara. »Ich bin gleich wieder da.«

Sie ging nach draußen und ums Haus zu dem Fenster des verschlossenen Zimmers. Neben der Garage fand sie einen alten Farbeimer und trug ihn unter das Fenster, dann stieg sie darauf, um hineinzuspähen. Es hatte keine Gardine, sodass sie einiges erkennen konnte, trotz der Gitterstäbe, die von außen davor angebracht waren. Es standen kaum Möbel darin, nur ein kleiner Schreibtisch und zwei große Truhen, ein hoher Aktenschrank aus Metall und ein zerschlissener Sessel.

Sie ging zum Jeep und öffnete den Werkzeugkasten, der sich auf der Rückbank befand, nahm die kurze Brechstange heraus und kehrte zur Haustür zurück. Mrs Josephs stand dort und blickte ein wenig alarmiert auf Hilo, der aus dem Jeep gesprungen war und jetzt in dessen Schatten in der Einfahrt saß.

»Ist das eine Art Pferd?«, fragte Mrs Josephs, als Kali an ihr vorbeiging und die Tür öffnete.

»Jep. Hat aber Zähne wie ein Bär.«

Die Frau folgte ihr sichtlich misstrauisch ins Haus.

»Wir brechen jetzt das Zimmer Ihres Sohnes auf, auch den Aktenschrank und die Truhen, die dort stehen.«

Mrs Josephs brummte mürrisch, erhob aber keine Einwände. »Nur zu, Liebes. Verausgaben Sie sich. Hätte nichts dagegen, auch mal zu sehen, was da drin ist.«

Es dauerte keine Minute, die Tür aufzustemmen. Hara blieb dort stehen, um Mrs Josephs draußen zu halten, und verfolgte dabei, was Kali tat. Die Truhen waren ebenfalls verschlossen. Kali brach die Schlösser kurzerhand mit dem Brecheisen auf.

In der ersten lagen zeremonieller Kopfputz und ein besticktes Gewand. Ihrer Einschätzung nach war das eher maschinell gefertigte Massenware als Handarbeit, und sie legte sie wieder so hin, wie sie sie vorgefunden hatte.

In der anderen Truhe fand sie Waffen. Es waren nur drei, aber eindeutig Antiquitäten: ein kurzer Dolch und zwei Kriegskeulen, alle locker in weiche Tücher gewickelt. Sie durchsuchte den Schreibtisch, fand aber keinen Beweis, dass die Waffen Josephs gehörten. Ihr fiel auf, dass es einen schnellen Internetanschluss gab, aber ein Computer war nicht vorhanden. Josephs musste einen Laptop haben und hatte ihn vermutlich mitgenommen.

Den Aktenschrank durchsuchte sie mit Hara zusammen. Was sie darin fanden, war schon interessanter. Die gut geordneten Unterlagen belegten ein ziemlich erfolgreiches eBay-Geschäft mit hawaiianischen Kunstgegenständen. Es gab Bestellungen und Rechnungen für jede Transaktion, dazu detaillierte Beschreibungen des gekauften oder verkauften Gegenstands und viele angeheftete Abbildungen. Den Belegen waren auch die Kontaktdaten seiner Kunden und Lieferanten zu entnehmen. Dem Anschein nach war Franklin Josephs ein recht professioneller Geschäftsmann, auch wenn er hinsichtlich der Erbanlagen nicht viel Glück gehabt hatte.

Es waren zu viele Aktenordner, um sie an Ort und Stelle durchzugehen, darum wies sie Hara an, sie zum Auto zu bringen, während sie selbst die Kriegskeulen nach draußen trug. Anschließend gingen sie noch einmal zur Haustür. Mrs Josephs hatte sich auf der Couch platziert und starrte ohne irgendein Anzeichen dafür, dass sie etwas zu begreifen schien oder dass es sie in irgendeiner Form begeisterte, auf den Fernseher, wo gerade ein Hausbesitzer eine schöne Natursteinwand mit weißer Farbe ruinierte.

»Wir nehmen die historischen Waffen und ein paar Akten mit«, sagte Kali. »Officer Hara gibt Ihnen eine Liste darüber. Sie werden später zurückgebracht.«

»Nehmen Sie, was Sie wollen«, erwiderte Mrs Josephs, ohne sich zu ihr umzudrehen.

»Wir brauchen noch Ihre Unterschrift. Damit bestätigen Sie, dass Sie wissen, dass wir die Waffen und Dokumente für amtliche Zwecke mitnehmen und dass die Liste vollständig ist.«

»Meinetwegen.« Sie kritzelte ihren Namen auf das Formular, das Kali ihr hinlegte. Ohne sie anzusehen, fragte sie leise: »Hat mein Sohn etwas Schlimmes getan?«

»Nicht dass wir wüssten.« Kali überlegte, ob das die Frau wirklich kümmerte, und wunderte sich, dass sie überhaupt danach fragte. »Wir werden es Ihnen sagen, sollte sich etwas anderes herausstellen.«

»Ja, tun Sie das«, murmelte Mrs Josephs. »Und bringen Sie das Zeug zurück. Vielleicht kann ich es verkaufen.«

Sie verließen das Haus. Kali pfiff, damit Hilo in den Jeep sprang. Als sie zurücksetzte, klingelte ihr Handy. Es war Walter.

»Mango«, sagte er.

»Banane«, sagte Kali, als ob es ein Geheimcode wäre.

»Nein, verdammt.« Er klang noch gereizter als sonst. »Das Holz. Es ist Mango. Kekipi wurde mit einem Gegenstand aus Mangoholz niedergeschlagen.«

»Verstanden«, sagte sie. Das grenzte die Dinge immerhin ein wenig ein. »Ich berichte dir von den Sammlern, wenn ich wieder in Hana bin.«

»Hast du Lust auf eine Einladung zum Abendessen?«

Abendessen. Die Einladung zur Fischsuppe bei Elvar und Birta. Nun, die musste warten.

»Schätze ja.«

»Dann gebe ich mal meiner besseren Hälfte Bescheid. Versuch, um sechs bei uns zu sein. Die Mädchen müssen später zu einer Veranstaltung, deshalb essen wir früh. Danach können wir uns unterhalten.«

Kali nahm den Highway nach Süden und legte die ungepflasterte Strecke kurz vor Hana gemächlich zurück. Sie hatte Hunger, und was immer Mrs Alaka'i zubereitet hatte, es würde wunderbar schmecken. Mrs Alaka'i würde es auch nicht interessieren, ob Hilo es sich auf der breiten Steinterrasse gemütlich machte. Und ihrer Erfahrung nach würde sie am Ende mit einem großen Vorrat an Resten nach Hause fahren, um sie in ihren traurigen Kühlschrank zu packen.

31

Das Morgenlicht kroch über den Fußboden vor dem Fenster, aber es wärmte noch nicht. Kali drehte sich um und drückte das Gesicht an das Rückenpolster des Sofas, gefangen im Gefühl tiefer Einsamkeit. Sie gestand sich endlich ein, dass sie auf der Couch schlief, weil sie es nicht ertrug, im Bett den leeren Platz neben sich zu sehen. Das war morgens beim Aufwachen zu bedrückend.

Ihre Gedanken schweiften ab auf der Suche nach etwas Alltäglichem, Vertrautem, Erfreulichem, das nichts mit Mord oder Diebstahl zu tun hatte. Sie dachte zurück an das Abendessen bei Walters Familie. Nina hatte ein zartes Pulled Pork mit Süßkartoffeln zubereitet, und zum Nachtisch aßen sie Kokostorte. Seine Töchter, Beth, Lara und Suki, die Tante Kali zu ihr sagten, umgaben sie mit Gelächter und fröhlichem Lärm.

Als sie mit dem Essen fertig waren und Nina den Mädchen half, sich ausgehfertig zu machen, zogen sich Walter und Kali auf die Lanai zurück. Walter zündete in der Steingrube ein Feuer an, und sie schoben ihre Stühle nah heran. Wenn die Sonne untergegangen war, konnte es sogar in Hawaii kühl werden. So ruhten sie sich ein paar Minuten lang aus und genossen die Wärme, bevor sie sich dem Mordfall zuwandten.

»Der Professor schätzt, dass über fünfundachtzig Prozent der authentischen Waffen, die er mit den Jahren gesehen hat, aus Koaholz gemacht sind«, sagte Kali. »Einige bestehen auch aus Regenbaumholz und Mangoholz, aber nicht viele. Koa war und ist das Holz der Wahl. Es ist hart, widerstandsfähig und reichlich vorhanden. Früher war das auch eine Klassenfrage. Da es besonders schön und begehrt war, wurde es als erstklassiges Holz betrachtet, für einen Krieger angemessen.«

»Snobismus im Kriegervolk?«

»So ungefähr. Der Punkt ist, wenn unsere Mordwaffe aus Mangoholz besteht, schließt das viele Keulen aus.«

»Sicher. Wir müssen nur noch den Kerl mit der richtigen Mango-Keule finden.«

»Die Waffen, die wir bisher gefunden haben, sind im Labor.« Kali holte den Umschlag mit den Rechnungen und Bestellungen von Franklin Josephs aus ihrer Canvastasche. »Und das hier könnte aufschlussreich sein. Der andere Sammler, dieser Josephs, hat in den letzten zehn Jahren einen ziemlich einträglichen An- und Verkauf betrieben, zuletzt hauptsächlich im Internet. Er hat in der Zeit drei Mango-Keulen verkauft, alle mit Haizähnen, alle über hundert Jahre alt, und nur eine davon wurde an jemanden verkauft, der in Hawaii lebt, genauer gesagt auf Maui. Die anderen gingen an Sammler auf dem Festland.«

Walter beugte sich vor. »Da wir wohl davon ausgehen können, dass ein Sammler auf dem Festland keine zahnbewehrte Kriegskeule in den Koffer packt, sollten wir dem hiesigen Käufer einen Besuch abstatten.«

»Einen Versuch ist es wert.«

»Wer ist es? Haben wir eine aktuelle Adresse?«

»Haben wir.« Kali hielt genüsslich inne. »Der Sammler ist ein gewisser Polunu Hausuka in Hamoa Beach, nur ein Stück die Straße runter.«

Walter gluckste. »Ohne Scheiß? Komisch, dass der immer wieder auftaucht, nicht?«

»Das habe ich auch gedacht. Wenigstens wissen wir jetzt, wofür er sein hart verdientes Geld ausgegeben hat.«

»Ja, wirklich nett, dass er die hiesige Wirtschaft unterstützt, statt woanders zu kaufen.«

»Wenigstens hat er gekauft. Schon das ist überraschend.«

Sie standen auf und gingen ins Haus zurück, in dem es noch nach dem Abendessen roch. Walter begleitete sie nachdenklich zum Auto und riet ihr, nach Hause zu fahren und zu schlafen. Er werde einen Durchsuchungsbeschluss für Polunus Wohnung besorgen.

Wieder hatte sie schlecht geschlafen und konnte sich nicht erinnern, was sie geträumt hatte. Sie stand auf und kochte sich einen starken Kaffee, dann räumte sie die kleine Küche auf. Es war fast zehn, als sie Walters Streifenwagen kommen hörte. Sie ging nach draußen, um ihn auf der Veranda zu begrüßen, und sah, dass er seine Smith & Wesson bei sich trug. Er zog fragend eine Braue hoch.

»Ich nehme an, du hast zu unserem Schutz ein obskures Gebet parat anstatt etwas Nützliches wie deine Waffe.«

Sie schüttelte den Kopf. In ihrem Leben waren schon genug Schüsse gefallen, aber sie war nicht dumm. »Ich bin bewaffnet. Und ich nehme Hilo mit.«

»Auf keinen Fall. Hara kriegt wegen ziviler Hunde bei offiziellen Polizeieinsätzen schon ein Magengeschwür, und wenn er Haare auf dem Rücksitz findet, weil du dein Schoßmonster mitgenommen hast, wird er garantiert durchdrehen.«

»Sollen wir lieber mit dem Jeep fahren? Wenn Polunu zu Hause ist, wird ihn der Streifenwagen bloß erschrecken.«

»Dein Getriebe ist kaputt.«

»Nur beim Rückwärtsgang.«

Walter schnaubte. »Angenommen, du musst mit dem Wagen flüchten oder, Gott bewahre, die Verfolgung aufnehmen, wird er wahrscheinlich unter dir zusammenbrechen.«

Kali war beleidigt. »Ist er bisher nicht.«

Sie gingen zum Streifenwagen, und Walter öffnete die Tür. »Genau, bisher.«

»Ich habe keine Probleme beim Fahren. Du bist bloß unflexibel. Oder verwöhnt von deiner Weichei-Automatik.«

»Ja, genau«, sagte Walter. »Du musst übrigens navigieren. Das GPS spinnt wieder. Wo müssen wir abbiegen, um zu Polunu zu kommen?«

»Die nächste rechts. Er wohnt in der Straße, die runter ins Kīpahulu Valley führt.«

»Ich kenne die Abzweigung.«

»Wissen wir, ob er allein lebt?«

Walter schüttelte den Kopf. »In den Akten steht nichts über eine Ehefrau oder einen Mitbewohner.«

Kali starrte aus dem Fenster. Selbst Kleinkriminelle wie Polunu Hausuka hatten Freunde. Mike hatte geglaubt, die Meth-Dealer seien allein. Sie hatte ihn nicht davon abgehalten, den Überraschungsangriff anzuführen. Die Meth-Dealer hatten viele Freunde gehabt, und gemeinsam hatten sie auf die Polizei gewartet.

Sie parkten ein Stück von Polunus Haus entfernt. Es hatte keine Garage, und in der überwucherten Einfahrt stand kein Wagen. Doch im Haus brannte irgendwo Licht.

»Auf ihn ist ein weißer Lieferwagen, ein 1991er Chevy, zugelassen, aber hier steht kein Wagen«, sagte Walter.

Sie gingen zur Haustür.

»Warte mal.« Kali ging neben deutlich erkennbaren Reifenspuren in die Hocke. »Kommen dir die bekannt vor?«

Walter trat neben sie, um die ungleichen Spuren näher zu betrachten, und stieß einen leisen Pfiff aus.

»Darf ich schon mal vorsichtig heureka sagen? Die sehen genau aus wie die auf der Lichtung. Siehst du die große Flickstelle fünf Zentimeter vom Rand entfernt?«

»Ja. Wir werden gleich mal Fotos machen.«

Sie näherten sich vorsichtig dem Haus.

»Das Licht kommt aus der Küche«, sagte sie leise. »Ein Fernseher oder Radio ist nicht zu hören.«

»Okay, dann klopfen wir mal an und sagen Hallo.«

Sie stiegen die Stufen hoch. Kali stellte sich neben die Tür, wo sie außer Sicht war, während Walter klopfte und die Pistole zog. Von drinnen kam keine Antwort. Er probierte den Türknauf und sah Kali an. Das Haus war unverschlossen.

Er rief laut genug, um drinnen gehört zu werden. »Polunu Hausuka, Sie sind zu Hause? Maui Police. Wir haben eine Pizza für Sie.«

Keine Reaktion. Fliegen summten gegen die Fliegengittertür. Kali und Walter warteten und lauschten, ob sich drinnen etwas rührte.

»Wollen wir?«, fragte Walter, und Kali nickte. Behutsam öffnete sie die Tür und ließ Walter den Vortritt. Sie folgte ihm rasch. Sie brauchten nur eine Minute, um das kleine Haus zu durchqueren.

»Niemand da«, sagte Walter.

Kali ging durch das düstere Wohnzimmer an einem billigen Sofa vorbei und über den Gang zurück in die Küche. Das

Licht, das sie von draußen gesehen hatten, kam von der nackten Glühbirne über dem Küchentisch. Dort stand ein voller Becher mit Kaffee. Er war kalt. Am Rand hatte sich Milch abgesetzt. »Der steht hier schon eine Weile.«

»Ja. Er scheint schon den ganzen Tag weg zu sein.«

Kali sagte nichts, sondern ging zurück ins Wohnzimmer und schaltete das Deckenlicht ein. An der Wand über dem Sofa hing ein Aquarell mit einer Hulatänzerin vor einem riesigen Vollmond. Der Fernseher, ein großes und sehr neues Modell, nahm eine Wand ein, direkt neben einer Stereoanlage mit guten Lautsprecherboxen. Alles wirkte sehr teuer.

»Etwas größer als ein Schokoriegel. Ich nehme nicht an, dass er mit den Geräten unter dem Arm aus dem Laden spaziert ist. Das heißt, er hatte Geld«, meinte Walter. »Und sieh dir das an.« Er zeigte zu der Wand gegenüber.

Da hing ein Speer, sorgfältig an zwei Haken angebracht.

»Okay.« Sie sah kritisch zwischen dem Speer und dem durchgesessenen Sofa hin und her. »Er investiert lieber in historische Waffen als in Möbel. Das erklärt nicht, wieso er eine wertvolle Kriegskeule an den Strand mitnimmt und dann einen Teenager damit niederschlägt. Wo ist da die Verbindung?«

Walter drehte sich zu ihr um. »Du bist Polunu Hausuka schon mal begegnet, oder? Und hast das Video gesehen, das im Moment die Runde macht? Er ist nicht gerade ein Geistesriese.«

»Okay, aber warum sollte er einen wertvollen historischen Gegenstand mit sich herumtragen?«

Walter betrachtete den Speer und war sichtlich beeindruckt von dem Schnitzmuster. »Vielleicht wollte er damit angeben. Oder ihn für schnelles Geld verkaufen.«

»Oder«, sagte Kali, »er wollte ihn bei seinem Showauftritt verwenden.«

»Das ist denkbar, aber unwahrscheinlich.«

Sie durchsuchten das Haus nur flüchtig. In einem der zwei kleinen Schlafzimmer fanden sie eine geschnitzte Zeremonialtrommel.

»Nicht gerade eine Waffe«, bemerkte Kali, »sieht aber wertvoll aus.«

Der Schrank offenbarte ihnen, dass Polunu viel neue Kleidung besaß, darunter auch eine teuer wirkende Lederjacke. Walter zog sie heraus und musterte sie neugierig.

»Wo um alles in der Welt will er die tragen? Hier schwitzt er sich darin tot.«

»Wo hat er die überhaupt her?«, fragte Kali.

Sie ging in das andere Schlafzimmer, das sehr schmal war und offenbar hauptsächlich als Lagerraum benutzt wurde. Sie hob einen Karton vom Boden hoch, stellt ihn auf den Küchentisch und klappte ihn auf. So groß er war, er enthielt doch lediglich eine kleine Wurfaxt aus Koaholz samt Versandbeleg. Sie nahm den Beleg heraus und las ihn aufmerksam. »Das ist interessant.«

Walter spähte in den Karton. Kali hielt ihm das Blatt Papier hin.

»Der ist von Josephs«, sagte sie. »Er wurde vor mehr als zwei Wochen ausgestellt, was mit den Unterlagen aus seinen Akten übereinstimmt. Auf dem Beleg ist diese Wurfaxt aufgeführt und eine Kriegskeule aus Mangoholz besetzt mit Haizähnen.«

Sie wechselten einen Blick.

»Wenn die hier ist, dann ist sie gut versteckt«, meinte Walter. »Doch es ist unsinnig, die eine Waffe zu verstecken und die andere in dem Karton liegen zu lassen. Es ist unwahrscheinlich, dass er diese wertvolle Antiquität einfach entsorgt hat, selbst wenn damit Kekipi ermordet wurde.«

»Wir haben noch nicht hinter dem Haus nachgesehen.«

»Tu du das. Ich suche noch mal in den Schränken. Es wird Zeit, dass wir ihn aufs Revier bringen und befragen.«

Kali trat durch die Hintertür in den ungepflegten Garten. Im Schuppen befanden sich nur ein Rasenmäher und ein paar Werkzeuge. Die Bretterwände hatten breite Lücken. Es gab keine Regale oder anderes, wo sich etwas verstauen ließ, schon gar nichts von Wert. Der Boden bestand aus festgestampfter Erde. An manchen Stellen, an denen die Sonne durch die Lücken hereinschien, wuchs Gras.

Sie ging zur hinteren Bretterwand und sah durch das einzige Fenster. Halb verborgen hinter hohen Sträuchern stand ein recht großer Lagerschuppen aus Blech, der von der Einfahrt oder vom Haus aus nicht zu sehen war. Sie konnte erkennen, dass die Tür mit Vorhängeschloss und Kette gesichert war. Fenster hatte er keine.

»Walter!«

Sie hörte ihn über die hölzerne Veranda heraneilen. Als er zu ihr trat, deutete sie mit dem Kopf zu dem Blechschuppen.

»Der sieht nagelneu aus, und das ist doch interessant«, sagte sie.

»Zumal er ein dickes Vorhängeschloss hat.«

»Haben wir zufällig einen Grund, uns gewaltsam Zutritt zu verschaffen?«

Walter tat, als müsse er sorgfältig nachdenken. »Kommt darauf an, wen du fragst. Wenn du mich fragst, würde ich sagen, wir besorgen uns einen starken Bolzenschneider. Es könnte eine Mordwaffe in dem Schuppen liegen. Vielleicht sogar eine Leiche, wenn dir das nicht schwerwiegend genug erscheint.«

Kali sah ihren Onkel missbilligend an.

»Rümpf jetzt bloß nicht die Nase«, erwiderte er.

Abwechselnd versuchten sie, mit den Werkzeugen aus dem Kofferraum des Streifenwagens die schwere Kette zu durchtrennen, und brauchten dafür fast zwanzig Minuten. Dann zogen sie die Tür auf. Walter betrat den Schuppen und leuchtete ihn mit seiner Taschenlampe aus. Es gab nicht viel zu sehen außer einem Stapel Abdeckplanen in einer Ecke und ein paar Eimern Farbe. Ansonsten war der Schuppen leer.

»Tja, das ist enttäuschend.« Er klang ehrlich empört. »Warum zum Teufel war der überhaupt abgeschlossen?«

»Du möchtest jetzt wirklich die Denkweise von Dieben psychologisch analysieren?«, fragte Kali.

»Wahrscheinlich aus Gewohnheit. Wie man das Licht ausmacht, wenn man den Raum verlässt, oder automatisch hinter sich abschließt.«

»Das glaube ich nicht. Auf dem Boden sieht man etliche Schleifspuren, und die Planen könnten benutzt worden sein, um etwas Großes, potenziell Wertvolles abzudecken, das er geheim halten wollte. Die Stärke der Kette deutet darauf hin, dass er hier etwas gelagert hat, das nicht abhandenkommen durfte.«

»Zum Beispiel?«

»Ein Kanu? Eine Antiquität?«

Walter schaltete die Taschenlampe aus. »Was immer es war, es ist nicht mehr hier.«

»Ja. Und Polunu auch nicht.«

Sie schlossen die Tür des Schuppens und legten die Werkzeuge wieder in den Kofferraum, dann trugen sie den Speer, die Wurfaxt und die Trommel zum Wagen. Walter füllte ein Formular aus, dem Polunu später entnehmen konnte, wo seine Besitztümer hingekommen waren und wen er anrufen musste, wenn er sie zurückhaben wollte.

Am Abend, als sie auf dem Sofa lag, neben sich den zufrieden schnarchenden Hilo, dachte Kali über Polunu und seine Beweggründe nach. Seine Sammlung ließ vermuten, dass er auf seine hawaiianische Abstammung stolz war und für schöne Dinge etwas übrighatte. Warum vergeudete er seine Zeit auf Erden dann als Dieb?

Sie sank in einen tiefen Schlaf. Diesmal erschienen ihr keine Götter im Traum, um eine rätselhafte Botschaft zu bringen, und sie warf sich auch nicht unruhig hin und her. Da war nichts weiter als tiefe, wohltuende Dunkelheit.

32

Am nächsten Morgen um halb sechs klingelte Walters Handy. Er tastete auf dem Nachttisch herum und fand den Störenfried. Seine Frau drehte sich schlafend auf die andere Seite.

»Alaka'i«, meldete er sich.

»Hi, Schönster.«

Er erkannte ihre Stimme und war sofort ungehalten. »Was willst du, Makena?«

»Geld«, antwortete sie mit undeutlicher Stimme. »Geld, Geld, Geld. Und viele Küsse.«

Er legte auf und zog sich die Decke bis zum Hals.

Es klingelte erneut. Walter sah das Gerät voller Abneigung an, dann nahm er es, schlüpfte aus dem Bett und ging durch den Flur in die Küche. Er ließ es weiterklingeln, damit Makena aufgab. Wie immer.

Nach fünfmaligem Klingeln schaltete sich die Mailbox ein. Doch Sekunden später klingelte es wieder. Er nahm den Anruf an, doch ehe er loswerden konnte, was ihm auf der Zunge lag, redete Makena los.

»Geld für Informationen, Arschloch. Ich hab was gesehen, und glaub mir, du willst wissen, was es war.«

»Was denn, etwa keinen Sinn für Staatsbürgerpflicht, Makena? Recht und Unrecht? Das Böse mit ein wenig Gutem ausgleichen?« Er wusste, es war zwecklos, an diese Seite zu appellieren, sofern sie bei ihr überhaupt vorhanden war. »Was hast du gesehen?«

»Das verrate ich dir für fünfhundert Dollar.«

Er lachte. »Selbst wenn ich dir trauen würde, was ich nicht tue, würde ich dir keine fünfhundert Dollar geben. Ich besitze die nicht mal.«

Makena fluchte. »Das ist okay. Du bist immer so ein Idiot. Dann gehe ich eben zu dem anderen Typen, Mr Luxusjacht. Ich wette, der zahlt.«

Sie legte auf, und Walter wurde es plötzlich mulmig. Verlegte Makena sich jetzt auf Erpressung? Vielleicht hatte sie wirklich etwas beobachtet. Er zuckte mit den Schultern und überging das Gefühl. Wenn sie tatsächlich ein Verbrechen im Zusammenhang mit einer Jacht gesehen hatte, war es höchstwahrscheinlich bloß illegale Abfallbeseitigung oder ein Lokalpolitiker mit heruntergelassener Hose, der eine Spritztour mit der Frau eines anderen unternahm.

Er ging zur vorderen Veranda und schaute zum Himmel, es wurde ein klarer Morgen. Er musste los und Polunu ausfindig machen. Erst einmal würde er zu dessen Haus zu fahren und nachsehen, ob er wieder zurück war. Und wenn er damit kein Glück hatte, würde er im Hotel nachfragen, ob jemand eine Ahnung hatte, wo er sein konnte. Wahrscheinlich liegt er betrunken in einem Graben, dachte er. Oder er hält sich bedeckt und hofft, dass der Hotelmanager das peinliche YouTube-Video nicht gesehen hat.

Nach einer Tasse starkem hawaiianischem Kaffee und zwei Schälchen Müsli – das zweite übergossen mit Kaffeesahne – zog er sich an und fuhr los.

Mehrere Kilometer entfernt startete Kali in den Tag. Auch sie war von Makenas Anrufen genervt worden, hatte sie aber ignoriert.

Sie hörte das helle Klingen von Hammerschlägen auf einem Amboss und stellte ihren Kaffee hin. Elvar war auf und arbeitete schon. Vermutlich wäre es gut, rüberzugehen und sich zu entschuldigen, weil sie die Einladung zu Birtas Fischsuppe ignoriert hatte. Ihre Gedanken wanderten unwillkürlich zu seinem Auftrag für das Messer.

Das Gras am Wegrand war noch feucht vom Tau. Sie sah den Schein der heißen Esse und Elvars Rücken. Gerade legte er ein Stück Eisen ins Feuer.

»Guten Morgen«, rief sie ein paar Schritte vor dem Eingang, um ihn nicht zu erschrecken.

»Hallo.« Er lächelte sie über die Schulter hinweg an.

»Tut mir leid, dass ich nicht angerufen und Bescheid gesagt habe, dass ich es nicht schaffe. Ich hoffe, deine Schwester ist nicht sauer auf mich.«

Elvar lachte. »Nein, nein. Alles ist gut. Das war nur eine lockere Einladung. Keiner hat das gute Porzellan rausgeholt.« Er suchte nach den richtigen Worten. »Vermutlich wollte Birta von dir wissen, ob du die verschwundenen Solarpanels schon aufgespürt und den Dieb verhaftet hast.«

Kali lächelte schief. »Ich arbeite daran. Konnte noch nicht ermitteln, wer dahintersteckt oder wo die Module hingehen.«

Sie blickte neugierig auf das glühende Metallstück, das aus der Esse ragte. Unmöglich, in diesem Stadium zu erkennen, was es werden sollte.

»Etwas Neues?«, fragte sie.

»Ja, ein Auftrag von einem Wildschweinjäger. Ich schmiede

eine Speerspitze. Er möchte eine hawaiianische Jagdszene als Schnitzerei auf dem Schaft. Das ist schwieriger als die Waffen, die ich sonst so herstelle. Ich brauche wirklich eine größere Schmiede.«

Sie holte tief Luft. »Hat dich mal jemand beauftragt, eine Kriegskeule mit Haizähnen herzustellen?«

Er drehte sich um und sah sie neugierig an.

»Sicher. Wieso fragst du?«

Sie riss sich zusammen, um normal zu klingen. »Nur aus Neugier. Viele authentische Waffen müssen aus bestimmten Hölzern gemacht werden.«

»Je älter, desto besser.« Er lächelte, aber es wirkte gezwungen.

»Wie kommst du an so altes Holz?«, fragte sie.

»Das findet man überall. Man muss nur darauf achten.«

Sie wollte ihn gerade nach Einzelheiten fragen, als ihr Handy klingelte. Sie nickte Elvar zu und ging den Weg hinunter, bis sie außer Hörweite war. Es war Walter, und er klang nicht besonders fröhlich.

»Du bist früh auf«, sagte sie.

»Und es ist schon viel passiert, Kali. Makena hat mich den ganzen Morgen genervt, und Polunu Hausuka ist aufgetaucht.«

Kali seufzte erleichtert. Die Befragung würde sie weiterbringen. »Konnte er was zu einer gewissen Kriegskeule sagen?«

»Er hat keinen Ton gesagt – wir haben seine Leiche am Strand bei Hana Bay aus dem Tang gefischt. Wie es aussieht, ist er seit mindestens zwei Tagen tot.«

Kali holte tief Luft. »Das ist nicht weit von der Stelle entfernt, wo Kekipi gefunden wurde. Kann es ein Unfall gewesen sein?«

»Nur wenn er sich das Seil selbst um die Füße gebunden hat und dann ins Wasser gesprungen ist.«

»Na toll. Noch etwas?«

»Bisher nicht«, antwortete Walter. »Der Kollege von der Spurensicherung ist da. Hara befragt jeden, der sich in der Umgebung aufgehalten hat. Er hat die Meldung von ein paar Touristen heute früh aufgenommen und hat die Leiche als Erster von uns gesehen. Er muss sich noch davon erholen. Ich habe unseren Freund sofort erkannt. Ein Team durchkämmt gerade das Gelände. Der Polizeichef und der Bürgermeister haben mich schon angerufen und gefragt, warum an unserem Strandabschnitt ständig Leichen gefunden werden.«

»Und?«

Walter seufzte. »Das ist unsere neue Touristenwerbung, habe ich gesagt. ›Hana sehen und sterben.‹ Aber keiner konnte darüber lachen.«

»Vielleicht weil es nicht lustig ist.« Sie runzelte die Stirn. »Und was war mit Makena los?«

»Sie hat mich ständig angerufen und wollte mir eine Information verkaufen. Hat wohl was am Strand gesehen …« Seine Stimme verebbte.

»Mich hat sie auch angerufen«, sagte Kali. »Aber ich habe nicht abgenommen.«

»Teufel noch mal. Meinst du, sie hat tatsächlich etwas beobachtet? Sie sagte, sie würde damit zu dem anderen gehen, einem Kerl mit einer Luxusjacht.«

Kali wurde unruhig. War es möglich, dass Makena etwas gesehen hatte, das mit Polunu zusammenhing? Wahrscheinlich nicht, aber es wäre gut, sie aufzutreiben und nachzufragen, selbst wenn sie sich nur durch eine Bestechung zur Aussage bewegen ließ.

»Das halte ich für unwahrscheinlich, aber ich werde sie suchen.«

Das Problem war, dass Makena nie leicht zu finden war, besonders wenn sie nicht gefunden werden wollte.

»Ich melde mich, sobald ich etwas weiß«, sagte Kali. »Ich werde sie erst mal zurückrufen. Und dann sollten wir eine Suchmeldung rausgeben. Die Kollegen sollen die Augen nach ihr offen halten. Sie kann praktisch überall sein.«

Walter legte auf, und Kali merkte, wie die Unruhe von ihr Besitz ergriff und sie durchdrang wie frostige Kälte. Makena machte nichts als Ärger, aber Kali wollte nicht eines Tages ihre von Nadeln zerstochene Leiche identifizieren müssen.

33

Es war absolut wahr: Makena war eine Hure und ein Junkie, aber sie hatte auch gewisse Ambitionen. Und sie war sicherlich gewieft. Sie hatte eindeutig gesehen, wie ein Mann einen anderen Mann, der an den Füßen gefesselt gewesen war, von einem Schlauchboot aus im Wasser versenkt hatte.

Sie ging die Strandwege im Wai'ānapanapa State Park im Norden von Hana entlang. Langsam schlenderte sie hin und her und wartete, bis ein junges Pärchen seine Hütte verließ und zum Strand lief. Sie schlug eine Fensterscheibe ein und stieg hinein, dann duschte sie und nahm sich eine saubere Shorts und ein blaues T-Shirt mit dem Schriftzug irgendeines Konzerts. Beides war ihr viel zu groß, aber nachdem sie monatelang im Freien geschlafen hatte, stank sie darin nicht ganz so sehr.

Aus den Vorräten im Kühlschrank machte sie sich ein Erdnussbuttersandwich. Sie hinterließ Schmierstreifen an der Kühlschranktür und ließ den Brotlaib offen auf dem Fußboden liegen. Während sie sich die Herrenuhr, die auf dem Waschbecken im Bad lag, umschnallte und sich eine der beiden Zahnbürsten ausborgte, die in einem Wasserglas trockneten, legte sie sich einen Plan zurecht.

Wenn sie mit dem, was sie gesehen hatte, Geld machen wollte, würde sie herausfinden müssen, wem die schicke Jacht gehörte. *Beryl* stand in blauer Schrift am Heck. Damit sollte sich etwas anfangen lassen. Ihr Plan war es, sich zum Jachthafen von Hana Bay zu begeben, der gegenüber dem Hotelkomplex lag. Eine so große Jacht wie die Beryl müsste dort jemand kennen.

Als sie an der Hauptstraße ankam, ließ sie sich von einer mitfühlenden Frau in einem grauen Toyota mitnehmen und in der Nähe des Hotels absetzen. Sie ging zum Jachthafen und fand das kleine Büro, das für die Liegegebühren, die Zapfsäule und die allgemeine Instandhaltung zuständig war.

Der Schreibtisch war besetzt. Als sie hereinkam, blickte der Mann auf. Er war offensichtlich mit den Gedanken noch bei der Arbeit. Das änderte sich, sowie er Makena sah.

»Was gibt's denn, Honey?«, fragte er keineswegs freundlich.

Makena machte ein mürrisches Gesicht und drehte nervös eine Haarsträhne um die Finger. »Ich suche eine Jacht, die Beryl heißt.« Während sie antwortete, überflog sie mit den Augen das Lebensmittelregal neben der Kasse, dann schätzte sie ab, wie lange der Mann bis zur Tür brauchen würde. »Sie wissen, wo sie liegt oder wem sie gehört?«

Der Mann musterte stirnrunzelnd ihre unordentliche Erscheinung. »Schuldet dir jemand einen Zwanziger?« Er klang immer noch unfreundlich.

»Blödsinn. Ich habe auf dem Boot was vergessen und muss es holen.«

Er verzog keine Miene. »Nö. Nie von einer Beryl gehört«, sagte er. »Die kann sonst wo liegen. Das ist eine Insel. Hier gibt's überall Strände und Buchten. Und jetzt verschwinde. Und lass dich hier nicht wieder blicken.«

Sie versuchte es noch einmal, in einem schmeichelnden

Tonfall. »Sie verstehen nicht. Ich hab die Kette meiner Mutter auf dem Boot vergessen, als sie in der Bucht am State Park ankerte. Die ist wertvoll. Ich muss sie wiederkriegen, sonst, Sie wissen schon. Meine Eltern kriegen einen Anfall.«

Er lachte. »Ja, sicher. Eine wertvolle Kette. Familienerbstück mit Rubinen, was?« Er beugte sich nach vorn und schlug einen scharfen Ton an. »Hör zu, Mädchen, ich weiß nicht, was für eine Nummer du hier abziehst, aber wenn du etwas gestohlen oder deinen Stoff verloren hast oder dich hast schwängern lassen, interessiert mich das einen Dreck. Mach dass du rauskommst oder ich rufe die Cops.«

Makena drehte sich um, stolzierte zur Tür hinaus und knallte sie hinter sich zu. Sie ging am Rand des Jachthafens entlang zu einem Steg, wo sie sich gegen einen Pfahl lehnen konnte, und setzte sich hin. Sie war wütend und sie hatte keinen Plan B. Nach ein paar Augenblicken stand sie wieder auf und suchte sich in der Nähe des Büros einen Platz im Schatten, wo sie es sich bequem machte. Sie war es gewohnt, nirgendwohin zu können.

In dem Büro schaute der Mann rasch in seinem Computer nach, welche Boote in Hana registriert waren. Die Beryl war aufgeführt, und es dauerte nicht lange, bis er eine Telefonnummer dazu hatte. Dem Eigner der Jacht zu stecken, dass eine Crack-Süchtige nach ihm fragte, könnte ihm irgendwann nützen. Vielleicht bekäme er dafür sogar eine Belohnung.

Er wählte die Nummer und ließ es klingeln. Niemand nahm ab, aber schließlich meldete sich ein Anrufbeantworter.

»Aloha…« Er zögerte. »Hier der Jachthafen von Hana. Eben war eine junge Frau hier, die nach dem Besitzer der Beryl gefragt hat. Sie sagt, sie hat eine wertvolle Kette an Bord vergessen, als Ihre Jacht beim State Park ankerte. Es kam mir unglaubwürdig vor, darum habe ich gesagt, ich würde die Jacht nicht kennen, aber ich denke, Sie sollten wissen, dass jemand nach Ihnen sucht.« Er zögerte erneut. »Okay. Tja, also, schönen Tag noch.« Und damit legte er auf.

34

Polizeichef Leo Pait trommelte mit seinen langen dünnen Fingern auf dem Schreibtisch. Ihm gegenüber saß Walter steif auf einem Metallklappstuhl. Paits Büro wurde gerade renoviert, und die meisten Möbel waren mit Tüchern abgedeckt.

»Walter, das ist katastrophal für den Ruf unserer Gegend.« Pait lehnte sich zurück und fuhr sich durchs schüttere Haar. »Drei Tote schon – eine Großmutter, ein Schuljunge und ein berüchtigter Verbrecher mit einem Gewicht an den Füßen. Das schreckt allmählich die Touristen ab. Zwei Pensionen in Hana und die beiden kleinen Hotels haben ihren Gästen schon geraten, sich abends von den Stränden fernzuhalten.«

»Die alte Dame wurde in Kīhei getötet. Und Polunu Hausuka war bloß ein Taschendieb«, widersprach Walter vorsichtig.

»Was? Ach, der Dieb. Trotzdem. Es handelt sich um Gewaltverbrechen. Das macht sich in den Lokalnachrichten nicht gut. Und dieser Schauspieler mit seinem Podcast versetzt alle in Aufregung. Was wir brauchen, sind Berichte über Kulturfeste, Restauranteröffnungen, Filmstars, die bei uns Urlaub machen.«

»Chief, ich …«

»Kommen Sie mir nicht mit Ausflüchten, Walter. Ich kenne Sie schon zu lange. Wollen Sie und Ihre Eigenbrötlertruppe da drüben mir untreu werden?«

Walter seufzte und betrachtete Pait mit einer gewissen

Furcht. Der Mann war einschüchternd. Blasse Haut, außerordentlich groß und dünn. Walter fühlte sich immer an den Geist eines Basketballspielers erinnert.

»Bestimmt nicht, Chief. Wir haben jeden verfügbaren Mann auf den Fall des Jungen angesetzt. Und die Ermittlung zu den Solarmodulen ist in vollem Gange. Wie Sie wissen, haben wir in Bezug auf den Jungen gerade einen Durchbruch erzielt und kennen jetzt die Mordwaffe.«

»Die wahrscheinliche Mordwaffe. Sie haben sie noch nicht.«

»Zugegeben, aber wir haben ein paar gute Spuren.«

»Wie die, die heute Morgen am Strand angespült wurde und die Touristen erschreckt hat?«

Walter schwieg für einen Moment. »Ein Rückschlag, Sir. Mehr nicht.«

»Was sagten Sie noch gleich? Welche Verbindung gibt es zwischen der Großmutter, dem Jungen und dem Dieb?«

»Dazu habe ich noch nichts ...«

»Verdammt richtig, haben Sie noch nicht. Und das ist der Punkt. Sie wissen nicht mal, ob es eine Verbindung gibt.«

Ein Diensthabender steckte den Kopf herein.

»Die Anstreicher sind da, Chief.«

»Schicken Sie sie rein«, sagte Pait. »Gehen Sie, Walter. Finden Sie raus, was da zum Teufel an unseren Stränden vor sich geht, und zwar schnell. Ist das klar?«

»Ja, Sir.« Walter stand auf und verließ das Büro. Langsam ging er durch das Gebäude zum Ausgang, dann hinaus in die pralle Sonne auf dem Parkplatz. Das Büro der Rechtsmedizinerin lag nur ein paar Blocks weit weg. Auf dem Weg dorthin machte er sich auf die nächste Standpauke gefasst.

Jemand wies ihm den Weg zur Treppe, die ins Untergeschoss

und zum Obduktionssaal führte. Er freute sich nicht darauf, was er dort wahrscheinlich zu sehen bekam. Stitches war da. Sie blickte auf und sah ihn den Vorraum betreten, der mit einer Glaswand vom Arbeitsraum abgetrennt war. Sie nickte dem jungen Arzt zu, der ihr assistierte, und kam auf Walter zu. Dabei zog sie sich die Handschuhe aus und nahm die Maske ab.

»Ich nehme an, Sie kommen wegen Polunu Hausuka, nicht wegen Grace Sawyer«, sagte sie zur Begrüßung. »Aber Sie wollen da nicht hineingehen. Es stinkt entsetzlich. Er war eine Weile im Wasser. Die Fische haben viel weiches Gewebe gefressen. Er hat nur noch ein Auge.«

Walters Magen schlingerte. »Danke für die plastische Beschreibung.«

»Aber Sie können auch vor hier aus einiges sehen.« Sie stellte sich an die Scheibe und winkte Walter, zu ihr zu kommen. Nebenan lag Polunus entstellter Leichnam unter grellen Lampen auf dem Obduktionstisch. Stitches drückte auf einen Knopf an der Wand neben der Tür und aktivierte die Gegensprechanlage.

»Heben Sie sein rechtes Bein an«, bat sie den Kollegen. Er tat es. Walter sah ein Stück Seil von dem schwarz verfärbten Fußgelenk herabhängen. »Seine Füße waren zusammengebunden und wahrscheinlich mit einem Gewicht beschwert, mit was für einem, wissen wir nicht. Das Seil war nicht gut verschnürt und hat sich gelöst, vermutlich durch die Strömung. Hausuka wurde höchstwahrscheinlich ein Stück von der Küste entfernt ins Wasser geworfen, aber nicht sehr weit weg. Sonst hätten wir ihn erst mal nicht wiedergesehen – oder überhaupt nicht mehr, wenn ihn ein größerer Fisch mit leerem Magen gefunden hätte.«

»Also wurde er vom Strand ins tiefere Wasser gebracht?«

»Ich vermute, dass er von einem Boot aus in Küstennähe versenkt und dann unter Wasser von der Strömung mitgeschleift wurde, bis er an einem Lavafelsen hängenblieb. Die Haut ist aufgeschürft und aufgeplatzt, vor allem an den Beinen, aber diese Verletzungen sind nach dem Tod entstanden und legen nahe, dass er mehrfach gegen scharfkantige Felsen geschlagen ist.«

»Wie lange war er im Wasser?«

»Höchstens drei Tage. Berücksichtigt man die Geschwindigkeit der Strömung, könnte er in der Nähe des Haleakalā National Parks ins Wasser gelangt sein, oben bei Kīpahulu.«

»Und er ist ertrunken?«

»Ja. Interessanterweise war er an den Handgelenken nicht gefesselt. Die Füße wurden ihm wahrscheinlich nur zusammengebunden, um das Gewicht daran festzumachen, nicht um ihn zu bändigen. Wir testen gerade, ob er eine signifikante Menge von Narkotika oder Alkohol im Körper hat.«

»Wenn ja, dann hat er seinen Mörder vermutlich gekannt.«

»Wahrscheinlich. Wie Sie sicher wissen, haben die meisten Opfer ihren Mörder gekannt.«

Walter sagte nichts. In Polunus Fall gab es sicher eine lange Liste von Leuten, die er sich im Lauf der Jahre zum Feind gemacht hatte. Plötzlich hatte er es eilig, heimzufahren und ein Schläfchen zu machen.

»Noch etwas?«, fragte er und wandte sich bereits zum Gehen.

»Er war unbeschnitten.«

Walter sah Stitches an und schüttelte den Kopf. Sie war ihm ein Rätsel. Und wenn es nach ihm ging, sollte sie das auch bleiben.

35

Der 'Alenuihāhā Channel zwischen Maui und dem Dorf Hawi an der Nordspitze von Big Island war ein achtundvierzig Kilometer breites gefährliches Gewässer. An manchen Stellen war er fast zweitausend Meter tief, und die Berge an beiden Küsten schufen einen Windkanal von legendärem Appetit, der schon viele Boote verschluckt hatte.

Der Bauunternehmer ignorierte gut gelaunt, was andere für gefährlich hielten, und überquerte den Kanal jedes Mal bereitwillig, wenn sich bei seinem Kontaktmann auf Maui genug Solarmodule angesammelt hatten, damit sich die Fahrt lohnte. Er war nicht gewillt, sich von Gerüchten und Märchen über ein Stück Meer abschrecken zu lassen, wenn er seine schon beträchtliche Gewinnspanne noch vergrößern wollte.

Gleich zu Anfang hatte er in der Baubranche zwei wichtige Lektionen gelernt: Erstens war alles, was für umweltfreundlich oder »grün« gehalten wurde, eine enorme psychologische Absatzhilfe, von der sich eine gewisse Käuferschicht angesprochen fühlte, und zweitens konnte er umso mehr Geld auf sein Konto einzahlen, je weniger er für Baumaterial ausgab. Was er allein an den Solarmodulen sparte, würde ihm ein großes Grundstück auf der noch relativ unbebauten Insel Kaua'i finanzieren. Die Pläne für das Haus waren bereits fertig, und sobald er eingezogen war, würde er seine freie Zeit mit Reisen verbringen.

Eine schlanke Frau streckte den Kopf durch die Luke zur Kombüse.

»Hunger, Dad? Ich wollte einen Salat machen. Möchtest du auch welchen?«

»Klingt gut, Honey. Für mich eine Extraportion Speckwürfel.«

Sie rollte die Augen. »Okay, aber nur unter Protest. Du weißt, die sind nicht gut für dich.«

»Schön, dass das jemanden kümmert.«

Sie schüttelte den Kopf. »Ich muss schließlich dafür sorgen, dass du gesund bleibst. Ich werde dir eines Tages Enkelkinder schenken. Und wenn sie alt genug sind, will ich sie für ein paar Monate bei dir lassen, damit ich in Paris relaxen kann.«

Er lachte, als sie unter Deck verschwand. Er fuhr an der Küste entlang, steuerte die schlanke Jacht von dem weich gepolsterten Sitzbereich am Cockpit aus. Im Jachthafen fuhr er vorsichtig an die Zapfsäule heran und machte die Jacht an den Pflöcken des Anlegers fest, dann nahm er den Stutzen vom Dieseltank. Als er die Kreditkarte in den Schlitz einführte, leuchtete auf dem Display eine Fehlermeldung auf. Außer Betrieb. Fluchend blickte er zum Hafenbüro. Im Jachthafen war es still, die meisten Boote schaukelten friedlich an ihren Liegeplätzen. Es waren kaum Leute zu sehen. Also steckte er die Kreditkarte wieder ins Portemonnaie und ging den Anleger hinunter, dann stieg er die schmale Treppe hinauf, die zum Hafenbüro führte.

Als er es betrat, füllte der Mitarbeiter gerade die Regale mit Chipstüten auf. Er gab nicht zu erkennen, dass er den Kunden bemerkt hatte.

»Wäre es möglich, dass Sie mal rüberkommen?«, rief der

Bauunternehmer verärgert. Er holte die Kreditkarte heraus und tippte damit ungeduldig auf den Verkaufstresen.

Der Mitarbeiter ließ die Chipstüten im Stich und begab sich hinter den Tresen an die Kasse. Als ihm der Bauunternehmer die Karte hinschob und er den Namen darauf sah, war er überrascht und schaute noch einmal genauer hin.

»Oh, hallo. Also haben Sie die Nachricht erhalten?«, fragte er dann.

Das brachte ihm einen verständnislosen Blick ein. »Was für eine Nachricht?«

Der Mitarbeiter war verwirrt. »Vorgestern? Wegen dem Mädchen, das nach Ihnen gefragt hat?«

Als der Bauunternehmer nichts dazu sagte, fuhr der Mitarbeiter fort. »Sie wollte wissen, wo sie Sie findet. Angeblich hat sie eine wertvolle Kette auf Ihrer Jacht liegen lassen, drüben beim State Park.«

Der Bauunternehmer zog die Brauen zusammen. Die Beryl hatte dort mehr als ein halbes Dutzend Mal an einer bestimmten Stelle gelegen, um die Ware aufzunehmen.

Er lächelte den Mann an und ging in einem beiläufigen Ton darauf ein. »Oh, verstehe. Ich war für ein paar Tage weg, darum habe ich die Nachricht wohl nicht abgehört, wenn Sie unter meiner Büronummer angerufen haben. Hat sie einen Namen oder eine Adresse hinterlassen, damit ich sie erreichen kann? Ich hatte vor ein paar Wochen eine große Party an Bord. Daher bin ich mir nicht sicher, wer den Schmuck vergessen haben könnte.«

»Nein, hat sie nicht.« Dem Mitarbeiter wurde klar, dass er danach hätte fragen sollen. »Aber«, er deutete mit dem Kopf zu dem Fenster, durch das man über den Parkplatz sehen konnte,

»Sie haben Glück. Sie lungert hier seitdem herum. Ich habe sie heute Morgen drüben bei den Picknicktischen gesehen.«

»Na, das trifft sich ja gut«, erwiderte der Bauunternehmer geschmeidig. »Wie sieht sie aus?«

»Schulterlange dunkle Haare, asiatisch-hawaiianisches Aussehen. Sehr dünn. Sie trägt Shorts und ein T-Shirt.«

»Großartig. Danke. Der Kassenautomat der Zapfsäule tut es übrigens nicht.«

»Ja, tut mir leid.« Der Mitarbeiter zog die Kreditkarte durch, druckte den Beleg aus und gab beides dem Bauunternehmer, der bereits durchs Fenster zum Picknickplatz schaute. »Aber hey, wenn Sie nicht reingekommen wären, wüssten Sie jetzt nichts von dem Mädchen.«

Sein Kunde steckte Karte und Beleg ins Portemonnaie.

»Ich muss wohl ein Glückskind sein«, sagte er, bevor er durch die Tür ging. Er bog sofort auf den Weg ab und schlenderte ihn entlang. Dabei sah er sich die Leute an, die sich in der Nähe aufhielten.

Er ging bis zum Rand des Parkplatzes, dann suchte er die schattigen Stellen unter den Bäumen ab, wo ein Stückchen Park mit einem halben Dutzend Picknicktischen und Bänken ausgestattet war. Er entdeckte Makena sofort. Sie wühlte in einem Abfallkorb bei den Tischen. Sie wedelte einen Schwarm Fliegen weg und zog ein angebissenes Sandwich aus dem Müll. Ohne es näher zu untersuchen, biss sie hinein.

Er ging auf sie zu und sprach sie freundlich an. »Hallo. Bist du das Mädchen, das sich nach der Beryl erkundigt hat?«

Sie hielt inne und sah ihn neugierig an. »Kann sein. Wieso?«

Er deutete zum Jachthafen, wo die Jacht an der Zapfsäule wartete. »Da ist sie.«

Sie warf das Sandwich weg und ging näher an den Parkplatz heran. Das Boot lag nur fünfzig Meter entfernt. Sie betrachtete den Mann näher und versuchte, sich darüber klar zu werden, ob er derselbe war, den sie von der Anhöhe aus beobachtet hatte. »Wissen Sie, wem die gehört?«

»Mir«, antwortete er locker.

Sie sah von ihm zu der Jacht. Eine junge Frau war an Deck zu sehen. Makena wandte sich dem Mann zu. Seine Augen wirkten kalt, obwohl er lächelte. Er sagte nichts, wartete nur, was sie als Nächstes tat.

»Ich brauche ein bisschen Geld«, begann sie.

Seine Schultern entspannten sich sichtlich. »Brauchen wir das nicht alle?«

»Manche haben es nötiger als andere.« Sie klang berechnend. »Ich zum Beispiel habe keine Jacht. Nicht mal ein Dingi.«

Sein Lächeln wurde zu einem Strich. »Tja nun. Das ist ein Jammer. Aber wenn ich richtig informiert bin, hast du auf meinem Boot ein Schmuckstück verloren, obwohl ich mir sicher bin, dass ich dich noch nie an Bord gesehen habe.«

Sie verzog höhnisch das Gesicht. »Ich hab gar nichts verloren. Aber ich hab was gesehen. Und ich wette, das ist ein bisschen was von Ihrem schwer verdienten Geld wert.«

Die Stimmung war angespannt. Der Mann antwortete langsam und leise. »Von wie viel Geld reden wir hier?«

Makena sah zwischen ihm und dem Boot hin und her. »Zweitausend.«

»Wirklich?« Er zog die Brauen hoch, als wäre er überrascht. »Dabei hast du mir noch gar nicht gesagt, was du gesehen hast, das mich bewegen könnte, dir so viel Geld zu geben. Neu im Erpressergeschäft, hm?«

Sie wechselte das Standbein und sah wieder zur Beryl hinüber. Sie holte tief Luft und neigte sich zu ihm. »Ich hab gesehen, wie Sie den Mann über Bord gekippt haben«, zischte sie. »Also verarschen Sie mich nicht. Zweitausend Dollar, und ich behalte Ihr schmutziges Geheimnis für mich.«

Er kniff ein wenig die Augen zusammen. »Er ist ausgerutscht«, erklärte er finster lächelnd. »So was passiert immer wieder. Könnte sogar dir passieren.«

»Drohen Sie mir nicht. Ich habe gute Freunde bei der Polizei.«

»Tatsächlich? Hör mal, Schätzchen, nur weil die Cops dich mit Namen kennen, sind sie noch lange nicht deine Freunde.«

Sein Ton machte ihr plötzlich Angst, und sie wich zurück.

»Wie auch immer, ich kann solchen Ärger nicht gebrauchen.« Er klang wieder freundlich. »Ich gebe dir das Geld, aber du musst mir versprechen, dass ich nie wieder was von dir höre.«

»Klar«, sagte sie und meinte das so wenig wie er.

»Dir ist aber klar, dass ich keine zwei Riesen in der Tasche habe, oder?« Er schaute zum Hafenbüro. »Und selbst wenn, wäre es schlecht, wenn uns jemand dabei sieht, wie ich dir einen Packen Geldscheine gebe. Das könnte ein falsches Licht auf unsere Bekanntschaft werfen.«

»Ich bin nicht blöd«, sagte sie. »Hab nicht erwartet, dass Sie es bei sich haben.«

Er deutete mit dem Kopf zur Jacht. »Zufällig habe ich ein bisschen Bargeld an Bord. Es könnten zweitausend sein, vielleicht ein bisschen weniger.«

»Na, dann gehen wir doch mal nachsehen.«

»Meine Tochter ist an Bord. Ich möchte nicht, dass sie da mit reingezogen wird.«

»Angst, dass ich Ihren Ruf ruiniere?«

»Tu einfach, was ich dir sage, dann kannst du dein Geld nehmen und verschwinden.«

Er ging zwischen den Tischen hindurch und am Rand des Parkplatzes entlang, dann die Treppe hinunter zu den Schwimmdocks und der Tanksäule. Sie folgte ihm in ein paar Schritten Abstand.

Er stieg an Deck der Beryl, dann drehte er sich zu ihr um.

»Möchtest du an Bord kommen?«, fragte er. »Du kannst auch auf dem Anleger bleiben, wenn dir das lieber ist. Ich brauche zwei Minuten, um den Safe zu öffnen.«

Makena sah sich um. Ein Stück entfernt waren Leute zu sehen, die auf ihren Booten saßen. Es war heller Tag. Ein Schrei würde wahrscheinlich viel Aufmerksamkeit erregen. Sie zögerte, dann ging sie auf den Rand des Bootes zu.

»Ja, klar. Beeilen Sie sich einfach.«

Der Bauunternehmer hielt ihr die Hand hin und half ihr an Bord. Sie wich sofort an die Reling zurück.

»Musst du irgendwohin?«, fragte er unverhohlen sarkastisch.

»Ich will das Geld schließlich ausgeben, klar?«

Er musterte sie eingehend. »Du siehst aus, als könntest du mit dem Silberbesteck abhauen.« Er deutete auf den Sitzbereich. »Nimm Platz. Leg die Beine hoch. Du verstehst sicher, dass ich dich nicht nach drinnen einlade und dir zeige, wo mein Safe ist.«

Sie zuckte mit den Schultern. »Ich bleibe gerne hier. Danke.«

»Sehr gut.«

Als er sich abwandte, trat die junge Frau aus der Kombüse in die Sonne. Makena sah ihn den Kopf schütteln, als wollte er ihr zu verstehen geben, dass sie den Mund halten sollte. Dann nahm er sie beim Arm und flüsterte rasch etwas. Die Frau lächelte Makena an, legte den Kopf prüfend zur Seite, dann folgte sie dem Mann eine kurze Treppe hinab unter Deck.

Ein paar Minuten lang blieben sie verschwunden. Als sie zurückkamen, saß Makena noch am selben Platz. Er tat, als blickte er sich vorsichtig um, und ließ ein Päckchen Zwanzig-Dollar-Scheine an seinem Daumen entlangschnellen. Sie kam zu ihm. Ihre Gier verdrängte den letzten Rest Vernunft. Als sie nach dem Geld griff, zog er eine schwere schwarze Glock aus dem Hosenbund und stieß ihr den Lauf in die mageren Rippen.

»Jetzt musst du eine Entscheidung fällen, und besser, du fällst sie schnell«, flüsterte er grimmig. »Bist du ein braves Mädchen, machen wir eine kleine Fahrt an der Küste entlang. Bist du ein böses Mädchen, schlage ich dir die Zähne ein und schwöre, dass du mich ausrauben wolltest. Du kannst gerne ausprobieren, ob die Polizei einer Crack-Hure oder einem respektablen Geschäftsmann glaubt.«

Makena sah ihm an, dass er es ernst meinte. »Vielleicht sollte ich einfach verschwinden, und Sie können Ihr Geld behalten.«

Er schüttelte den Kopf. »Dafür ist es ein bisschen zu spät, nicht wahr?« Er deutete mit dem Kopf zum Cockpit. »Steig da rauf. Na los.«

Vorsichtig stieg sie die steilen Stufen hoch.

»Jetzt setz dich hin und verhalte dich ganz still, solange ich aus dem Hafen fahre.«

Sie setzte sich auf die dick gepolsterte Bank.

»Ich werde dich nicht ins Wasser werfen, falls du das

denkst«, sagte er. »Es sind zu viele Leute hier. Wir fahren weiter raus, bis die Sonne untergeht, dann nehme ich dich ins Haus meiner Tochter mit.«

Auf ihrem Gesicht schien plötzlich Angst auf. Ihre Augen füllten sich mit Tränen. »Ich werde es niemandem sagen«, versprach sie wimmernd. »Ich schwöre es.«

»Da bin ich mir sicher.«

Während er Makena im Blick behielt, startete er den Motor. Das Boot erzitterte leicht. Er stieg die Treppe hinunter und machte es los, ohne sie aus den Augen zu lassen, stieg wieder hinauf zum Cockpit und steuerte das Boot an den Bojen vorbei aus der Bucht. Er schaltete die automatische Steuerung auf langsame Geschwindigkeit und wandte sich Makena zu.

»Okay. Nach unten, Prinzessin.« Er richtete die Pistole auf sie. Sie stand auf und stieg rückwärts die steilen Stufen wieder hinunter. Er führte sie eine weitere Treppe nach unten, öffnete die Tür zum Salon und stieß sie grob hinein. Die Einrichtung beeindruckte sie – lauter glänzendes Holz und Messing und ein dicker Teppichboden. Seine Tochter hatte dort anscheinend gewartet.

»Du musst eine Weile still sein«, sagte er zu Makena und gab seiner Tochter die Glock. »Sie wird dir Gesellschaft leisten.«

Die Frau machte ein ausdrucksloses Gesicht. »Ihr Hawaiianer. Man kann euch einfach nicht sauber halten, hm? Tja, keiner kann behaupten, ich hätte es nicht versucht.«

Gerade als Makena etwas erwidern wollte, schlug ihr die Frau mit der Pistole auf den Kopf, und Makena sank bewusstlos auf den Teppich. Der Mann packte sie vorne am T-Shirt und zog sie in eine der Bugkabinen, wo er sie mit dem Gesicht nach unten liegen ließ. Er blickte auf sie hinunter, als überlegte er etwas. Seine Tochter grinste.

»Ich glaube, neunzig Pfund ungesundes Fleisch sind keine Bedrohung, Dad. Ich werde ganz bestimmt nicht bei ihr bleiben. Sie stinkt wie eine Jauchegrube. Leg sie aufs Bett, und wir schließen die Tür ab.«

Der Mann hob Makena hoch und ließ sie aufs Bett fallen.

»Wir werden alles verbrennen müssen, um den Gestank loszuwerden. Bettzeug, Kissen, Teppichboden«, sagte er nickend und schloss hinter ihnen ab.

»Und was jetzt?«, fragte sie, als sie wieder an Deck gingen. Sie gab ihm die Waffe zurück. »Warten wir, bis es dunkel ist, und fahren in den Kanal, wo sie dann aus Versehen über Bord fällt? Oder kann ich vorher mit ihr spielen?«

Er sah weg und ging nicht darauf ein. »Ich fürchte, das hat sich nicht gut entwickelt. Wir sollten jetzt eigentlich am Pool sitzen und das Abendessen genießen. Ich bin ein reicher Mann, du bist eine reiche Frau.« Er drückte ihre Schulter. »Tut mir leid, das alles, Pumpkin. Für Leute wie uns sollte das Leben unbeschwert sein.«

36

Kali parkte den Jeep vor George's Island Market. Hilo ließ sie zu Hause, solange sie nach Makena suchte. George war im Laden. Wie immer saß er hinter der Kasse und hielt die Boulevardzeitung in der Hand. Seine ruhige Art vermittelte den trügerischen Eindruck, dass es sich um einen ganz normalen Tag handelte.

»In Norwegen haben sie wieder eine Meerjungfrau gefunden«, sagte er zur Begrüßung. »In einem Fjord. Man sollte ja eigentlich meinen, das Wasser wäre zu kalt für eine Meerjungfrau.«

»Sollte man.« Sie lächelte flüchtig über das Bild einer Meerjungfrau in einem Norwegerpullover. »Ich suche Makena Shirai, George. War sie hier?«

Kalis Tonfall ließ ihn sofort aufblicken.

»Ja«, sagte er zögernd. »Ich glaube, das war vor drei Tagen. Oder nicht mal so lange. Sie kam rein und fragte, ob sie mal telefonieren dürfte.«

Kali wartete.

»Ich habe sie weggeschickt«, sagte er. »Schätze, das ist nicht das, was Sie hören wollen.«

»Zu der Zeit hat sie mich von irgendwoher angerufen, und jetzt ist sie nirgends zu finden. Die Nummer gehört zu einem gestohlenen Handy. Ich fürchte, sie ist in Schwierigkeiten.«

George musterte ihr Gesicht. Er schien zu sehen, dass sie sich ernsthaft Sorgen machte.

»Drogen?«

»Diesmal nicht. Wie es aussieht, will sie eine Information zu Geld machen, versucht sich in Erpressung.«

»Haben Sie schon beim Wasserfall nachgesehen? Ich habe gehört, dass sie in letzter Zeit die Parkplätze abgegrast und die unverschlossenen Autos der Touristen geleert hat.«

»O Mann. Man sollte meinen, wir hätten genug Warnschilder aufgestellt, damit die Leute nichts in ihren Mietwagen liegen lassen.«

»Touristen«, sagte George kopfschüttelnd. Ein ironisches Lächeln spielte um seine Mundwinkel, doch er blieb bei dem ernsten Ton. »Natürlich müssen sie dann bei mir Halt machen, um sich neue Sonnenbrillen, Sonnencreme und Einwegkameras zu kaufen. Man muss dem Universum dankbar sein, wie sich alles fügt.«

Kali war nahe daran zu schmunzeln.

»Wir haben schon überall gesucht. Vom Flugplatz bis zur Schotterstraße. Ein paar Leute haben sie gesehen, aber wo sie im Augenblick übernachtet, weiß offenbar keiner.«

»Das ist auch schwer zu sagen. Ich habe sie mal hinter dem Müllcontainer schlafen sehen. Es gibt viele abgeschiedene Plätze entlang der Straße. Man kann hier gut untertauchen, wenn man nicht gefunden werden will.«

Kali lehnte sich gegen den Ladentisch, war plötzlich ganz erschöpft. George hatte natürlich recht. Auf Maui gab es noch viel wilde Natur mit guten Verstecken. Draußen hatte der Wind wieder aufgefrischt, die Wolken jagten über den Himmel. Heute würde es in Hawaii kein strahlendes Wetter geben. Sie spürte, dass etwas Dunkles aus dem trügerischen Paradies aufstieg. Die Chancen standen gut, dass sie Makenas Leiche finden würden, irgendwo im Straßengraben, nach einer Überdosis.

»Nichts Neues zu Kekipi Smith oder dem anderen Kerl, der angeschwemmt wurde?« George war es ganz offensichtlich nicht entgangen, dass die beiden Fälle möglicherweise etwas mit der Suche nach Makena zu tun hatten.

»Noch nicht.«

»Ein Mädchen wie sie«, sagte er langsam, »gerät immer in Schwierigkeiten. Bedenken Sie das, Detective. Manche Menschen sind einfach so.«

»Ja, ich weiß.« Kali richtete sich auf und wandte sich zur Tür. »Aber ich muss tun, was ich kann, George. Sie rufen mich sofort, wenn sie aufkreuzt oder wenn Sie was von ihr hören.«

»Mach ich.« Er griff hinter sich in ein kleines Kühlfach und warf ihr eine Ananaslimonade zu. »Für unterwegs.«

Kali bedankte sich nickend und ging zurück zum Jeep. Sie öffnete die Flasche, trank die Limonade sofort aus und strich sich mit dem kalten, beschlagenen Glas über die Stirn.

Dann fuhr sie auf dem Highway 360 Richtung Hamoa Beach und hielt unterwegs bei mehreren Imbissständen an, um zu fragen, ob jemand etwas Neues wusste. Gerade als sie mit den Besitzern des Shave-Ice-Stands am Stadtrand sprach, knisterte Walters Stimme aus dem Funkgerät im Jeep.

»Wo bist du?«, fragte er.

»Habe gerade mit George gesprochen. Er sagt, er hat sie zuletzt vor ein paar Tagen gesehen, als sie bei ihm telefonieren wollte. Aber er hat sie weggeschickt. Bei dir was Neues?«

»Hara hat gestern eine Beschwerde reinbekommen, von einem Mitarbeiter des Jachthafens von Hana Bay. Angeblich hat sich eine Drogendealerin auf dem Parkplatz aufgehalten. Die Beschreibung passt auf Makena. Wir haben das gerade überprüft. Und dieselbe junge Frau wurde gesehen, wie sie heute Morgen auf eine schicke Jacht stieg. Wir kennen den Namen der Jacht, und die Küstenwache sucht schon danach.«

»Wie heißt sie und wem gehört sie?«

»Sie ist unter dem Namen Beryl registriert. Gehört einer Baufirma auf Big Island.«

»Name?«

»Es war nur der Firmenname eingetragen: Sunspot Ltd. Aber wir haben eine Beschreibung des Besitzers. Ein Mann von Mitte fünfzig, untersetzt, ungefähr ein Meter siebzig.«

Dann blieb es still. Kali wartete. Sie wusste, er brauchte das dramatische Moment.

»Sunspot Ltd.«, sagte er nach einer angemessenen Pause, »baut derzeit hier und auf Big Island mehrere neue Siedlungen mit Solaranlagen. Und eine davon ist Secret Haven.«

»Billy Shane.«

Es knisterte und knackte. In Kalis Ohren klang das nach Spannung.

»Wir haben ihn zweimal überprüft, weil du den Kerl nicht leiden kannst. Er hat eine reine Weste. Das Einzige, was wir finden konnten, war privater Natur.«

»Okay. Etwas über seine Tochter?«

»Hat abwechselnd bei ihm und bei der Mutter gelebt. Da hat es eine hässliche Scheidung gegeben. Die Tochter war immer wieder in psychiatrischen Einrichtungen. Zeigte starke soziopathische Auffälligkeiten und ist von zwei Schulen geflogen, weil sie Schüler und Tiere gequält hat.«

»Das hast du mir gar nicht erzählt.«

»Es schien mir nichts mit dem Fall zu tun zu haben.«

»Was für Grausamkeiten waren das?«

Walter seufzte. »Mit acht hat sie ein Mädchen in einem Schuppen eingesperrt und ihr vorher die Haare abgeschnitten. Hat keinerlei Mitgefühl gezeigt.«

»Und?«

»Mit zehn hat sie im Schullabor Hamster angezündet. Man fand sie, als sie zusah, wie sie verbrannten. Auch da kein Anzeichen von Reue oder Schuldbewusstsein.«

Kali drehte es den Magen um.

»Ich habe da eine ganz üble Ahnung«, sagte sie.

»Ja, ich auch. Da war auch noch eine Sache mit dem Mann dieser Tochter. Ein Einheimischer von Kaua'i, er wurde bei einem Unfall mit Fahrerflucht getötet. Der Fall ist noch ungeklärt. Ein paar Monate vorher wurde häusliche Gewalt gemeldet, aber es war nicht, wie du denkst. Der Mann hatte eine Affäre, und Shanes Tochter hat ihn kräftig verprügelt, als sie dahinterkam. Während er schlief. Jedenfalls musst du zu dem Jachthafen fahren. Roger Blake von der Küstenwache hat angeboten, uns auf seinem Boot mitzunehmen. Ich habe ihn über die ganze Sache informiert, und wir haben die Aussage von dem Hafenmitarbeiter, dass eine Frau, auf die Makenas Beschreibung passt, Shane auf seine Jacht gefolgt ist, die kurz zum Auftanken im Hafen war.«

»Also hat sie wahrscheinlich nicht gelogen. Zumindest nicht bei allem.«

»Sie hat ein paar Tage im Hafen herumgehangen und sich nach der Jacht erkundigt. Dabei hat sie dem Mitarbeiter ein Märchen aufgetischt, sie meinte, sie hätte eine wertvolle Kette auf der Jacht liegen lassen. Wir treffen uns dort.«

Kali wendete und wünschte ausnahmsweise, sie säße in einem Streifenwagen mit Sirene. Sie fuhr durch den dichten Touristenverkehr zurück und bog fünfzehn Minuten später auf das Gelände des Jachthafens ein. Keine gute Zeit für die kurze Strecke. Vom Shave-Ice-Stand bis zum Jachthafen waren es keine fünf Kilometer.

Walter stand schon auf dem Anleger. Vom Parkplatz aus rannte sie und sah das Boot der Küstenwache ankommen. Bei der Einfahrt in den Hafen verlangsamte es die Geschwindigkeit, war aber immer noch schnell genug, um die ankernden Jachten mit seinen Heckwellen zum Schaukeln zu bringen. Roger Blake winkte vom Ruder aus und legte an. Walter und Kali stiegen an Bord und gingen zu ihm, während er bereits wieder Gas gab und den Hafen mit hoher Geschwindigkeit verließ.

Walter sah zum dunkler werdenden Himmel hoch. Roger bemerkte das.

»Da zieht ein Unwetter auf«, rief er im Lärm der Maschine. »Haben Sie eine genaue Vorstellung, wo wir suchen sollen? Ich habe drei unserer Schiffe da draußen. Bisher wurde Shane nicht gesichtet.«

»Wir haben eine Streife vor seinem Haus auf Big Island postiert«, rief Walter. »Da ist keiner zu Hause. Meiner Einschätzung nach ist er mit Makena weiter rausgefahren.« Er schwieg einen Moment lang. »Hoffentlich ist sie noch an Bord«, fügte er um Kalis willen hinzu.

Kali nahm sich ein Fernglas und fing an, das Wasser abzusuchen. Sie sah nur Segelboote, und die fuhren alle Richtung Hafen. Die drohenden Wolken sorgten zumindest dafür, dass weniger Boote draußen blieben, die sie überprüfen mussten.

Sie schaute wieder zum Himmel. Plötzlich hatte sie die Nase

voll von Stürmen, von süchtigen Jugendlichen, von einer Gesellschaft, die so aus dem Gleichgewicht war, dass die Kriminellen gute Chancen hatten, die Oberhand zu gewinnen. Es fing an zu schütten, sodass durchs Fernglas nichts mehr zu erkennen war. Deprimiert wischte sie die Linsen am Ärmel trocken.

Seit einer halben Stunde kreuzten sie vor der Küste und fuhren nach jeder Kehre ein wenig weiter raus. Dann kam eine Meldung über Funk. Die Beryl war gesichtet worden.

»Wir übernehmen das«, rief Walter. »Sagen Sie den anderen, sie sollen nur in der Nähe bleiben, falls wir sie brauchen. Wenn Shane zu viel Küstenwache sieht, begeht er vielleicht eine Dummheit.«

In der Ferne kam jetzt eine große Motorjacht in Sicht. Kali zeigte dorthin, und Roger drehte das Steuerrad herum.

»Langsam«, sagte sie. »Wir wollen ihn nicht verjagen.«

Ihre Laune hob sich. Vielleicht kamen sie noch nicht zu spät. Es mochte viele Tage geben, an denen die Räuber mit der Beute davonkamen. Aber heute vielleicht nicht, dachte sie.

37

Vom Deck der Barkasse aus spähte Kali durchs Fernglas. Die Beryl war noch immer ein gutes Stück entfernt, aber das Gerät hatte eine ausgezeichnete Optik. Sie konnte am Heck das große B am Anfang des kurzen Namens erkennen. Sie gab Walter das Fernglas, der kurz darauf zustimmend nickte.

»Wollen Sie mich in Ihren Plan einweihen?«, fragte Roger.

»Wir sollten langsam heranfahren und das Wetter als Vorwand nehmen«, sagte Kali. »Sagen Sie Shane, dass wir eine Sturmwarnung reinbekommen haben und ihn bitten, die Küste anzusteuern.«

Walter blickte skeptisch. »Die Sturmwand hat er schon selbst gesehen.«

»Aber er fährt nicht in Richtung Hafen, also können wir ihn ausdrücklich warnen«, erwiderte Kali.

»Und dann bedankt er sich und tuckert hinter uns her?«

»Hast du eine bessere Idee? Bitte, ich bin ganz Ohr.«

Roger drehte sich angespannt zu ihnen um. »Okay, Leute, Sie beide versuchen jetzt mal, nicht nach Polizei auszusehen, und ich rufe die Jacht über Lautsprecher an.«

»Wir müssen an Bord gehen«, sagte Kali. »Wenn Makena dort ist, liegt sie wahrscheinlich nicht zum Sonnenbaden an Deck, wo wir leicht an sie herankämen.«

»Je näher wir an den Hafen heranfahren, desto leichter wird

es«, sagte Walter. »Und sicherer. Er wird sie nicht über Bord werfen, solange wir in der Nähe sind.«

Kali runzelte die Stirn. Sie war sich nicht so sicher, dass er damit recht hatte. Aber die eigentliche Frage war, wie sie an Bord gelangen sollten, ohne die Situation zu verschlimmern. Es war auf jeden Fall riskant.

»Okay. Es ist so weit«, sagte sie. »Gehen Sie längsseits und sehen wir mal, was er zu sagen hat. Ich bleibe außer Sicht, weil er mich vielleicht wiedererkennt.«

Vom Deck am Cockpit aus beobachtete Shane das Wetter. Große Tropfen klatschten auf die glänzend weißen Flächen der Jacht. Er war eine Meile von der Küste entfernt – nah genug, um sie schnell zu erreichen, aber weit genug weg, damit niemand beobachten konnte, was an Deck vor sich ging. Er fuhr langsam parallel zum Ufer Richtung Kaupo zum privaten Anleger seiner Tochter.

Er ging unter Deck und horchte an der Tür der Kabine, in der er Makena eingeschlossen hatte. Es war kein Laut zu hören. Er machte es sich wieder im Cockpit bequem, wo er vor dem Regen geschützt war. Seine Tochter stand am Steuer und wirkte vollkommen sorglos. Die Jacht schaukelte im zunehmenden Wellengang. Das dämmrige Licht und der scharfe Geruch der Luft sagten ihm, dass der Sturm bald losbrechen würde. Das Barometer fiel zusehends.

Der Horizont war so gut wie leer. Im Osten, wo Big Island lag, war nur ein Containerschiff zu sehen, im Westen Richtung Maui ein Boot, das kleiner als die Beryl war.

Zehn Minuten später befand es sich noch an derselben Stelle. Seine Tochter zeigte darauf.

»Die fahren schon eine ganze Weile parallel zu uns.«

Er spähte durch das düstere Licht in die Ferne. »Wahrscheinlich ein Idiot, der noch schnell einen Fang machen will, bevor der Sturm die Fische vertreibt. Die Einheimischen machen mich verrückt mit ihren blöden Sagen.«

Ihr Gesicht blieb ausdruckslos. »Es ist so einfach, ihnen Angst zu machen.«

Er legte eine Hand auf ihre Schulter, eine fürsorgliche, verzeihende Geste. Sie reagierte nicht darauf.

Inzwischen war das Boot näher gekommen. Es legte sich in die Kurve und hielt durch die steigenden Wellen auf die Beryl zu. Bald war klar, dass es kein Fischerboot war, sondern eine Barkasse der Küstenwache, die offenbar etwas von ihm wollte. Shane fluchte und schlug mit der Faust auf das Steuerpult.

»Alles geht schief, seit dieser Schwachkopf Polunu auf YouTube aufgetaucht ist«, polterte er. »Es war nur eine Frage der Zeit, bis uns das um die Ohren fliegt, und jetzt ist es so weit.«

Unten hörte er Makena schreien.

Er fluchte wieder. »Halte uns auf Kurs. Ich kümmere mich um sie.«

Er ging zur Kabine hinunter und zog die Pistole aus dem Hosenbund. Nachdem er die Tür aufgeschlossen hatte, schob er sie einen Spalt weit auf, um hineinzuspähen.

»Du musst jetzt still sein«, sagte er drohend.

»Ich schwöre, ich werde keinem verraten, was ich gesehen habe«, beteuerte Makena. Die Haare über dem Ohr waren blutverklebt, und sie stand auf wackligen Beinen. Mit einer Hand hielt sie sich den Kopf, mit der anderen hielt sie sich an den eingebauten Schubladen fest.

Er drückte die Tür weiter auf und ging hinein, hielt die

Waffe auf Makena gerichtet. Sie wich zurück und verfolgte leicht benommen seine Bewegungen.

»Die Sache läuft folgendermaßen«, sagte er ruhig. »Du wirst mit mir an Deck gehen und für ein paar Minuten den netten Gast spielen. Die Küstenwache wird gleich hier sein. Du wirst ein fröhliches Gesicht machen, damit jeder sieht, dass du freiwillig hier bist. Eine Freundin der Familie, klar?«

Sie sagte nichts.

»Verstehst du, was ich sage, Schätzchen? Ein falsches Wort und ich puste dir ein Loch in den Bauch. Es dauert lange, bis man an einer Bauchwunde stirbt, und nach allem, was man hört, tut es höllisch weh.«

Sie schluckte und nickte.

»Gut. Jetzt komm mit und stell dich an die Reling. Lächle meine Tochter an und winke den Leuten auf dem anderen Boot, als wären das die schönsten Ferien deines Lebens. Kapiert?«

Makena nickte wieder und ging langsam aus der Kabine. Shane folgte ihr dichtauf und hielt den Pistolenlauf an ihren Rücken. Als sie zusammen an Deck stiegen, zog Shane sie zur Reling und steckte die Pistole in den Hosenbund, wo er leicht an sie herankam.

Der Wind peitschte das Wasser, der Regen prasselte stärker. Es blitzte und donnerte nur Augenblicke später. Die Barkasse bremste ab, sie war nur noch ein paar Meter von der Beryl entfernt. Roger stand mit einem Megafon am Bug.

»Ahoi, Beryl«, rief er. »Da bricht gleich ein schwerer Sturm los. Er könnte sich zu einem Taifun entwickeln. Zu Ihrer Sicherheit fordern wir Sie auf, uns sofort in den Hafen zu folgen.«

Shane zog Makena an seine Seite.

»Ist das wirklich nötig?«, rief er. »Hab hier eine kleine Familienfeier laufen.«

Die Mündung der Pistole drückte gegen Makenas Rippen.

Roger deutete auf seine Ohren und schüttelte den Kopf. »Ich fürchte, ich kann Sie nicht verstehen«, sagte er ins Megafon. »Zu viel Wind. Folgen Sie uns einfach. Wir bringen Sie sicher in den Jachthafen.«

Er senkte das Megafon, ging zurück ans Steuer und wendete. Dann sah er zu Shane hinüber und bedeutete ihm mit einer Armbewegung, ihm zu folgen.

Shane winkte und wandte sich zur Cockpittreppe, wobei er Makena vor sich herschob.

»Immer schön lächeln, Honey, sonst …«

Sie stieg vorsichtig die Stufen hoch. Im Cockpit angelangt wollte sie sich hinsetzen, doch Shane zog sie von der Bank hoch und schob sie zum Steuerrad, wo seine Tochter stand, und befahl ihr, sich nicht wegzubewegen.

»Ist ja gut, hab's kapiert«, jammerte sie.

Er nickte seiner Tochter zu, und als sie die Beryl wendete, stieg der Bug aus einem Wellental hoch und schlug auf dem Kamm auf, sodass sie alle das Gleichgewicht verloren. Shane fing sich mit beiden Händen am Steuerrad ab, seine Tochter fiel zur Seite.

Als er sich aufrichtete, fasste Makena blitzschnell zu und zog ihm die Waffe aus dem Hosenbund. Er fuhr herum, um sie zu packen, doch sie war bereits an der Treppe. Zitternd sprang sie aufs Deck hinunter, drehte sich um und zielte auf seine Brust.

Mit der anderen Hand wischte sie sich den Regen aus dem

Gesicht. »Kann sein, dass ich deinen Kopf verfehle, Arschloch, aber irgendwo werde ich dich treffen, darauf wette ich. Vielleicht mache ich auch ein großes Loch in dein Miststück von Tochter.«

»Du blödes Luder!«, brüllte er. »Was machst du denn? Ich wollte dich gar nicht erschießen.«

»Sicher«, sagte sie und zielte auf seinen Bauch, dann drückte sie dreimal ab. Die erste Kugel verfehlte ihn. Die zweite traf ihn an der Schulter. Die dritte traf ihn am Bauch, und Makena sah ausdruckslos zu, wie er von der Treppe aufs Deck stürzte und sich eine Blutlache unter ihm ausbreitete.

38

Die Schüsse waren bis auf die Barkasse zu hören. Kali und Walter zuckten zusammen.

»Schüsse!«, schrie Kali. »Wenden! Wenden Sie!«

An Deck der Beryl lag zusammengekrümmt ein Mann. Makena war bei ihm. Sie blickte auf ihn hinunter. Im nächsten Moment schlitterte eine Frau über das nasse Deck und verschwand nach unten.

Die Barkasse fuhr längsseits neben die Beryl und blieb parallel. Kali nahm das Megafon.

»Makena! Wer hat die Schusswaffe?«

Makena schwenkte sie über dem Kopf.

»Wo ist Billy Shane?«, fragte Kali.

Makena zeigte hinter sich aufs Deck.

»Wende das Boot! Wende das Boot! Du musst es wenden oder den Motor abstellen!«, schrie Kali. Ihre Stimme trug vom Megafon verstärkt durch Motorenlärm und prasselnden Regen. Es donnerte wieder, das Gewitter war jetzt sehr nah.

Blitze zuckten über den dunklen Himmel, und von der Barkasse aus war Makena als dunkle Silhouette vor den weißen Flächen der Jacht zu sehen. Sie schüttelte den Kopf.

»Sie weiß nicht, wie!«, schrie Walter.

Kali schaute übers Wasser. Der Regen schlug ihr ins Gesicht. Die Küste kam näher.

»Ich muss zu ihr rüber!«, schrie sie.

»Was? Wie willst du das schaffen?«

Kali sah zu Roger. »Können Sie so nah heransteuern, dass ich einen Wurfanker über die Reling werfen kann?«

Roger schaute skeptisch und schätzte die Entfernung zwischen den Booten ab. Sie fuhren mit hoher Geschwindigkeit, und die Barkasse schaukelte beträchtlich.

»Kann es versuchen! Sie meinen, Sie können sich hochziehen?«

Kali hatte keine Ahnung. Aber ihr fiel nichts Besseres ein. Noch zehn Minuten, und es würde zu spät sein, dann würde die Beryl auf die Felsen laufen und explodieren. Makena würde in Stücke gerissen werden.

»Das ist es nicht wert, Kali! Du riskierst dein Leben!« Walter nahm sie am Arm und flehte sie an.

»Ich muss es tun. Gib mir deine Handschellen!«

Walter tat es. Sie steckte sie sich in den hinteren Hosenbund. Sie sagte nicht, was sie dachte. Dass vielleicht alle besser dran wären, wenn Makena aus ihrem Leben verschwand. Dass das Universum vielleicht eine kleine Katastrophe beseitigte und eine große künftige damit verhinderte. Dann dachte sie an Mike, an sein Gesicht, das mit seinem Blut bespritzt war, als er sterbend vor ihr lag. Vielleicht hatte Walter recht – vielleicht konnte man manche Menschen nicht vor sich selbst retten.

Roger blieb am Steuerrad, während Walter zum Lagerschrank ging und ein geflochtenes Nylonseil mit einem Wurfanker holte. Er und Kali schlangen mehrere Knoten hinein. Anschließend wühlte er noch einmal in dem Lagerschrank und brachte ein Paar dicke Handschuhe zum Vorschein, die er Kali gab.

»Zieh die an. Es gibt keinen Spielraum für Unachtsamkeiten. Bleib zurück, während ich werfe. Roger! Geben Sie das über Funk durch. Sorgen Sie dafür, dass der Küstenstreifen vor uns geräumt wird, für den Fall, dass die Jacht die Felsen rammt.«

Er stellte sich breitbeinig hin. Aber dann drehte er sich noch mal zu ihr um und fasste sie am Arm.

»Hindere mich nicht daran, Walter«, sagte sie, als er zum Sprechen ansetzte. »Es ist meine Schuld, dass Mike tot ist. Ich will nicht auch noch für Makenas Tod verantwortlich sein. Sie ist seine Tochter. Ich tue das nicht für sie, sondern für ihn.«

Walter schüttelte den Kopf. »Es war nicht deine Schuld.«

»Ich wusste, dass die Jugendlichen schwer bewaffnet waren. Ich war nicht da, um zu helfen. Ich war nicht da, um sie aufzuhalten oder ihm Feuerschutz zu geben. Als ich ankam, schossen sie bereits.«

»Was redest du denn da? Mike wusste selbst, dass die Dealer bewaffnet sind. Schon die ganze Zeit. Deshalb ist er ohne dich hingefahren. Damit dir nichts passiert!«

Ihr wurde schwindlig. Walter ließ ihren Arm los, ging zur Seite und schwang den Wurfanker. Er verfehlte die Reling und schwang zurück. Fast warf er eine Scheibe der Barkasse ein. Walter schwang ihn erneut, und diesmal gelang es. Er hielt das Seil stramm, die Füße gegen das Deck gestemmt. Kali stand vor ihm, streckte sich so weit wie möglich aus dem Boot, packte das Seil an einem der Knoten und versuchte, aufrecht zu bleiben.

»Fertig«, rief sie, und als Walter losließ, drehte Roger leicht ab, um das Seil zu spannen, und Kali hing einen Augenblick lang in der Luft.

Eine tiefe Ruhe erfasste sie. Mike hatte sie geschützt. Da war kein Wind, keine Bewegung, kein Laut außer ihrem Herzschlag, nur die Akzeptanz, dass das Geschehene, ob gut oder schlecht, nicht mehr zu ändern war. Sie war an einem Ort des Lichts, ihre Trauer glitt von ihr ab, hinterließ Leichtigkeit und machte sie bereit für das, was als Nächstes kam.

Dann traf sie mit den Füßen aufs Wasser auf und klatschte hinein. Der Zug war entsetzlich, es riss ihr fast die Arme aus den Gelenken. Das Seil schwang gegen die Bordwand der Beryl. Kali sank unter Wasser. Dann stieg sie auf. Sie schnappte nach Luft, spuckte das Meerwasser aus, versuchte, zu Atem zu kommen.

Jeder Muskel schmerzte, als sie sich zum nächsten Knoten hochzog, während sie zugleich mit den Füßen Halt an einem der unteren suchte. Das Seil schwang heftig hin und her, und sie schlug mit der Schulter so hart gegen die Bootswand, dass es ihr die Luft aus der Lunge trieb.

Das Boot war so schnell, dass sie gegen die harte Wasseroberfläche geschleudert wurde. Als sie zum zweiten Mal gegen die Bootswand prallte, bekam sie den nächsten Knoten zu fassen und griff weiter hinauf, dann schloss sie ihre Finger um die Reling. Sie hielt inne, um Atem zu schöpfen, nahm ihre letzte Kraft zusammen, zog sich mit höllisch schmerzender Schulter hoch und schwang ein Bein über die Reling. Sie fiel auf das nasse Deck und blieb einen Moment lang auf dem Rücken liegen, um durchzuatmen.

Als sie sich aufrichtete, sah sie Makena an der Reling stehen und sie eigentümlich ruhig, beinahe entrückt betrachten. Die Pistole hielt sie noch in der Hand, schlaff mit dem Lauf nach unten.

Shane, der nah bei ihnen lag, zuckte stöhnend mit den Füßen und rief: »Van…«

Auf der Treppe, die unter Deck führte, tauchte seine Tochter auf. Sie trug eine weiße, glatte Maske ohne Öffnungen, nur mit winzigen Löchern, durch die sie sehen und atmen konnte. In der Hand hielt sie eine Kriegskeule, Haizähne bedeckten ihren Rand. Sie hielt vor der Luke inne.

Makena hob die Stimme über das Brausen des Windes und klang vollkommen klar. »Dein beschissener Vater wird sterben.«

Shanes Tochter machte nur einen kleinen Schritt nach vorn. Sofort hob Makena die Pistole und zielte auf sie.

»Nimm die Waffe runter, Makena«, forderte Kali. »Nimm sie runter. Ich brauche deine Hilfe…«

Jetzt hörte man vom Ufer her die Warnsirenen und sah rotgelbe Lichter blinken. Aus dem Augenwinkel beobachtete Kali, wie die Frau auf Makena zusprang, um ihr mit der Keule die Waffe aus der Hand zu schlagen.

Im selben Moment machte Kali einen Hechtsprung, schlitterte über den nassen Boden und riss die Frau um, hielt sie mit ihrem Körper fest und wand ihr die Keule aus der Hand. Die rutschte über das glänzende Teakdeck und verschwand hinter einem eingebauten Kühlschrank. Kali riss ihr die Maske herunter und schleuderte sie weg. Bestürzt blickte sie ihr ins Gesicht und sah die blonden Haare. Es war Vanessa, Urus Assistentin.

Vanessa trat und kreischte. »Ihr blöden, dreckigen Eingeborenen! Wir werden es euch zeigen! Die ganze Insel wird uns gehören, und ihr könnt alle…«

Kali drückte ein Knie auf ihre Brust und beugte sich zu ihr herunter. »Sie haben den Jungen ermordet, nicht wahr?«

»Na und?«, fauchte die Frau. »Er wollte mir alles kaputt machen.«

»Und die alte Frau? Was wollte die Ihnen antun?«

Vanessa lachte, dann biss sie nach ihr und verfehlte knapp das Handgelenk. Kali verdrängte die Schmerzen in Schulter und Arm und rammte ihr mit aller Kraft den Ellbogen ans Kinn. Dann legte sie ihr Handschellen an. Vanessa trat weiter um sich und beschimpfte sie unflätig. Makena wich langsam zurück.

»Bleib hier!«, rief Kali. Sie nahm ihr die Waffe aus der schlaffen Hand.

Die Jacht raste auf den Strand zu, die Felsbrocken waren schon nah genug, dass man ihre Konturen erkennen konnte. Kali zog sich die Stufen zum Cockpit hinauf und riss das Steuerrad herum. Die Jacht erzitterte und schwenkte herum, der Rumpf schrammte über Felsen.

Die Barkasse der Küstenwache bremste ab und kam längsseits. Kali schaltete den Motor der Beryl aus. Walter kletterte bereits an Bord, er wirkte unglaublich erleichtert.

Makena war neben der Treppe gegen die Wand gesunken. Als Kali vom Cockpit heruntergestiegen war, kniete sie sich neben sie.

»Geht es dir gut?«, fragte sie atemlos und sah Makena aufmerksam an. Sie wollte sie in die Arme ziehen, doch Makena wehrte sie ab.

»Ich hab's ihm gesagt.« Sie klang unheimlich ruhig. »Aber mir glaubt ja nie einer.«

Kali sah sie verständnislos an. »Was hast du ihm gesagt, Makena?«

»Dass ich Freunde bei der Polizei habe. Er hätte auf mich hören sollen.«

39

Bis sie den Hafen erreichten, hatte Billy Shane diese Welt verlassen. Seine Tochter wurde abgeführt. Makena, die eine große Beule am Kopf und eine Gehirnerschütterung hatte, wurde ins Kula Hospital gebracht, in der Nähe von Wailea. Kali begleitete sie, um sich die Schulter behandeln zu lassen. Walter fuhr ebenfalls mit, um ihre Aussagen aufzunehmen.

»Ich hoffe, du weißt genau, was ich von der ganzen Enter-Aktion halte«, sagte er zu Kali, als sie auf den diensthabenden Arzt warteten, damit er ihre Schulter untersuchte. »So was hast du in deiner Ausbildung nicht gelernt.«

»Nein, du hast recht.« Sie lächelte ihn an. »Das liegt an dem vielen Yoga. Ich sag ja immer, du sollst mitkommen.«

Er ignorierte das und drehte sich zu Makena um, die gerade in Begleitung einer Polizistin in einen anderen Untersuchungsraum gebracht wurde.

»Sie wird sich nicht bei dir bedanken, das weißt du.«

»Ich bin nicht darauf angewiesen.«

»Sie wird sogar …«

Kali hob die Hand und unterbrach ihn. »Walter, halt die Klappe. Im Ernst. Hör einfach mal eine Weile auf zu reden, ja?«

Er brummte. »Okay, aber nur, bis deine Schulter nicht mehr ganz so wehtut.«

»Danke.« Sie setzte sich bequemer hin, ganz vorsichtig, um den Arm still zu halten. »Es würde mich überraschen, wenn Uru etwas mit der Sache zu tun hatte. Die verstümmelte Katze … ich wette, das war Vanessa. Sie hat ihn damit gequält, nur zu ihrem Vergnügen. Und die alte Dame hätte eigentlich noch verreist sein sollen, als bei ihr eingebrochen wurde.«

»So ist es. Hara hat Uru zu einer Befragung aufs Revier mitgenommen, um mehr Licht in die Sache zu bringen. Es sieht so aus, als ob Shanes Tochter den Job angenommen hat, um möglichst viel über die Branche zu erfahren. Und dabei hat sie interessierte Kunden abgefangen und zu ihrem Vater weitergeschickt, der niedrigere Preise anbieten konnte.«

»Die Menge an Solarmodulen, die gestohlen wurde, hätte doch niemals gereicht, um die vielen Häuser, die er baute, zu bestücken.«

»Stimmt, aber das war nur ein Teil des Geschäftsmodells. Die Unterlagen über die Neubausiedlungen erweckten den Anschein, dass da alles rechtens war, denn da sind tatsächlich große Käufe bei Herstellern erfolgt. Ich glaube, er wollte sich noch ein kleineres, auf Dauer sehr profitables Nebengeschäft zulegen.«

Eine Krankenschwester streckte den Kopf herein und fragte, ob ihnen jemand einen Kaffee bringen sollte. Sie lächelte Kali an.

»Ja, das wäre prächtig«, sagte Walter und wandte sich seiner Nichte wieder zu. »Du hast mir noch gar nicht von deinem Vulkanologen erzählt. Wie läuft's denn da?«

Kali wurde verlegen. »Keine Ahnung. Schätze, er wird bald wissen, ob er hierher versetzt wird oder nicht.«

»Ach, wie schön. Dann kannst du so tun, als wäre er gar

nicht hier, wie du es immer mit dem stattlichen Isländer von nebenan machst, hm?«

Kali holte tief Luft. Sie wollte gar nicht daran denken, was sie Elvar Übles unterstellt hatte. Wie hatte sie nur auf diese absurde Idee kommen können! Und so war wieder etwas zu all den Dingen hinzugekommen, die sie belasteten.

»Jep. Genau. Du scheinst dich ja auszukennen, Walter. Ich bin ein Glückspilz, dass ich dich an meiner Seite habe.«

»Da hast du verdammt recht«, sagte er.

Er stand auf und musterte sie mit großer Belustigung. Sie trug einen blauen OP-Anzug, den ihr eine Krankenschwester geliehen hatte, damit sie nicht erst in ihren nassen Sachen heimfahren und sich umziehen musste.

»Lass uns den Kaffee selber holen und von hier verschwinden«, sagte Walter. »Du kannst zu uns zum Abendessen kommen. Die Mädchen werden von deiner Aktion begeistert sein. Und ich will, dass sie dich in dieser Aufmachung sehen. Das Blau steht dir.«

Das Abendessen bei Walter war gut, und es gab Kokospudding zum Nachtisch. Seine Frau und seine Töchter machten einen großen Wirbel, damit Kalis Kleidung bis zum Ende des Abends gewaschen und getrocknet war. Obwohl er es angedroht hatte, erwähnte er mit keinem Wort, was passiert war, außer dass Kali auf ein Boot steigen wollte und dabei ins Wasser gefallen war. Er schien sehr zufrieden damit, dass sie sicher, warm und trocken bei seiner Familie am Tisch saß.

Als sie sich zum Aufbruch bereit machte, eine Plastikbox mit Essen in der Hand, klingelte ihr Handy. Das Krankenhaus rief an, um ihr zu sagen, dass Makena Shirai aus dem Zimmer verschwunden sei und auch einige Spritzen und Schmerztabletten von einem Medikamentenwagen fehlten.

»Mach dich nicht fertig«, sagte Walter, nachdem sie ihm das erzählt hatte. »Du hast getan, was du konntest, und ich sage es noch mal. Sie ist es nicht wert. Mike hätte nicht gewollt, dass du dir das aufhalst.«

Kali antwortete nicht. Die Pflichten der Liebe, dachte sie. Wo fangen sie an? Und hören sie jemals auf?

40

Kali stand am Rand des Steilhangs und schaute zum Meer hinunter, das sich an den Lavafelsen brach. Der Wind wehte die Gischt wie eine Fontäne bis zu ihr hoch. Jedes Mal, wenn die Gischttröpfchen von den Wellen aufstiegen, bildete sich im Sonnenlicht ein kleiner Regenbogen. Dies war ein heiliger Platz, den die Hawaiianer Leina a ka 'Uhane nannten, eine der geheimen Stellen auf den Inseln, wo die Geister, wenn sie bereit waren, in das ewige Reich hinübersprangen.

Neben ihr standen Lys, Kekipis Mutter Anna und seine jüngeren Brüder und Schwestern, ein paar Schritte hinter ihnen Walter und Sam Hekekia. Kali streckte die Arme über den Kopf, um den Hals trug sie einen Strang großer brauner Kukuinüsse. Ihr Sprechgesang, mit dem sie Kekipi für sein ewiges Leben Sicherheit wünschte, schwoll mit der Brandung an und ab.

Anna hielt die Leashline ihres Sohnes an der Schlaufe, die einmal um sein Fußgelenk gepasst hatte, und Lys hielt das andere Ende. Als Kalis Gesang endete, hoben Anna und Lys die Leashline an ihre Wangen. Dann ging Anna damit zum Rand des Hangs und schleuderte sie hinunter ins Meer. Die Strömung erfasste sie und trug sie vom Ufer weg, sodass das zurückweichende Wasser sie weit hinaustragen konnte.

Das war ihr Opfer, ihr Ho'okupu. Kekipis Geist war nun

nicht mehr an diese Welt gebunden. Nun würde ihm sein 'Aumakua, der liebende gottgewordene Vorfahre, der ihn und seine Familie schützte, entgegengehen. In seiner Begleitung würde er in ein Kanu steigen und auf seiner Reise zum Jenseits über die weite See entschwinden.

Anna drehte sich zu Kali und Walter um. Sie umarmte sie aufrecht und mit klarem Blick.

»Danke«, sagte sie. »Ich fühle, dass der Geist meines Sohnes endlich auf dem Weg nach Hause ist. Eines Tages wird er mich holen kommen, wenn ich an der Reihe bin zu gehen, und er wird mir in das Kanu helfen. Und dann wird es keine Abschiede mehr geben.« Sie schaute übers Meer. »Da geht er nun.« Sie hob den Arm und winkte.

Walter trat zu ihr, nahm sie beim Arm und führte sie vom Abhang weg und auf den Weg zum Wagen.

Kali blieb still stehen, hielt den Kopf gebeugt. Sie hatte diese Gebete schon einmal gesungen und würde sie wieder singen. Gleichgewicht, dachte sie. Kurz war es wiederhergestellt, wenigstens für diesen einen Tag. Aber Gleichgewicht war eine unsichere Sache und kein Zustand, der in der irdischen Welt über längere Zeit aufrechterhalten werden konnte.

Sie ging über das grüne, lebendige Gras und ließ den Duft der wilden Blumen in ihre Lunge strömen. Sie gelangte zum Jeep und stieg ein, dann saß sie ein paar Augenblicke lang still da, bevor sie den Motor anließ. Sie sah Lys den Pfad zum Strand hinuntersteigen und Anna und ihre Kinder in Walters Auto wegfahren. Sie wusste, Walter würde sie sicher nach Hause bringen, und Annas Freunde würden kommen und den Tag mit ihr verbringen. Sie würden über Kekipi reden und über alles, was er erreicht hatte und was sie an ihm geliebt hatten.

Der Motor sprang dröhnend an. Kali lenkte ihn langsam zur Straße und fuhr nach Hause. Hilo wartete auf sie. Unterwegs würde sie am Markt anhalten und sehen, was für Fisch es heute gab. Vielleicht würde sie den Grill rausholen, überlegte sie, Mikes Grill, um den er immer solch ein Aufhebens gemacht hatte. Dann würde sie Elvar und Birta fragen, ob sie rüberkommen und mit ihr essen wollten. Sie musste wiedergutmachen, dass sie gegen jemanden illoyal gewesen war, der ihr immer nur Freundschaft entgegengebracht hatte, auch wenn sie ihre Verdächtigungen nie hatte laut werden lassen. Außerdem, das musste sie sich auch eingestehen, war ihr heute nicht danach, allein zu sein. Wie sie die Sache sah, würde sie morgen noch reichlich Zeit dazu haben.

Danksagung

Mein Dank gilt der klugen, wunderbaren Shannon Hassan bei der Marsal Lyon Literary Agency und meiner Familie bei Kensington Books: dem genialen Lektor James Abbate, Redakteurin Rosemary Silva, Produktionsleiter Robin Cook und Presseagentin Crystal McCoy. Dem hawaiianischen Kahu und Kulturhistoriker Danny Akaka und den Hawaiianern, die mich im Lauf der Jahre an ihrer Kultur, ihren Traditionen und Geschichten großzügig teilhaben ließen, spreche ich meinen bleibenden, tief empfundenen Dank aus: mahalo nui loa.

Um die ganze Welt des
GOLDMANN Verlages
kennenzulernen, besuchen Sie uns doch
im Internet unter:

www.goldmann-verlag.de

Dort können Sie
nach weiteren interessanten Büchern ***stöbern***,
Näheres über unsere ***Autoren*** erfahren,
in ***Leseproben*** blättern, alle ***Termine*** zu Lesungen und
Events finden und den ***Newsletter*** mit interessanten
Neuigkeiten, Gewinnspielen etc. abonnieren.

Ein ***Gesamtverzeichnis*** aller Goldmann Bücher finden
Sie dort ebenfalls.

Sehen Sie sich auch unsere ***Videos*** auf YouTube an und
werden Sie ein ***Facebook***-Fan des Goldmann Verlags!